Kati Küppers und der liegende Holländer

edition oberkassel

Barbara Steuten, geboren 1969 in Düsseldorf, lebt mit ihrer Familie am Niederrhein. Ihr Mathematikstudium warf sie über Bord und widmet sich seit 2010 ganz dem Schreiben. Sie veranstaltet und moderiert Lesungen, saß in der Jury diverser Schreibwettbewerbe und ist Mitglied in verschiedenen Autorengruppen (BVjA, Syndikat und Mörderische Schwestern). Ihre Kurzgeschichten finden sich in verschiedenen Anthologien. 2016 erschien ihr Krimi-Debüt „Kati Küppers und der gefallene Kaplan“ im edition oberkassel Verlag. Es folgten „Kati Küppers und der entlaufene Filou“ sowie „Kati Küppers und der liegende Holländer“.

Kati Küppers und der liegende Holländer

Barbara Steuten

Kriminalroman

edition oberkassel

Verlag: edition oberkassel Verlag Detlef Knut, Lütticher Str. 15, 40547 Düsseldorf
Umschlaggestaltung: Detlef Knut unter Verwendung von Fotos von © JacLou DL/ Pixabay.com und © Funki50 / Pixabay.com
Lektorat: Dr. Mechthilde Vahsen
gesetzt mit Adobe InDesign

www.editionoberkassel.de
info@edition-oberkassel.de

Auflage 2020
Printed in Europe

ISBN(Print): 978-3-95813-209-2
ISBN(Ebook): 978-3-95813-210-8

»Der Zufall ist das Pseudonym,
das der liebe Gott wählt,
wenn er inkognito bleiben will.«
Albert Schweitzer

Prolog

Manni liebte alte Scheunen und vergessene Garagen. Irgendwann würde er in einer den Oldtimer seiner Träume entdecken, da war er sich sicher. Bisher hatte er bereits ein paar brauchbare Ersatzteile gefunden für die Autowracks, die auf seinem Hof auf ihre Instandsetzung warteten.

Als er die alte Scheune erspähte, ließ er den Wagen am Straßenrand stehen und lief auf das Tor zu. Er schlüpfte durch den schmalen Spalt und sog überrascht die Luft ein. Auf diesen Fund war er nicht gefasst gewesen. Damit wollte er nichts zu tun haben.

Er wich einige Schritte zurück, bis er das Tor im Rücken spürte. Seinen Blick auf das Dickicht gerichtet, zwängte er sich rückwärts aus der Scheune. Nur weg hier.

Der Kinnhaken traf ihn mit voller Wucht. Knock-out.

Als er zu sich kam, spürte er den kalten Metallboden eines Transporters in seinem Rücken und wurde gründlich durchgeschüttelt. Sehen konnte er nichts. Der Sack über seinem Kopf stank entsetzlich. Gierig saugte er die Luft ein. Das machte es nur schlimmer. Die Arme auf seinem Rücken schmerzten und die Fesseln an den Handgelenken schnitten ihm ins Fleisch. Sein Kopf dröhnte. Er roch Gras und etwas Süßliches, wie Tomaten. Ihm wurde schlecht.

Nur nicht in den Sack kotzen. Konzentriere dich. Auf etwas, das du kennst. Das Geräusch des Motors. Ein Ford Transit vielleicht.

Das Gerumpel des Wagens machte es ihm unmöglich, eine

bequeme Stellung zu finden. Bei der nächsten Bodenwelle stieß er sich den Kopf. Das war ein Ford Transit! Garantiert. Dann dämmerte er weg.

Sie zerrten ihn aus dem Wagen, stießen ihn durch die Gegend und brachten ihn in ein Haus. So viel bekam er trotz Sack mit.

Als sie ihm den Sack vom Kopf rissen, schien ihm eine Lampe direkt ins Gesicht. Manni musste blinzeln. War er beim Geheimdienst gelandet? Oder hatten die Typen nur ihre Verhörmethoden dort gelernt?

»Warum schnüffelt ihr uns nach?«

Wem die Stimme gehörte, konnte er nicht sehen. Es war eindeutig ein Mann, der die Frage gestellt hatte. Der Kerl sprach mit einem Akzent, den Manni nicht einordnen konnte. Er hatte einen merkwürdigen Singsang in der Stimme und verband ein Wort mit dem anderen. Manni hatte Schwierigkeiten, den Sinn des Gesagten zu verstehen.

»Ich weiß nicht, was Sie meinen«, sagte er.

Die Ohrfeige kam von rechts, ohne Ankündigung.

Er versuchte, ruhig zu atmen, um die Fassung nicht zu verlieren.

»Das war die falsche Antwort«, sagte die Stimme aus dem Off.

Wenn er nur wüsste, was sie hören wollten. Was er wusste, war, dass hinter ihm jemand stand, der zuschlagen konnte. Er musste auf der Hut sein.

Kapitel 1

Die Ferienwohnung lag in der ersten Etage und verfügte über eine großzügige Dachterrasse, von der man einen herrlichen Blick über Felder hatte, die von Baumhecken gesäumt waren und mit den dazwischen liegenden Wäldchen ein hübsches Muster bildeten. Wenn man sich etwas weiter über das Geländer lehnte, konnte man das Hochmoor mit dem Birkenwäldchen sehen, nach dem der Ortsteil benannt war.

Kati Küppers hatte die Beine im Liegestuhl hochgelegt und blätterte in einem Liebesroman, während sie auf die Rückkehr ihres Mannes Jo wartete. Ihrer Vorliebe für schwarze Oberteile war sie auch im Urlaub treu geblieben, obwohl sie nicht mit einer Beerdigung oder Taufe rechnen musste, für die sie gerne passend gekleidet war. Sie hatte es auch nicht nötig, auf die schlankmachende Wirkung von Schwarz zu setzen, fand aber, dass Schwarz am besten zu ihrem weißen, kurz geschnittenen Haar passte. Und es biss sich nie mit der einen Haarsträhne, die sie nach Lust und Laune mal pink, mal lila färbte. Diesen Sommer hatte sie sich für ein leuchtendes Rot entschieden. Nur der bunte Schal war ihr heute zu warm geworden und hing am Garderobenhaken im Flur.

Endlich hörte sie das Öffnen der Wohnungstür. Das Abstellen der Tasche klang mehr nach dem Abwurf eines Sandsacks.

»Da sind wir!«, rief Jo aus dem Flur. Er hatte Bene, ihren Enkel, von der Bahn abgeholt. Eigentlich hieß er Benedikt, aber niemand nannte ihn so. Vielleicht war es das letzte Mal, dass er ein Wochenende mit Oma Kati und Opa Jo verbringen wollte.

Kati klappte das Buch zu, legte die Lesebrille zur Seite und hievte sich hoch.

»Hallo Oma.« Bene trat auf die Dachterrasse und Kati musste sich mächtig recken, um ihren Enkel umarmen zu können. In der kurzen Zeit, die sie sich nicht gesehen hatten, war er wieder ein Stück länger, seine Stimme eine Terz tiefer und die Schultern etwas breiter geworden. Die blonden Naturlocken kringelten sich um das gebräunte Gesicht. Ihr kleiner Enkel war ein bildhübscher Bengel geworden, dem die Mädchen bestimmt schmachtend hinterherschauten. In seinem feingeschnittenen Gesicht erkannte Kati die Züge ihres Mannes, wenn er lachte.

»Schön, dass du da bist. Es fing gerade an, ein wenig langweilig zu werden.« Sie bemerkte Jos erschrockenen Blick und wies auf das Buch im Liegestuhl. »Liebesromane sind oft so vorhersehbar.«

»Warum versuchst du es nicht mal mit Krimis?«, schlug Bene vor.

Abwehrend hob Kati die Hände. »Wir sind hier im Urlaub, um nicht mehr an von Maden und Larven befallene Leichen zu denken.« Sie schüttelte sich bei dem Gedanken. »Und die Aufregung um Kaplan Overath und das Gift im Messwein ist mir auch noch lebhaft in Erinnerung. Da werde ich den Teufel tun und einen Krimi lesen.«

»Hast ja recht«, sagte Bene. Er trat an das Balkongeländer. »Schön ist es hier. Viel Nichts. Super. Genau das brauchen wir.«

Sie bemerkte Jos breites Grinsen, während Bene in der Ferienwohnung verschwand und kurz darauf mit einer länglichen Tasche zurückkehrte. Kati runzelte die Stirn.

»Seit wann interessiert dich plattes Land? Das haben wir in Niederbroich doch auch.« Noch mehr interessierte sie, was in der Tasche stecken mochte. »Willst du hier draußen zelten?«, fragte sie.

Bene und Jo schauten sich an, lachten und schüttelten die Köpfe. Statt Kati in ihre Geheimniskrämerei einzuweihen, guckten sie sie an wie ein Kind, das erraten soll, was in seinem Geburtstagsgeschenk steckt. Kati tat ihnen den Gefallen und spielte mit.

»Ich hab's. Du bist unter die Angler gegangen«, mutmaßte sie. »Aber Fliegenfischen, mein lieber Bene, hat nichts mit Insektenfangen vom Balkon aus zu tun.«

Bene bog sich vor Lachen. »Ach, Oma. Du hast immer die besten Ideen.« Endlich öffnete er den Reißverschluss der Tasche und holte ein Stativ heraus. »Hier ist es bestimmt dunkler als zu Hause. In Niederbroich sind die großen Städte einfach zu nah dran. Lichtverschmutzung, weißt du.«

Kati strich sich die rotgefärbte Strähne hinters rechte Ohr. Ein Zeichen dafür, dass sie nachdachte.

»Du willst Fotos machen! Landschaftsfotografie? So mit Langzeitbelichtung und so? Warte, der neue Trend ist doch – sag nichts. Ich komm gleich drauf. Ultraviolett?«

Bene baute das Stativ auf und justierte die Länge der Beine.

»Meinst du Infrarotfotografie? Nein, tut mir leid. Es ist nur ein einfaches Teleskop. Zum Sternegucken.«

»Sternegucken«, wiederholte Kati lahm.

»Kannst du dir etwas Entspannenderes vorstellen?«, wollte Jo wissen.

Kati hatte Mühe, ein Gähnen zu unterdrücken, so entspannt war sie. »Ist noch ein bisschen zu hell, um Sterne zu sehen. Bis zum Einbruch der Dämmerung könnten wir Karten spielen. Ich habe extra den Pokerkoffer mitgenommen. Oder ist euch das zu aufregend?«

»Du warst diejenige, die sich im Urlaub entspannen wollte, meine Liebe«, erwiderte Jo.

»Ich wollte mich erholen«, widersprach Kati. »Das habe ich ja auch getan. Ich habe die Füße hochgelegt, drei Bücher angefangen und jeden Abend mit dir eine Runde durch den Ort gedreht. Um die Kirche, bis zum Dorfgrill und wieder zurück.«

Auch wenn Jo, seitdem er in Rente war, zu Hause begeistert und gekonnt den Kochlöffel schwang, hatte er sich geweigert, im Urlaub zu kochen. Er hatte nur einen kurzen Blick in die Küche unter der Schräge geworfen, die Pfanne und den Topf begutachtet und das leere Gewürzregal gesehen.

»Fürs Frühstück reicht's«, hatte er gesagt.

Kati sah das Blitzen in Jos Augen.

»Dann können wir jetzt anfangen, richtig Urlaub zu machen. Ich hätte da noch so einige Punkte auf meiner Liste.« Er griff in die Brusttasche seines Hemdes, holte ein akkurat gefalztes Blatt Papier heraus und faltete es auseinander. »War schon mal einer von euch in einer Glockengießerei?«

»Was für eine Liste?«

»Hundert Dinge, die ich tun will, bevor ich hundert bin.«

Kati hob die Augenbrauen und musterte ihren Mann. »Du bist noch keine siebzig!«

»Mit manchen Dingen kann man nicht früh genug anfangen. Zum Beispiel endlich Tango Argentino lernen und auf eine Milonga gehen«, konterte Jo.

Kati reckte den Hals. »Was steht denn da noch drauf auf deiner Liste?«

Bene trat zwischen seine Großeltern. »Das klingt ja spannend, Opa. Lass mal sehen.«

Jo drückte das Blatt Papier an sich, sodass niemand einen Blick darauf werfen konnte.

»Das erfahrt ihr, wenn sie vollständig ist.«

»Wie viele Punkte fehlen denn noch?«, fragte Kati und überlegte, was auf Jos Liste auf keinen Fall fehlen durfte.

Jo schüttelte den Kopf. »Keine Vorschläge. Und erst recht keine Kommentare. Macht euch eure eigenen Listen.«

Kati schnaufte. »Wie kommst du darauf, dass wir dir Vorschläge machen wollen?«

»Netter Versuch. Es steht euch auf die Stirn geschrieben.« Jo lächelte und küsste Kati auf den Scheitel. »Ich hole jetzt den Pokerkoffer. Mit euch beiden hab ich leichtes Spiel.«

Sie spielten Runde um Runde und gaben zusätzliche Jetons aus, weil Kati zu schnell den Einsatz erhöht und alles verzockt hatte. Noch stand die Sonne zu hoch am Himmel, um das Spiel schon enden zu lassen. Als es schließlich so dämmrig war, dass sie die Karten nicht mehr erkennen konnten, hatte Bene die meisten Pokerchips vor sich liegen.

Kati holte sich ein Glas Wein, setzte sich in den Liegestuhl und beobachtete, wie Bene das Teleskop ausrichtete. Durch das T-Shirt zeichnete sich jeder Wirbel seines gebeugten Rückens ab.

»Warst du heute eigentlich in der Schule?«

Bene drehte sich um. »Wo sollte ich sonst gewesen sein?«

»It's Friday«, entgegnete Kati.

Bene runzelte die Stirn. »Weiß ich. Und?«

Jo legte den Arm um die Schultern seines Enkels. »Deiner Großmutter war früher jeder Grund recht, die Schule zu schwänzen.«

Empört stellte Kati das Weinglas ab und brachte den Liegestuhl wieder in Sitzposition. »Ich habe nie die Schule geschwänzt.«

»Du sollst nicht lügen!«

»Ich habe mir lediglich mal freigenommen, wenn wichtige Dinge es erforderten, meinen Protest auf die Straße zu tragen.«

Jo nickte. »Free Nicaragua. Und Jute statt Plastik.«

»Was ist daran verkehrt?«

»Nichts. Außer …«

»Ich fahre mit dem Rad zur Schule.«

»Außer was?« Kati überging Benes Einwurf und sah ihren Mann an.

»Außer dass wir einen Diesel fahren und es Kindern überlassen, unsere Welt zu retten.«

»Ist vielleicht nicht verkehrt, auf die Straße zu gehen. Einige machen es nur, solange es sie nichts kostet«, sagte Bene. »Ein paar aus der Stufe unter mir werden von ihren Mamis mit dem SUV zur Fridays-for-Future-Demo nach Köln gekarrt und meckern in der Mensa, wenn es keinen Tofu-Burger gibt.«

Bene schaute durchs Teleskop und Kati ließ sich nachdenklich in den Liegestuhl fallen.

»Eben hatte ich ihn noch im Visier. Jetzt ist er verschwunden«, grummelte Bene vor sich hin.

»Der Jupiter? Soll ich mal suchen?« Jo steckte die Brille in die Brusttasche seines Hemdes und schaute durchs Fernrohr. Er drehte am Rädchen, um scharf zu stellen, schwenkte ein

Stück nach rechts und eine Nuance mehr nach oben. »Da ist er wieder, glaube ich. Schau mal, ob er das ist.«

Kati zollte ihrem Mann stumm Respekt. Wieder einmal fand er aufmunternde Worte, um andere zum Weitermachen zu motivieren. Das Wort Aufgeben benutzte er nur, wenn es sich um Pakete handelte, die er zum Verschicken zur Post bringen wollte. Kati wischte die Grübeleien beiseite. Lieber freute sie sich daran, Bene und Jo zu beobachten, als selbst die Sterne durchs Teleskop zu betrachten. Zudem fand sie, dass Sterne mit dem Fernrohr nur unwesentlich besser zu sehen waren als mit bloßem Auge. Und bei Weitem nicht so toll und farbig wie in den wissenschaftlichen Fernseh-Dokus. Sie nippte an ihrem Rotwein und genoss den lauen Abend. Über ihr funkelten die Sterne. Auch wenn sie nicht wusste, wie sie alle hießen, den Unterschied zwischen Sternen und Planeten schon wieder vergessen hatte und sich nicht vorstellen konnte, dass einige dieser leuchtenden Punkte nicht mehr existieren sollten, während sie sie gerade betrachtete, so wusste sie doch mit unerschütterlicher Gewissheit, dass Gottes Macht all die Schönheit über ihr geschaffen hatte.

»Jetzt seht euch das an«, riss Bene sie aus ihren Gedanken. Er war aufgebracht und deutete auf den Horizont. »Wo kommt das Licht denn plötzlich her? Da ist doch kein Ufo gelandet.«

Kati kniff die Augen zusammen und schaute an Benes ausgestrecktem Arm vorbei auf den Horizont. Hinter dem Wäldchen, das sich dunkel von der Umgebung abhob, leuchtete es.

Kati zuckte mit den Schultern. »Vielleicht feiert da jemand eine Party. Oder ist das schon der nächste Ort?«

»Mir ganz egal. Seitdem es da strahlt, ist der Jupiter weg«, maulte Bene.

Jo schaute durchs Teleskop. »Das ist ja wirklich merkwürdig, dieses Licht. Aber den Jupiter sehen wir wieder besser, wenn wir noch eine Weile warten.« Er drehte sich zu Bene und Kati um. »Was haltet ihr davon, wenn wir uns die Gegend morgen bei einer Radtour mal genauer ansehen?«

»Und wenn es regnet?«, grummelte Bene.

»Dann hast du die Wahl zwischen Glocken- und Imkereimuseum«, antwortete Jo, »zwei offene Punkte auf meiner Liste.«

»Alternativ können wir auch in die Kirche gehen und für besseres Wetter beten. Die ist dafür den ganzen Tag auf«, ergänzte Kati die Auswahl.

Bene schaute sie mit einem Blick an, den sie nicht deuten konnte. »Die Kirche ist auf, um für besseres Wetter zu beten? Ich wusste nicht, dass das Wetter im Münsterland so schlecht ist.«

Kati verdrehte die Augen. »Ist es doch gar nicht. Die Kirche ist den ganzen Tag geöffnet, damit du dort beten kannst. Wofür du betest, bleibt dir überlassen.«

Bene zwinkerte ihr zu und betrachtete das Leuchten am Horizont. »Ich wüsste ja schon gerne, was da ist.«

»Kann man durch das Teleskop denn nicht mehr erkennen?«, wollte Kati wissen. »Stell doch mal auf das Wäldchen scharf.«

Bene zuckte mit den Achseln und trat dann zur Seite. »Schau selbst.«

Kati kniff das linke Auge zu und starrte durch das Teleskop. »Ich seh nur schwarz – huch! Die Welt steht auf dem Kopf!«

»Oh nein!«, rief Jo entsetzt. »Kati, was hast du getan?«

Erschrocken trat Kati einen Schritt zurück.

»Du hast nichts falsch gemacht, Oma. Wenn man durch ein Teleskop schaut, steht das Bild auf dem Kopf. Nur bei Planeten ist uns das egal«, erklärte ihr Bene.

Kati sah Jos breites Grinsen.

»Fieser Möpp! Eine alte Frau so zu veräppeln. Schäm dich.« Sie griff nach ihrem Weinglas und ließ Bene mit Jo auf der Dachterrasse allein.

Kapitel 2

Vor dem Schalter für Mietautos hatte sich eine Schlange gebildet, die von schwarzen Absperrbändern dazu gezwungen wurde, sich ewig lang hin und an der nächsten Biegung ebenso lang wieder zurückzubewegen, bevor sie wieder ihrem Ziel näher kam. Warum hatte er nicht daran gedacht, einen Wagen online zu buchen? Vielleicht sollte er sich besser ins nächste Taxi setzen und sich zu Natalie fahren lassen. Ihren Berichten zufolge wohnte sie mitten im Nirgendwo. Das war genau die Gegend, die seine Auftraggeber für ihre Projekte bevorzugten, aber ohne Mietwagen wäre er dort aufgeschmissen.

Eric Parcer reihte sich in die Schlange der Wartenden ein, schaltete den Flugmodus seines Smartphones aus und wartete, bis sich das Gerät mit dem Internet verbunden hatte. Dann überprüfte er die eingegangenen Mails auf ihre Dringlichkeit. Keine Rückmeldung von Natalie. Er beobachtete die Menschen um sich herum. Die meisten standen zu zweit oder zu dritt zusammen und hatten Unterlagen in den Händen. Wahrscheinlich waren sie schlauer gewesen als er und wussten bereits, mit welchem Auto sie gleich das Gelände des Düsseldorfer Flughafens verlassen würden. Über dem weit entfernten Schalter suchte er nach Hinweisschildern für online gebuchte Fahrzeuge und für Schusselige ohne Buchung wie ihn, fand aber keine. Geduldig schob er sich mit seinem Trolley im Schneckentempo vorwärts. Schritt für Schritt, mal langsamer, mal schneller. Endlich konnte er die beiden Mitarbeiter hinter dem Mietwagenschalter ausmachen. Der junge Mann mit den verstrubbelten Haaren beugte sich gelegentlich zu seiner Kollegin hinüber, von der Eric nicht viel mehr als einen wippenden Pferdeschwanz sah, wenn sie den Kopf schüttelte. Dann zwang ihn das Absperrband in die entgegengesetzte Richtung. Überrascht stellte er fest, dass hinter ihm nur noch ein verliebtes, in sich verschlungenes Pärchen wartete und der Eingang, den er vorhin benutzt hatte, mittlerweile mit einem weiteren Absperrband geschlossen worden war. Bedeutete das, dass alle Mietwagen vergeben waren? Ob er noch einen bekam? Oder musste er sich beim nächsten Mietwagenanbieter anstellen? Irgendwer würde schon einen fahrbaren Untersatz für ihn haben. Große Ansprüche stellte er nicht.

Die Schlange vor ihm bewegte sich wieder Richtung Schalter. Jetzt konnte er auch die junge Frau sehen, die emsig Papiere ausdruckte, falzte und über die Theke reichte, um gegen eine Unterschrift den Fahrzeugschlüssel auszuhändigen. Sie trug das gleiche grüne Poloshirt mit dem Emblem der Autovermietung wie ihr Kollege und wenn sie lächelte, zeigte sich auf der linken Wange ein Grübchen. Dabei empfing sie jeden, der an ihren Schalter trat, mit einem Strahlen, als stünde George Clooney persönlich vor ihr.

Während die Schlange vor ihm stetig kürzer wurde, überlegte Eric, ob er sie nach ihrer Telefonnummer fragen sollte, und als ihr Kollege ihn endlich zu sich an den Schalter winkte, ließ er einem Impuls folgend den Turteltäubchen den Vortritt, um von ihr bedient zu werden. Ihr Strahlen wich kurz einem Erstaunen, als sie den Kopf in den Nacken legte und zu ihm aufschaute.

»Wow«, hauchte sie, bevor sie sich räusperte, den Rücken straffte und wieder ihr Grübchen zeigte. »Ich wäre Ihnen gerne behilflich, aber die Cabrios sind alle weg, fürchte ich.«

»Wie kommen Sie darauf, dass ich ein Cabrio mieten möchte?«

»Nun ja, zum einen haben wir nur noch einen Audi A1 auf dem Hof stehen, in den wir Sie auf keinen Fall hineinbekommen. Oder ohne Dosenöffner nicht wieder heraus.«

»Klingt fein«, antwortete er und merkte sofort, dass er zu lange in Kanada gewesen war. »Audi klingt gut«, verbesserte er sich. Doch die Frau am Schalter schüttelte lachend den Kopf und ließ ihren Pferdeschwanz wippen. »Nicht der A1.«

»Sorry«, unterbrach der Kollege ihr Gespräch und zuckte bedauernd die Schultern, »den A1 habe ich gerade an diese Herrschaften vergeben.« Er holte die Papiere aus dem Drucker und widmete sich wieder dem Pärchen.

Eric drehte ihnen den Rücken zu und lehnte sich über den Tresen. »Und zum anderen?«

Sie sah ihn irritiert an. »Zum anderen was?«

»Das frage ich Sie. Zum einen wollten Sie mir den Audi nicht vermieten und zum anderen?«

Ein leichter Rotschimmer zog sich über ihre Wangen. Sie schielte zu ihrem Kollegen hinüber, lehnte sich ebenfalls ein Stück vor und flüsterte: »Nur für den Fall, dass Sie mich gefragt hätten, ob ich mit Ihnen eine Runde um den Block fahre. Oder Kaffeetrinken gehe. Oder so.« Sie zwinkerte ihm zu und ihr Grübchen vertiefte sich. »Ich bin noch nie Cabrio gefahren.« Dann lehnte sie sich zurück. »Aber das hat sich ja eh erledigt. Kein Cabrio. Kein Audi. Nicht mal ein E-Bike kann ich Ihnen anbieten.«

»Jammerschade. Ich wäre zu gerne mit Ihnen um den Block gefahren«, entgegnete Eric und griff nach seinem Trolley.

»Warten Sie. Mir kommt gerade eine Idee.« Während sie

sich das Handy ans Ohr hielt, versprachen ihre Augen, dass Eric das Warten nicht bereuen würde. »Ein Bekannter schuldet mir noch einen Gefallen. Kurzen Augenblick«, erklärte sie. »Bernd? Hier ist Charlie. Ich brauche einen Wagen.« Sie wandte sich an Eric. »Wie lange möchten Sie ihn?«

Eric zuckte mit den Achseln. »Eine Woche wäre gut. Vielleicht auch zwei.«

»Zwei Tage«, sagte sie ins Telefon. Eric wollte gerade protestieren, als sie die Hand hob und sich abwandte. »Zwei Tage. Dann steht er wieder auf deinem Hof. Versprochen.« Sie nickte, was ihr Gesprächspartner natürlich nicht sehen konnte. »Das schaffst du auch schneller. Na schön.«

Sie beendete das Gespräch und strahlte Eric an. »Ich habe ein Auto für Sie. 48 Stunden. Und dann können Sie es bei mir gegen ein Cabrio umtauschen. Jetzt sagen Sie bloß nicht nein, sonst bin ich bei Bernd unten durch.«

Eric lächelte. Er mochte es, wenn ihr Grübchen zuckte. »Danke, Charlie.« Für den Bruchteil einer Sekunde glaubte er, eine Spur Unsicherheit in ihrem Blick entdeckt zu haben.

Sie schaute auf die Uhr.

»Ja dann. Uns bleibt noch die Zeit für einen Kaffee, bis Bernd den Wagen gewaschen hat. Oder vom Müll befreit. Oder was auch immer so lange dauert, dass wir ihn erst in einer Stunde abholen können.« Sie zog ihre Tasche unter dem Tresen hervor. »Ich räume nur schnell meinen Kram zusammen. Bin sofort bei Ihnen.«

Sie sprach sich mit dem Kollegen ab und verschwand hinter der Hochglanzwerbewand, auf der in großen Buchstaben der Name der Autovermietung stand.

Die Aussicht, mit dieser Frau warten zu müssen, war für

Eric der beste Einstieg, den er sich für seinen Auftrag denken konnte. Noch einmal checkte er seine Mails. Natalie hatte sich zwischenzeitlich nicht gemeldet. Er durchsuchte seine Kontakte und fand zwei Adressen von ihr. Eine in Rotterdam, die wahrscheinlich noch aus der Zeit an der Erasmus-Universität stammte und garantiert nicht mehr aktuell war. Die andere war vermutlich das Dorf im Nirgendwo, von dem sie damals zwar abfällig, aber dauernd gesprochen hatte. Und wenn das Glück ihm weiterhin hold war, würde er heute Abend in Niederbroich vor ihrer Tür stehen. Vorsichtshalber suchte er nach einer Übernachtungsmöglichkeit und stutzte. Dieselbe Adresse ergab einen Treffer. *Kleines Gartenhaus – für die perfekte Entspannung im Grünen oder der optimale Ausgangspunkt zur Erkundung des Niederrheins zwischen Köln und Düsseldorf, las er.* Unter der Anzeige stand Familie Hamacher. Ob sie verheiratet war? Sie hatten sich wirklich aus den Augen verloren.

Während er noch seinen Gedanken nachhing, zog eine kleine, zierliche Person seine Aufmerksamkeit auf sich. Die blonde Mähne fiel ihr bis zur Schulter und in den Gläsern ihrer Sonnenbrille konnte er sich spiegeln. Sie stöckelte in Highheels auf ihn zu, für die man andernorts einen Waffenschein gebraucht hätte, und zeigte mächtig viel Haut. Ein paar Zentimeter ausgefranster Jeansstoff verhüllten notdürftig die Hüfte und oberhalb des Bunds schmückte eine tätowierte Sonne den Bauchnabel, die man nur sah, weil das blassrote T-Shirt knapp unterhalb des Busens seitlich geknotet war.

»Wollen wir?«

Eric hob die Augenbrauen. »Charlie?«, mutmaßte er und entdeckte das Grübchen auf der linken Wange.

»Eigentlich Charlotte Luise von Donnersmark.« Sie legte ein atemberaubendes Tempo auf ihren Stilettos vor.

»Donnerwetter!«, murmelte er und beeilte sich, zu ihr aufzuschließen.

»Nein! Donnersmark. Aber wenn du mir deinen Namen endlich verrätst, darfst du auch Charlie sagen.«

Eric räusperte sich. »Entschuldigung. Ich bin Eric. Eric Parcer.« Ihm war nicht entgangen, dass sie nicht nur die Arbeitskluft abgestreift hatte, sondern auch vom geschäftlichen Sie zum kumpelhaften Du übergegangen war.

»Der große Bruder von Peter Parker?«

Sie kicherte über ihren Witz, über den er nur noch müde lächeln konnte, weil er ihn schon zu oft gehört hatte. Er hatte es aufgegeben, darauf hinzuweisen, dass er sich nicht mit ›k‹ schrieb. Charlotte Luise von Donnersmarks großer Bruder war er zum Glück nicht, da war er sich sicher.

»Na gut.« Sie schaute auf die Uhr. »Für einen Kaffee haben wir jetzt doch keine Zeit mehr. Aber für eine Runde um den Block reicht's noch.« Sie hatten das Terminal längst hinter sich gelassen, doch statt auf den Weg hatte Eric nur auf die knackigen Jeanskurven, die vor ihm hin- und herwackelten, geachtet. Jetzt drehte sich Charlie zu ihm um.

»Mein toter Coyote steht gleich hier um die Ecke.«

Eric runzelte die Stirn.

»Keine Angst. Der beißt nicht.«

»Weil er schon tot ist?«

Ihr Grübchen zitterte, als sie versuchte, sich das Lachen zu verkneifen.

Charlies toter Coyote entpuppte sich als ein alter Toyota und war die reinste Fundgrube.

Sie grinste, während sie hektisch leere Trinkflaschen, mumifizierte Apfelkitschen und eine angebrochene Kekspackung aus dem Fußraum des Beifahrersitzes entfernte und hinter dem Fahrersitz zwischenlagerte.

»Noch ein Grund, warum meine Familie mich verstoßen hat.«

»Hat sie das?« Erics Neugier, mehr über ihre Familie zu erfahren, war geweckt.

»Nein. Natürlich nicht. Ich hab Semesterferien«, sagte sie und öffnete den Kofferraum. Sie räumte Wagenheber, Warndreieck, ein paar Schraubenschlüssel und eine ordentliche Sammlung leerer Einkaufstaschen zur Seite, um Platz für Erics Trolley zu schaffen. »Und du?«

Eric suchte nach einer passablen Antwort und fand keine. Wenn Charlie sich über seinen Namen lustig machen konnte, konnte er das auch. »Ich bin Waise und wohne bei meinem Onkel Ben und meiner Tante … ach nee, das war Peter.«

Sie streckte ihm die Zunge raus.

»Jetzt steig schon ein. Sonst kommen wir noch zu spät.«

Sie waren nicht weit gefahren, bis Eric in dem Gewimmel von Straßen und Gässchen rund um den Flughafen die Orientierung verloren hatte. Jetzt hielt Charlie auf einem großen umzäunten Schotterplatz voller Autos, der Eric mehr an einen Schrottplatz als an einen Parkplatz erinnerte. Am hinteren Ende des Platzes stand ein Wohnwagen. Als sie näherkamen, kämpfte sich ein Glatzkopf aus einem Campingstuhl hoch. Seine Wampe spannte sich unter dem Doppelripphemd und ragte über den Bund der Militaryhose mit den ausgebeulten Taschen hinaus.

Er trat seine Kippe aus und kam auf sie zu.

»Bleib erst einmal hier«, wandte sich Charlie an Eric und stieg aus.

Eric stieg ebenfalls aus, blieb aber am Wagen stehen. Er stützte sich auf die Beifahrertür und beobachtete das vertrauliche Geplänkel zwischen Charlie und dem Glatzkopf. Der Typ gehörte eindeutig zu der Art von Menschen, um die Eric normalerweise einen weiten Bogen machte. Meistens fühlten sie sich schon von seiner bloßen Erscheinung provoziert. Er maß nun einmal zwei Meter und drei, hatte ein kantiges Kinn und dazu das Kreuz eines Rugbyspielers. Sein Körper sähe noch ganz anders aus, wenn er endlich wieder regelmäßig zum Joggen oder Schwimmen käme.

Vom Wohnwagen wehte ein leichter Wind den Geruch nach menschlichem Schweiß und Tomaten herüber, die hier garantiert nicht wuchsen. Aber Eric kannte diesen Geruch nur zu gut, was ihm den Glatzkopf nicht sympathischer machte. Jetzt kam er mit Charlie auf ihn zu.

»Sie sind also der Kerl, der in keinen Mietwagen passt.«

Er reichte Eric seine verschwitzte Pranke.

»Wenn Sie so wollen.« Eric schlug ein. Ein fester Händedruck. Der offene, neugierige Blick und das gewinnende Lächeln des Glatzkopfes erstaunten ihn. Er folgte ihm durch die langen Reihen der parkenden Autos, bis sie vor einem Volvo standen.

»Der müsste passen«, meinte der Glatzkopf, als hätte er Eric einen Maßanzug in die Umkleide gereicht, und ließ den Wagenschlüssel vor Erics Nase baumeln. »Ich krieg Ihren Perso und die Sänfte gehört für die nächsten 48 Stunden Ihnen.«

Eric ignorierte das Unbehagen in der Magengrube und zückte das Portemonnaie, in dem er auch seinen Ausweis aufbewahrte. Der Glatzkopf griff nach dem Dokument, schaute kurz hinein und ließ den Autoschlüssel in Erics aufgehaltene Hand fallen.

»Tank ist halb voll. Genau so krieg ich den übermorgen wieder zurück«, sagte er und stapfte in Richtung Wohnwagen davon, bevor Eric sich entscheiden konnte, ob er sich bedanken wollte.

»Und der Preis?«, erkundigte er sich bei Charlie und umrundete den SUV. Für Kanada wäre der Wagen perfekt. Hier fand er ihn eine Spur zu protzig, aber immer noch besser als laufen.

»Hundertfünfzig, bar auf die Kralle, wenn er ohne Schrammen zurückkommt«, rief der Glatzkopf über den Platz, ohne sich umzudrehen. Charlie grinste und zuckte mit den Schultern.

»Und wenn nicht?«, wollte Eric von ihr wissen.

Sie zog eine Schnute und fuhr sich mit der flachen Hand über die Kehle.

»R.I.P. So ist er halt, der Bernd.«

Eric verzog den Mund und hoffte, dass sie es für ein Lächeln hielt. Nach einer Vollkaskoversicherung fragte er jetzt lieber nicht.

In der Zwischenzeit hatte der Glatzkopf den Wohnwagen wieder erreicht.

»Soll ich der Pussy den Wagen ausparken, oder watt?«, brüllte er über den Platz.

Eric entriegelte das Auto und setzte sich hinters Steuer. Er fuhr den Sitz ein Stück nach hinten und stellte den Rückspiegel richtig ein.

»Also dann, bis übermorgen. Und gute Fahrt.« Charlie klopfte ihm zum Abschied auf die Schulter und schlug die

Fahrertür zu. Schlagartig fühlte sich Eric wie ein an der Autobahnraststätte auf dem Weg in die Ferien ausgesetzter Hund. Er schnaufte, startete den Motor und tippte Niederbroich ins Navi ein. Tatsächlich berechnete das Gerät drei verschiedene Routen, von denen Eric sich für die zeitlich schnellste entschied. Er setzte zurück und rollte vom Parkplatz.

Kapitel 3

Philip Rommerskirchen hockte auf dem gepflasterten Vorplatz des Mietshauses und hatte die Schrauben, Hebel, Ventile und Rädchen seines Motorrads auf Tüchern vor sich ausgebreitet. Einige hatte er bereits gereinigt, andere auch neu gefettet, je nach Bedarf. Neben ihm stand der alte Werkzeugkasten seines Vaters, den er seiner Mutter abgeluchst hatte mit dem Versprechen, bei Bedarf ihre Reparaturen zu erledigen. Doch wenn sie ihn nicht direkt an die Strippe bekam, weil er wieder einmal einen Verbrecher verfolgte oder einen Mörder überführte, würde sie sich eh an den nächsten Klempner wenden. Rommerskirchen schob die Zunge zwischen die Zähne und ging in Gedanken den Sitz der Einzelteile noch einmal durch. Zu peinlich, wenn er die Maschine später zu Manni schieben musste, weil er sie falsch zusammengebaut hatte.

Manni wohnte ein Stück außerhalb von Niederbroich auf einem alten Bauernhof inmitten von Hühnern und Hasen und schraubte an allem, was Räder hatte. Traktoren, Rasenmäher, Motorräder oder Cabrio-Oldtimer - es gab nichts, was er nicht wieder ans Laufen brachte. Rommerskirchen hatte Manni erst vor ein paar Wochen kennengelernt, als er sich nach einem Motorrad umgesehen und tatsächlich auf dem Hof des Bastlers das Custombike entdeckt hatte, das er nun sein eigen nennen durfte. Entsprechend hegte und pflegte er es jetzt.

»Flip!« Irgendwo weit über seinem Kopf hörte er seine Freundin nach ihm rufen. Warum nahm sie sich nicht genug Zeit, seinen Namen richtig auszusprechen? Sie war nicht

Biene Maja. Und er kein Grashüpfer. Er stieß die Luft aus, setzte eine weitere Schraube an ihren Platz zurück und suchte den passenden Schlüssel, um sie festzuziehen. Rike würde ihn schon finden. Wieder hörte er sie nach ihm rufen. Er schaute nach oben. Sehen konnte er sie genauso wenig wie sie ihn. Die Wohnung unterm Dach, die sie nun seit knapp einem Jahr bewohnten, war nicht so groß, um dort lange nach ihm zu suchen. Irgendwann würde sie sich auf den Weg nach unten machen. In der Gesäßtasche seiner Jeans erklang die Tatortmelodie. Er würde sich nicht die Jeans versauen und mit ölverschmierten Fingern das Handy aus der Tasche ziehen, nur weil sie sich den Weg nach unten sparen wollte. Heute hatte er frei. Und er wusste ganz genau, was er mit seiner freien Zeit anfangen wollte. Er zuckte mit den Schultern und schraubte den Luftfilter fest.

Eine Horde Halbstarker zog grölend die Straße hoch. Rommerskirchen wandte sich um und musterte die Gruppe ohne echtes Interesse. Die Jungen schubsten und rempelten sich gegenseitig und versuchten damit, die Aufmerksamkeit der beiden Mädchen zu erregen. Die verdrehten nur gelangweilt die Augen, steckten dann aber doch die Köpfe zusammen und kicherten. Auffällig war nur ihre Unauffälligkeit. Die Jungs trugen die Haare kurz mit ausrasiertem Nacken und scharf gescheiteltem Schopf. Die Mädchen lang und langweilig. Nur die Haarfarben variierten von Dunkelbraun bis Hellblond.

Rommerskirchen widmete sich wieder seiner Maschine.

»Deine Eltern«, hörte er eines der Mädchen hinter seinem Rücken. Allein durch die Betonung des Satzes wusste er, dass sie ihrer Freundin kein Wort glaubte.

»Ja.« Die Antwort kam emotionslos.

»Deine Eltern?« Jetzt schwangen die ersten Zweifel in der Stimme.

»Ja.« Trocken.

»Boah, ey Alter.«

»Ja.« Knochentrocken.

»Deine Eltern? Echt jetzt?«

»Ja.« So trocken, dass es schon staubte.

»Voll krasser Scheiß, ey.«

Rommerskirchen hätte zu gerne gewusst, was es mit den Eltern auf sich hatte. Er lachte über seine berufsbedingte Neugier und widerstand dem Impuls, sich umzudrehen.

»Ey, du Arsch. Gib das wieder her«, beschwerte sich einer der Jungen hinter ihm. Etwas Leichtes traf ihn am Rücken. »Vollhonk«, kommentierte ein anderer.

Der Kommissar stand auf und drehte sich um.

Genau zwischen ihm und den Jungen lag ein Päckchen auf dem Gehweg. Eine kleine rosa Packung mit aufgedruckten Blasen. Bubblegum las er, Juicy Rolls und Big Size. Während Rommerskirchen noch überlegte, was ihn an der Kaugummipackung irritierte, war einer der Jungs herangesprungen, griff nach dem Päckchen und ließ es in der Jackentasche verschwinden.

»Tschuldigung«, grinste er und hechtete hinter der Gruppe her, die es plötzlich sehr eilig hatte. Ein schwacher Geruch nach Tomate und verbrannten Teeblättern wehte hinter ihnen her und bewirkte Stirnrunzeln beim Kommissar.

»Hier steckst du! Da kann ich ja noch lange rufen.«

Rike stand im Eingang, das Handy in der rechten Hand und die linke in die schmale Hüfte gestemmt. Sie zog die linke Augenbraue hoch.

»Ach du Scheiße.« Ihr Blick glitt über die ausgebreiteten Einzelteile. »Sieht aus, als ob das dauert.«

Rommerskirchen musterte sie kurz. Eigentlich wollte er sie gar nicht fragen, was sie von ihm wollte. Alles, was ihn heute von der Pflege des Bikes abhielt, hielt ihn auch davon ab, morgen das angekündigte Traumwetter für eine Spritztour zu nutzen.

»Sieht so aus«, gab er zurück. Trocken, dachte er. Furztrocken.

Sie hielt ihm das Handy entgegen.

»Pim hat angerufen. Irgendwas ist nicht in Ordnung. Habe nicht verstanden, was los ist. Aber er will, dass wir uns treffen.«

»Wieso hast du ihn nicht verstanden? So schlecht ist sein Deutsch jetzt wirklich nicht.« Mit holländischem Akzent fuhr Rommerskirchen fort: »Ik dacht, Frauen finde die Holländer so sexy.« Aufreizend wackelte er mit dem Hintern und blinkerte mit den Augen.

»Blödmann«, knurrte Rike. Ihre Wangen überzog ein Rotschimmer, was den Verdacht nahelegte, dass er nicht ganz unrecht mit seiner Blödelei gehabt hatte.

»Er wollte wissen, ob wir da gewesen wären. Es gab wohl ein paar merkwürdige Vorkommnisse auf dem Hof. Irgendwer hat was am Haus gemacht. Oder gesucht.«

Rommerskirchen seufzte und schloss für einen Augenblick die Augen, während er sich die Hände an einem Lappen abwischte. Das war's dann. Die Spritztour konnte er streichen. Aber die Maschine würde er auf jeden Fall zusammenbauen. »Wieder was mit dem Notstromaggregat? «

»Keine Ahnung. Ich hab doch gesagt, ich hab nicht verstanden, worum es genau geht.«

Mit dem rechten Fuß trommelte Rike eine Mahnung, sich zu beeilen.

Er griff nach dem nächsten Hebel und schaute seine Freundin an.

»Wann erwartet der Haschpapi unseren Besuch?«

»Nenn ihn nicht so!« Sie zog die Brauen zusammen. »Heute fahren wir wohl nicht mehr hin. Und morgen ganz bestimmt nicht mit dem Ding da.«

Rommerskirchen hörte sie noch etwas von Affen und Schleifsteinen murmeln, bevor sie im Haus verschwand und die Tür hinter sich zuknallte.

Schon allein wegen der fehlenden Knautschzone wäre er nicht auf die Idee gekommen, mit Rike und dem Motorrad über die Autobahn zu preschen. Dafür standen ihm die Bilder von Einsätzen, zu denen er gerufen worden war, zu eindringlich vor Augen. Für einen Moment glaubte er sogar, verbranntes Gummi zu riechen. Musste sie ihn deshalb gleich aussperren? Er schnaubte. Sie wusste genau, dass er seinen Haustürschlüssel immer auf den Briefkästen im Hausflur liegen ließ. Und da lag er auch jetzt. Er griff zur nächstliegenden Schraubenmutter.

»Also gut«, murmelte er vor sich hin, hauchte auf die Schraube und polierte sie hingebungsvoll. »Wer will hier nach Gescher? Ich habe Zeit.«

In Nullkommanichts setzte er die Einzelteile des Bikes wieder zusammen. Und wartete. Wahrscheinlich hatte er die Maschine sogar schneller wieder zusammengebaut, als das Auseinandernehmen gedauert hatte.

Er wartete auf die Tatortmelodie, die sein Handy nur dudelte, wenn Rike seine Nummer gewählt hatte. Er wartete, dass sie nach ihm rief. Dieses Mal hätte er auch auf »Flip« gehört. Er wartete, dass sie zu ihm herauskam. Was sie natürlich nicht tat.

Irgendwann klingelte er doch. Anstatt einfach den Türsummer zu drücken, ließ Rike ihn zappeln. Es brauchte nicht lange, bis seine Geduld am Ende war. Immerhin redeten sie über die Gegensprechanlage miteinander.

»Mach jetzt die Tür auf, Rike. Oder muss ich die Polizei rufen?«

»Du bist die Polizei.« Er hörte sie kichern.

»Ich bin nicht im Dienst.«

»Dann ist ja gut. Ich dachte schon, ich müsste jetzt wirklich die Tür öffnen.«

»Rike!«

»Ich mag es, wenn du so energisch bist«, hauchte es aus dem Metallkästchen neben der Haustür. Rommerskirchen wischte sich mit dem Handrücken den Schweiß von der Stirn. Er wusste, wie das enden würde.

»Können wir das vielleicht oben klären, wo es nicht alle Nachbarn mitbekommen?«

Dass die Nachbarn gar nicht zu Hause waren, musste er ihr ja nicht auf die Nase binden. Natürlich hatte er inzwischen auch die anderen beiden Klingelknöpfe des Hauses gedrückt, aber niemand hatte geöffnet.

»Wäre dir das etwa unangenehm?«

Mit ihrem Säuseln hätte sie für die gut bezahlte Variante der Telefonseelsorge arbeiten können. Er schüttelte den Kopf, um den Gedanken zu verscheuchen.

»Es geht sie nichts an.«

Jedes Paar stritt sich eben auf eine besondere Art.

»Glaubst du, die Wände sind dick genug, dass sie es nicht mitbekommen?«

Und jedes Paar versöhnte sich anders.

»Wenn du mich reinlässt, können wir es herausfinden.«

Endlich betätigte sie den Türsummer. In Windeseile stürmte er die Treppen nach oben, wo sie bereits am Treppenabsatz auf ihn wartete. Sie schlang ihre Arme um seinen Hals und umklammerte mit den Beinen seine Hüfte. Kaum war die Wohnungstür hinter ihnen ins Schloss gefallen, hatten sie es eilig, ihre Versöhnung zu feiern. Er streifte ihr das Shirt über den Kopf und hinderte ihre Lippen nur so kurz wie nötig daran, seinen Körper zu liebkosen. Sie lachte, schob sein T-Shirt hoch und schmiegte sich an ihn. Ein paar Schritte weiter war er seine Jeans endlich losgeworden und ließ sie achtlos liegen. Er hielt Rike am Handgelenk fest, damit sie ihm nicht davonwirbelte. Wieder lachte sie, warf ihre Locken in den Nacken und schlüpfte geschmeidig wie eine Katze aus ihrer Hose. Die Glöckchen an der Kette um ihr Fußgelenk klangen hell, als sie über seine Jeans hinwegstieg und die letzten Meter ins Bett hechtete. Er küsste ihren Knöchel, die Wade, das Knie und ließ sich mit ihr in den Strudel der Leidenschaft sinken. Sie liebten sich kurz und heftig. Erschöpft und verschwitzt lagen sie nebeneinander.

»Ein Sommergewitter«, raunte Rike ihm ins Ohr, als sie wieder zu Atem gekommen war.

Kapitel 4

Eric drückte den Klingelknopf unter dem Messingschild und wartete. Auf der anderen Seite der drei gepflasterten Stufen, die im Halbrund zur weißen Kunststofftür hochführten, stand ein Terracottakübel mit einem Margeritenbäumchen, das von Männertreu umrundet wurde. Vor dem grauen Klinker wirkten die Farbkleckse einladend.

Noch einmal drückte Eric den Klingelknopf. Eine stämmige Blondine im Dirndl öffnete. Er schätzte sie etwa im gleichen Alter wie seine Mutter, so um die sechzig. Sie wischte sich die Hände an einem kleinen Frotteetuch ab.

»Ja bitte?« Ihre Stimme war weich und dunkel.

»Frau Hamacher?«, tastete sich Eric behutsam vor.

»Ja, die bin ich.«

»Wunderbar. Ich hatte schon befürchtet, an der falschen Adresse zu sein. Sind Sie Natalies ältere Schwester? Sie hat mir gar nichts von Ihnen erzählt.« Er lächelte.

»Junger Mann, ich bitte Sie. Ich bin ihre Mutter.«

Er registrierte, dass sie seine Bemerkung zwar albern fand, sich aber trotzdem über das Kompliment freute.

»Was kann ich für Sie tun?«

»Ich bin Eric Parcer. Ein alter Studienkollege von Natalie.« Er reichte ihr die Hand. »Aus der Zeit in Rotterdam.«

»Oh, wie nett.«

Er sah ihr an, dass sie in ihrem Gedächtnis nach seinem Namen suchte. Ob Natalie jemals von ihm gesprochen hatte?

»Da kommen Sie den weiten Weg von Rotterdam hierher und Natalie ist gar nicht da. Wenn ich mich recht erinnere, ist sie dieses Wochenende auf einer Fortbildung. Das tut mir jetzt wirklich leid.«

»Ja, das ist wirklich schade. Aber nicht schlimm. Ich bin noch eine Weile in der Gegend. Da ergibt sich vielleicht noch ein Treffen.« Er schaute sich um. »Schön haben Sie es hier. Sagen Sie, ist es richtig, dass Sie ein Ferienhaus vermieten?«

»Oh ja, haben Sie die Anzeige im Internet gesehen? Die hat Natalie gemacht.«

»Das Haus ist nicht zufällig noch frei?«

»Wie gut, dass ich gerade die Betten bezogen und das Bad geputzt habe. Wer weiß, wann der erste Gast auf der Matte steht, hab ich mir gedacht.« Hedwig Hamacher öffnete die Tür jetzt weit und gab den Weg frei. »Schauen Sie es sich ruhig erst an. Es ist nicht groß. Aber für zwei Personen reicht es wohl.«

»Für zwei Personen? Bitte, Frau Hamacher, sagen Sie mir nicht, dass Natalie im Gartenhaus wohnt, wenn sie hier ist und ich jetzt in ihre Privatsphäre eindringe.«

»Ach, Herr Parcer.« Sie winkte ab. »Etwas Schöneres könnten wir uns gar nicht denken.«

Eric war verwirrt. Meinte Frau Hamacher, dass Natalie im Gartenhaus wohnen sollte, oder dass er, Eric, gerne in ihre Privatsphäre eindringen solle?

»Unsere Tochter zieht es vor, in Köln zu wohnen. Näher am Institut, sagt sie immer. Wollen Sie es sich nicht erst einmal ansehen?«

»Ich bin sicher, dass es passt. Vielen herzlichen Dank. Ich hole nur schnell mein Gepäck aus dem Wagen. Und hätten Sie vielleicht einen Tipp für mich, wo ich in Niederbroich noch etwas zu essen bekomme?«

Sie schaute ihn tadelnd an.

»Junger Mann. Das Abendessen steht bereits auf dem Tisch. Kommen Sie einfach herüber, wenn Sie ausgepackt haben.«

Eric sprang die Treppenstufen hinunter, ging die wenigen Schritte zum Auto und holte den Trolley heraus. Hedwig öffnete ihm das Gartentor und schloss es hinter ihm wieder ab.

Um keine Spuren im gepflegten Grün zu hinterlassen, trug er den Koffer über den perfekt getrimmten Rasen bis zum Eingang des Ferienhauses. In den Lavendelbüschen und den Rosen, die vor dem Gartenhaus standen, summten Bienen in den letzten Sonnenstrahlen des Tages.

Hedwig schloss die Haustür auf, ließ ihm den Vortritt und legte den Schlüssel auf den Couchtisch. Sie standen in einem hellen Raum, der als Wohnzimmer diente und eindeutig von einer Frau eingerichtet worden war. An den weißen Wänden hingen Kunstdrucke in Pastelltönen von französischen Impressionisten. Die Gardinen waren im gleichen Lindgrün gehalten wie das Sofa, das sich unter die steile Treppe duckte, die zur Galerie hochführte. Nur der große Flachbild-Fernseher an der gegenüberliegenden Wand wirkte leicht deplatziert. Am Fuße der Treppe stand ein Esstisch mit zwei Stühlen. Der Raum war wirklich nicht groß und dennoch fand alles Wichtige seinen Platz.

Sie zeigte ihm das kleine Bad und die noch kleinere Küche.

»Natürlich können Sie sich hier auch selbst versorgen, aber mein Mann und ich würden uns freuen, wenn Sie zum Essen rüberkommen. Das ist schon alles im Preis mit drin.«

»Über den Preis haben wir noch gar nicht gesprochen. Was verlangen Sie denn für die Nacht?«

»Pro Nacht? Darüber habe ich mir noch gar keine Gedanken gemacht. Bisher dachte ich an dreihundertfünfzig Euro. Für die ganze Woche. Und wenn Sie zwei Wochen bleiben, macht das sechshundert. Insgesamt.«

»Das ist nicht Ihr Ernst!«

Sie schaute ihn mit großen Augen an. »Zu teuer?«

Er lachte verblüfft.

»Liebe Frau Hamacher, Ihre Preise sind zu niedrig. Zwei Typen mit meinem Appetit im Monat und Sie sind bankrott.«

Sie lächelte verschmitzt.

»Sie sind ja nicht einfach irgendein Gast. Sie sind ein Freund unserer Tochter. Da kann ich Ihnen doch nicht das Geld aus der Tasche ziehen.«

»Machen Sie sich mal keine Sorgen. Ich bin geschäftlich hier. Den Aufenthalt mit allem Drum und Dran zahlt meine Firma.« Er strahlte sie an. »Überdenken Sie also noch einmal den Preis. Aber das Angebot, mit Ihnen zu essen, nehme ich gerne an.«

Wie zur Bestätigung knurrte sein Magen. Er beschloss, das Inspizieren des Schlafzimmers und das Auspacken auf später zu verschieben und ihr direkt zu folgen.

Wenige Minuten später saßen sie zu dritt um den reichlich gedeckten Abendbrottisch. Sie hatte es sich nicht nehmen lassen, alles aufzutischen, was der Kühlschrank hergab, und Karl-Heinz Hamacher, ihr Mann, hatte Eric mehr als einmal bestätigt, dass es sie glücklich mache, ihn zu bemuttern. Sollte es ihm aber zu viel werden, könne er sich in sein Reich im Garten zurückziehen. Für seine Ruhe würde er, Kalle, garantieren.

»Und Sie sind extra aus Rotterdam gekommen, um sich mit Natalie zu treffen?«, fragte Kalle, während er ein großes

Stück seines Wurstbrotes zusammenklappte und auf die Gabel spießte.

»Nein, ganz so ist es nicht. Ich komme gerade aus Toronto und suche hier für meine Firma nach Grundstücken.«

Kalle zog die Augenbrauen zusammen. »Dann sind Sie also gar kein Mediziner wie unsere Tochter? Sondern Immobilienhändler? Einer dieser Maklerhaie womöglich?«

Eric legte das Besteck zur Seite.

»Nein, nein. Ich gehöre zu den Guten, glauben Sie mir.«

Er hob abwehrend die Hände. »Wir suchen Anbauflächen für medizinische Nutzpflanzen.«

»Kalle!«, tadelte ihn Hedwig Hamacher. »Jetzt lass ihn doch erst einmal essen. Noch ein Stückchen Braten, Herr Parcer?«

»Sehr gerne. Und bitte, nennen Sie mich doch Eric.«

»Dann bin ich aber die Hedwig«, beharrte Hedwig Hamacher.

»Und ich bin der Kalle«, ergänzte Kalle versöhnlich und hob sein Bierglas. »Prost!«

»Und Natalie hat gar nicht gesagt, dass sie nicht hier ist?«, wunderte sich Hedwig.

»Das liegt wohl an mir. Ich bin nicht sonderlich gut im Kontakthalten. Telefonnummern und Mailadressen aktualisiere ich so gut wie nie. Irgendwann weiß ich dann nicht mehr, welche von den vielen angesammelten gültig sind und welche nicht.«

»Dann bringe ich dich mal schnell auf den neusten Stand. Soll ich diktieren?« Hedwig zückte ihr Smartphone.

»Einfacher ist es, wenn ich Ihnen meine Handynummer gebe und Sie mir die Kontaktinfos von Natalie kopieren.«

Hedwig schüttelte den Kopf. »So geht das nicht.«

Eric ließ die Schultern hängen. Er hatte befürchtet, dass er nicht ohne Weiteres an Natalies aktuelle Daten kam. Während er noch grübelte, wie er Hedwig von seinen lauteren Absichten überzeugen könnte, fuhr sie fort: »Entweder nenne ich Sie Herr Parcer. Oder du duzt mich ebenfalls, Eric. Also, was jetzt?«

»Oh, ich bitte um Entschuldigung«, stammelte Eric und schaute hilfesuchend zu Kalle. Der grinste breit.

»Entschuldigung, liebe Hedwig. Oder Entschuldigung, verehrte Frau Hamacher.«

Der Kerl war ein harter Brocken und würde vermutlich keine Gelegenheit auslassen, ihm auf den Zahn zu fühlen. Eric lächelte Hedwig Hamacher zu, während er seine Visitenkarte aus dem Portemonnaie fischte und ihr neben den Teller legte. »Liebe Hedwig, bitte sei so freundlich und schicke mir Natalies Handynummer und E-Mail-Adresse.«

Kapitel 5

Obwohl die Wetterapp auf Benes Handy eindringlich vor Regen warnte, schien die Sonne von einem blauen Himmel, über den hin und wieder eine Herde Schäfchenwolken hinwegzog. Aber von Regen war keine Spur zu sehen. Nach einem schnellen Frühstück mit Müsli und Kaffee brachen Kati, Jo und Bene auf.

»Ich frag mal die Vermieter, wo wir hier am besten Räder leihen können«, sagte Kati und stieg die Metallstufen der Außentreppe hinunter. Sie ging am Küchenfenster vorbei, konnte aber wegen der üppigen Geranien auf der Fensterbank nicht erkennen, ob die Kamphus zu Hause waren, und klingelte an der Tür. Einen Augenblick später öffnete Frau Kamphus.

»Gut, dass Sie fragen«, sagte sie und rief über die Schulter ins Haus. »Josef, tu mal die Räder aus dem Schuppen holen.«

Dann wandte sie sich wieder an Kati. »Zur Ferienwohnung gehören regulär zwei Räder. Aber der junge Mann kann mein Rad haben, wenn er sich nicht zu fein ist, aufm Damenrad zu fahren. Wir sind nämlich übers Wochenende weg zu unserer Nichte. Wenn Sie vielleicht die Geranien in den Kästen gießen könnten? Nur falls es brüllend heiß wird.«

Josef Kamphus rollte zwei Räder aus der Garage, stellte sie wortlos vor der Tür ab und verschwand wieder.

Frau Kamphus musterte Bene. »Den Sattel müssen wir wohl 'n büschen höher drehen. Und Sie müssen unbedingt eine Flasche Wasser mitnehmen. Warten Sie. Ich hole eine.«

Eine Viertelstunde später waren sie abfahrbereit und orientierten sich an den Karten auf Benes Handy. Sie radelten über kleine, wenig befahrene Straßen, durch Wäldchen und über Feldwege, die von Sträuchern und Hecken gesäumt waren. Aber gelegentlich verschätzte sich das Handy oder spuckte falsche Koordinaten aus.

»Sind wir überhaupt in der richtigen Gegend? Kann das die Richtung sein, aus der das Leuchten gekommen ist?« Bene schaute über die Stoppelfelder, auf denen in weiten Abständen große runde Strohballen lagerten. Dazwischen pickten ein paar Krähen. Hohe Hecken und Bäume, die die Ränder der Felder und Wege säumten, behinderten die Orientierung.

»Das ist wirklich schwer zu sagen. Fahren wir noch ein Stück weiter. Wenn wir dann nichts finden, drehen wir um. Einverstanden?«, schlug Jo vor und fischte die inzwischen fast leere Wasserflasche aus Katis Fahrradkörbchen. Sie zischte beim Öffnen und entließ dabei die noch vorhandene Kohlensäure.

»Geschüttelt, nicht gerührt«, kommentierte Jo, setzte die Flasche an und leerte sie in einem Zug.

Kati schaute auf die Uhr. Mittag war bereits vorbei.

»Ein Kaffee wäre jetzt großartig.«

»Darauf musst du warten, bis wir wieder in Hochmoor sind, fürchte ich«, sagte Jo.

Bene war bereits ein gutes Stück vorausgefahren und stellte gerade sein Rad an einer Baumgruppe ab. Gebückt schlich er auf etwas zu, das sich den Blicken von Kati und Jo entzog.

»Was hat er denn jetzt entdeckt?«, wollte Kati wissen.

»Miez, miez, miez«, hörten sie Bene locken.

Sie stellten ihre Räder neben seins und folgten dem Enkel leise und vorsichtig. Im Unterholz raschelte es. Dann sprang eine dicke, weiß-grau getigerte Katze vor ihnen auf den Weg und starrte sie an.

»Wer bist du denn?«

Bene ging langsam auf das Tier zu und streckte die Hand aus. Die Katze drehte die Ohren nach hinten und fauchte.

»Ich tu dir doch nichts« versuchte Bene, sie zu beruhigen, und ging noch tiefer in die Hocke.

»Pass bloß auf«, mahnte Kati, der die Katze nicht geheuer war. »Die guckt ziemlich krabitzig. Noch einen Schritt weiter und sie kratzt dir die Augen aus.«

Tatsächlich fixierte die Katze Bene die ganze Zeit, ohne auch nur ein einziges Mal zu blinzeln.

»Katze oder Kater?«, fragte Bene und schob sich ein paar Zentimeter näher an den Vierbeiner heran.

»Wahrscheinlich ein Kater. Katzen haben selten so große, runde Köpfe«, mutmaßte Jo.

»Ich finde sie unheimlich. Der Blick.« Kati wich einen Schritt zurück.

»Das liegt an den Augen. Total blau, was?« Bene verringerte Zentimeter um Zentimeter den Abstand. »Blinzelt mal, sonst fühlt sie sich angegriffen«, wies er seine Großeltern an.

Die Katze stellte die Ohren auf und begann, ebenfalls zu blinkern. Bene hatte sie fast erreicht. Im letzten Moment sprang sie zur Seite und lief hinter die Bäume, wo sie nicht mehr zu sehen war.

»Ganz schön schnell, der Moppel«, stellte Kati fest und wandte sich zum Gehen.

»Jetzt seht euch das an«, rief Bene.

Er war der Katze auf dem Weg gefolgt und stand vor einem kleinen Schuppen mit Grasdach, der sich in eine Mulde duckte und nur zu erkennen war, wenn man sich direkt davor befand.

»Wie cool«, staunte Bene.

Beim Näherkommen entdeckten sie neben dem Schuppen ein Gehöft aus rotem Backstein mit tief heruntergezogenem Dach. Es hatte schon bessere Tage gesehen. Die Farbe blätterte von den Fensterrahmen und dem großen Holztor, das nicht gerade fachmännisch mit ein paar rohen Brettern ausgebessert worden war.

Mit erhobenem Schwanz stolzierte die Katze auf den Hof zu, blieb stehen, um sicherzugehen, dass Bene ihr folgte, und schritt dann weiter.

»Hier riecht es komisch«, bemerkte Jo und sah Bene und der Katze beim Spielen zu.

Kati schnupperte umher. »Du hast recht. Kommt das vom Hof?« Sie kannte den Geruch, aber es wollte ihr partout nicht einfallen, woher. Als sie weiterging, entdeckte sie neben dem Hof einen Anbau, der als Geräteschuppen und einem Jeep mit holländischem Kennzeichen als Garage diente. Daran schlossen sich Hecken und Büsche an, die nur an wenigen Stellen den Blick auf ein Gewächshaus freigaben. Vom Anbau verliefen dicke Kabelstränge und Schläuche am Treibhaus entlang und verschwanden irgendwo hinter der Hecke. Bei jedem Schritt, den sich Kati näherte, nahm der eigenwillige Geruch zu. Sie steckte ihre Nase in die Hecke, doch es waren nicht die Sträucher, die diesen speziellen Duft absonderten. Die Quelle lag vermutlich im Inneren des Gewächshauses. Kati spähte durch die Lücke in der Hecke, konnte aber nicht viel sehen, da das Wasser an den Fensterscheiben kondensierte und den Blick ins Innere verwehrte. Sie lief an den Sträuchern entlang, die jetzt größere Lücken ließen. Doch auch hier konnte sie nicht erkennen, was sich im Inneren des Treibhauses befand.

Sie warf einen Blick zurück. Mittlerweile hatte sie sich ein beträchtliches Stück von Bene und Jo entfernt, die immer noch vor dem Haupthaus standen und mit der Katze spielten. Zu weit, um sie zu rufen.

Kurz entschlossen schlüpfte Kati durch die Hecke. Jetzt stand sie direkt vor der Scheibe des Gewächshauses, was den Einblick leider nicht verbesserte. Zwei Drittel der Front trennte sie bereits vom Geräteschuppen, etwa ein Drittel vom Ende des Treibhauses. Vielleicht gab es dort eine Tür. Oder wenigstens ein Fenster, durch das die Kabel und Schläuche ins Innere führten. Welchem Zweck sie wohl dienten? Sie folgte den Zuleitungen und passte auf, wohin sie trat, um nicht umzuknicken oder sich die Beine an den Brombeeren aufzureißen, die jetzt vermehrt zwischen den Heckensträuchern wuchsen. Dann hatte sie das Ende des Gewächshauses erreicht. Neugierig lugte sie um die Ecke und konnte ihr Glück kaum fassen. Tatsächlich gab es hier eine Tür. Im nächsten Moment hatte Kati sie erreicht und drückte die Klinke hinunter. Abgeschlossen. So ein Mist. Das Glas der Tür war weniger beschlagen als die Seitenfenster. Kati drückte sich die Nase platt. Knapp hinter dem Eingang konnte sie einen Vorhang aus Plastikfolie erkennen, der sie an die Lamellen in einer Autowaschstraße erinnerte. Dummerweise ließ auch die Plastikfolie keinen Blick auf die Pflanzen zu. Kati trat ein paar Schritte zurück und betrachtete die Stirnseite des Treibhauses. Die Kabel und Schläuche verschwanden in der unteren rechten Ecke. Ein gutes Stück weiter oben befand sich eine Lüftung, deren Gebläse sich just in diesem Moment in Bewegung setzte und einen Schwall des befremdlichen Geruchs absonderte. Ein bisschen ähnelte er dem Geruch überreifer Walderdbeeren, die Kati und Jo als Bodendecker in den Garten gepflanzt hatten und nicht immer rechtzeitig pflückten.

Noch einmal drückte Kati die Klinke und rüttelte an der Tür. Vielleicht klemmte sie nur. Ohne Erfolg. Enttäuscht trat sie zurück und entdeckte jetzt erst oberhalb der Öffnungen, in denen die Zuleitungen im Gewächshaus verschwanden, ein kleines Kästchen mit einer Zifferntastatur. Neugierig ging sie näher heran. Ein Safe? So etwas hatte sie in einem Katalog für englische Gartenkultur gesehen. Er wäre groß genug, um den Schlüssel für die Tür zum Treibhaus sicher zu verwahren.

Das Display unter der Tastatur erforderte die Eingabe eines dreistelligen Codes. Auf gut Glück tippte Kati die Ziffern 1, 2 und 3, ohne große Hoffnung, die richtige Kombination erraten zu haben, und war fassungslos, als die Klappe des Kästchens aufsprang.

Hatte es sich noch nicht herumgesprochen, dass das häufigste Passwort 1-2-3 lautete? Sie fischte den Schlüssel heraus und steckte ihn ins Türschloss. Es war schwergängig und klemmte. Womöglich wurde es seit Längerem nicht mehr benutzt und der Schlüssel war nur für den Notfall vorgesehen. Endlich ließ er sich drehen und sie öffnete die Tür.

Vorsichtig betrat Kati das Gewächshaus. Ein Schwall abgestandener, warmer Luft schlug ihr entgegen und raubte ihr für einen Augenblick den Atem. Dann schlüpfte sie durch den Plastiklamellenvorhang und blieb wie angewurzelt stehen. Vor ihr erstreckte sich ein wahrer Dschungel an Cannabispflanzen. Die Strahler an der Decke hätte man auch für Filmaufnahmen verwenden können, so hell schienen sie. Ob sie das merkwürdige Leuchten verursachten, das sie gestern Abend beobachtet hatten? Kati schirmte die Augen gegen das grelle

Licht mit der Hand ab und entdeckte das ausgeklügelte Bewässerungssystem, an das jede Pflanze angeschlossen war. Die Pflanzen standen in quadratischen Plastiktöpfen in Reih und Glied. Am Kopf jeder Reihe war ein Messstab mit kryptischer Beschriftung angebracht, von dem eine Schnur in die Tiefen des Gewächshauses führte. Zwischen jeder vierten Reihe und an den Seiten war der Platz so groß, dass man hindurchgehen konnte. Kati wurde übel und schwindelig. Die Wärme und die hohe Luftfeuchtigkeit machten ihr zu schaffen. Dazu bereitete ihr der penetrante Geruch Kopfschmerzen.

Sie wollte gerade das Gewächshaus wieder verlassen, als es zwischen den Pflanzen raschelte. Mäuse? Ratten? Sie hatte keine Ahnung, welche Tiere sich hier freiwillig einnisten würden. Das Rascheln kam näher und als sie in die Reihe linste, aus der sie das Geräusch gehört hatte, trafen sich ihre Blicke.

Zwischen den Cannabispflanzen stand ein großer, schlanker Mann mit T-Shirt und Latzhose. Die blonden Haare klebten ihm an den Schläfen. Seine blauen Augen funkelten Kati wütend an. Dann brüllte er los. Kati ergriff die Flucht, verhedderte sich in den Plastiklamellen und hastete zur Tür, während der junge Mann hinter ihr herrief, was sie hier zu suchen hätte. Sie stürmte ins Freie, sprang ohne Rücksicht auf Schrammen durch die Hecke und rannte zu Jo und Bene zurück.

Die beiden hockten noch immer auf dem Hof und kraulten die Katze, die die Zuwendung sichtlich genoss und sich auf dem Boden wälzte. Als Kati auf sie zugeschossen kam, sprang sie auf und verschwand jaulend im Geräteschuppen.

»Runter von diese Landgut!«, schrie der Mann, der Kati dicht auf den Fersen war. »Dat is prifat.«

Er sprach mit holländischem Akzent, was den Worten ein

wenig die Schärfe nahm. Vielleicht lag es auch nur daran, dass Kati noch keinen Holländer dermaßen gegen sich aufgebracht hatte.

»Wir haben nur mit der Katze gespielt«, versuchte Jo, den jungen Mann zu beruhigen.

»Nur mit die Kat gespeelt? Ik seh dat anders.«

Kati, Jo und Bene eilten zu den Rädern. Der junge Mann blieb am Geräteschuppen stehen.

»Nächstes Mal ruf ik die Polizei.«

Ohne auf Bene und Jo zu achten, schwang sich Kati in den Sattel und preschte davon. Hinter sich hörte sie noch die Entschuldigungen ihres Mannes. Erst als sie sicher war, dass der Holländer sie nicht verfolgte, drehte sie sich um. Hinter der nächsten Wegbiegung hielt sie im Schatten einer Baumgruppe an, um wieder zu Atem zu kommen. Bene und Jo hatten zu ihr aufgeschlossen und bombardierten sie mit Fragen.

Als sie wieder Luft bekam, äffte Kati die Worte des jungen Mannes nach: »Nächstes Mal ruf ik die Polizei. Das ich nicht lache. Seit wann rufen Drogenhändler die Polizei?«

»Drogenhändler?« Bene machte große Augen und sah Richtung Gehöft, das hinter Bäumen und Hecken verschwunden war.

»Hinter dem Hof steht ein Treibhaus, von oben bis unten voll mit Hanf.«

»Oha«, bemerkte Jo, »dann verstehe ich, warum der Holländer so aufgebracht war.«

Kati holte die Wasserflasche aus dem Fahrradkorb und stellte enttäuscht fest, dass sie leer war.

»Ich verdurste«, maulte sie.

Jo hob entschuldigend die Schultern. »Bei unserem überstürzten Aufbruch sind wir blöderweise in die falsche Richtung geradelt. Nach Hochmoor ist es jetzt noch ein gutes Stück.«

»Schaut mal. Da drüben geht's zu einem Bauernhofcafé«, sagte Bene und wies auf ein selbst gemaltes Schild am Wegrand.

»Okay, lasst uns dort etwas trinken und ich erzähle euch, was ich entdeckt habe.«

Zehn Minuten später saßen sie auf der Terrasse des Bauernhofs und bestellten Erdbeer-Schorle.

Kati berichtete gerade, wie sie das Treibhaus und den Eingang dazu entdeckt hatte, als die Bedienung mit drei großen Humpen an den Tisch kam.

»Cannabis?«, mischte sie sich in das Gespräch ein. »Damit haben wir hier immer wieder mal zu tun. Stellen Sie sich vor, ein Unternehmer aus Gescher hatte sein nigelnagelneues Eigenheim vermietet und als der Verwalter eines Tages zufällig dort vorbeikam, wunderte er sich über die abgedichteten Fenster. Die Mieter hatten die Cannabispflanzen im ganzen Haus verteilt. Wohnzimmer, Küche, Schlafzimmer, Badezimmer – alles voller Hanf. Und natürlich keine Belüftung. Über hundertsechzigtausend Euro Schaden. Stellen Sie sich das mal vor. Also schauen Sie lieber zweimal hin, wem Sie was vermieten.«

»Wer macht denn so etwas?«, wollte Bene wissen.

Die Bedienung winkte ab. »Bei unseren holländischen Nachbarn ist Hanfanbau kein Problem. Aber die Anbauflächen werden knapp. Da sucht man nach Alternativen.« Sie räumte das dreckige Geschirr vom Nachbartisch ab und verschwand im Haupthaus.

»Mag ja sein, aber wir haben immer noch nicht herausgefunden, was am Horizont geleuchtet hat«, gab Bene zu bedenken.

»Ich glaube, dass das Leuchten aus dem Gewächshaus kam. Vielleicht haben sie neue Lampen eingebaut. Und die strahlen zu viel nach oben ab. Was weiß ich«, mutmaßte Kati.

»Jetzt erinnere ich mich«, warf Jo ein. »Bei uns in der Gegend haben die Leute die Polizei und Feuerwehr gerufen, weil sie dachten, es seien Außerirdische gelandet. Am nächsten Tag stand in der Zeitung, dass ein Tomatenbauer in seinem Treibhaus eine neue Beleuchtung getestet hatte.«

Kati sah Jo an und zupfte das untere Lid des rechten Auges nach unten. »Tomatenbauer. Na klar.«

Kapitel 6

Rommerskirchen saß auf seinem Motorrad und trat zum wiederholten Male den Anlasser, doch der Motor sprang nicht an. Schließlich stieg er ab und nahm sein Bike genauer unter die Lupe. Irgendein Detail musste ihm gestern Abend entgangen sein. Er umrundete die Maschine, prüfte den Sitz der Zuleitungen und des Luftfilters und entdeckte schließlich zwei Schräubchen auf dem Boden. Mit Bedacht hob er sie auf und überlegte, an welcher Stelle sie ihm entfallen waren. Er seufzte. Es half nichts, die Maschine musste zu Manni auf den Hof. Vielleicht hatte er sich doch mehr darüber geärgert, dass Rike ihn ausgesperrt hatte, als er zugeben wollte, wodurch er die Einzelteile des Bikes zwar rasend schnell wieder zusammengesetzt hatte, aber eben nicht mit der nötigen Sorgfalt.

Immerhin hatten sie sich versöhnt und die Luft war jetzt wieder rein. Nach ihrem privaten Gewitterguss war er gefühlsduselig genug gewesen, Rike ein Wochenende in Gescher zu versprechen. Und deshalb musste er sich jetzt beeilen, wenn er sein Motorrad vorher noch zu Manni bringen wollte. Auf dem Hof konnte es dann stehen, bis der Mechaniker Zeit hatte, nach dem Fehler zu suchen.

Samstags fuhr halb Niederbroich zum Shoppen in die nächste Stadt. Die andere Hälfte hatte bereits ihre Einkaufsrunde auf dem Wochenmarkt gedreht. Wenn er Glück hatte, begegnete ihm unterwegs keine Menschenseele. Er wollte nicht das Niederbroicher Sommerloch stopfen und als zugezogener Bulle, der sein Motorrad lieber schob als fuhr, zum Thema aller lästernden Stammtische werden.

Die Kirchstraße hatte er bereits erfolgreich hinter sich gelassen. Er erreichte den Saum von Niederbroich und bog kurz hinter dem Ort in den Feldweg ein, der zu Mannis Hof führte. Hier boten sich Rommerskirchen kaum noch schattige Stellen und das T-Shirt klebte ihm am Rücken. Er schob seine Maschine an Feldern vorbei, auf denen der Mais fast mannshoch stand. Dahinter schloss sich eine Pferdekoppel an. Zwei Haflinger lösten sich aus dem Schatten eines Baumes und kamen neugierig näher, als er sein Bike am Zaun entlangrollte. Gemächlich zockelten sie neben ihm her, bis ihnen der Zaun den Weg versperrte.

Weit hinter sich hörte er Motorengeräusche und fette Bässe, die schnell näher kamen, dann das Spritzen von Steinchen. Er schob seine Maschine auf den Grasstreifen und drehte sich um, um zu sehen, wer da an ihm vorbeiwollte. Wahrscheinlich jemand, der dasselbe Ziel hatte wie er. Vielleicht auch Manni höchstpersönlich.

Neben Rommerskirchen hielt ein Cabrio in miserablem Zustand. Hinter dem Steuer saß Patrick, den Arm lässig über das heruntergekurbelte Fenster gehängt. Er trug sein Baseballcap mit dem Schirm nach hinten und zog die verspiegelte Sonnenbrille nur so weit herunter, dass er über ihren Rand schauen konnte.

Wenn Rommerskirchen nicht gewusst hätte, dass Patrick bereits volljährig war und bald die Führerschein-Probezeit hinter sich hatte, hätte er den Milchbubi garantiert angehalten und nach dem Ausweis gefragt.

»Drah di net um, oh oh oh. Schau, schau, der Kommissar geht um, oh oh oh«, trällerte Patrick zur Musik aus dem Radio und grinste. »Alles klar, Herr Kommissar?«

»Patrick, hi! Immer für eine Überraschung gut. Eigener Wagen oder hat wieder jemand den Schlüssel stecken lassen?«

Die Bemerkung konnte sich Rommerskirchen nicht verkneifen. Vor ein paar Wochen hatte Patrick nur mal eben ein paar Getränke und Würstchen mit dem Auto seines Freundes Moritz in den Niederbroicher Wald bringen wollen und damit eine Verkettung von Zufällen ausgelöst, die die Polizei und somit auch Rommerskirchen persönlich gut beschäftigt hatte.

»Das musste ja jetzt kommen. Die Story werden Sie mir noch unter die Nase reiben, wenn Sie in Pension sind, was?« Patrick verdrehte die Augen und schob die Sonnenbrille wieder auf die Nase. »Dieses Mal bin ich nur Auftragsfahrer. Manni hat Arbeit bis zum Abwinken. Die Fahrzeuge von halb Niederbroich stehen auf seinem Hof. Noch nicht gemerkt? Die Knöllchenrate müsste doch drastisch gesunken sein.«

»Ach, daran liegt es. Und woher kommt deine Begeisterung für Gruftimusik?«

Patrick wies auf das Autoradio. »Was noch funktioniert, ist das Kassettenteil. Und raten Sie mal, was auf der einzigen Kassette ist, die ich im Auto finden konnte?«

»Falco?«

»Neue Deutsche Welle steht drauf. Von neu kann ja nicht mehr die Rede sein. Aber wenn man die Mucke in Dauerschleife hört, gibt es nur zwei Möglichkeiten. Entweder wird man bekloppt oder man singt mit.«

»Mein Maserati fährt 210 …«, plärrte der Sänger Markus in diesem Moment aus den Lautsprechern.

»Schwupp, die Polizei hat's nicht geseh'n. Das macht Spaß. Ich geb Gas. Ich geb Gas«, sang Rommerskirchen mit und wippte mit dem Kopf im Takt dazu.

»Sieht aber eher nicht so aus«, konterte Patrick, drehte die Musik leiser und deutete auf das Motorrad. »Was hat es denn?«

»Wenn ich das wüsste. Das muss sich Doktor Manni mal genauer ansehen.«

Patrick nickte.

»Dann bis gleich. Mitnehmen kann ich Sie ja schlecht.«

Er drehte das Radio lauter und brauste davon, als der Sänger sich gerade über den Benzinpreis von drei Mark zehn ausließ.

»Ich will fahr'n. Ich will fahr'n«, trällerte Rommerskirchen dem Cabrio hinterher und schob sein Motorrad tapfer weiter den Feldweg entlang.

Als er endlich Mannis Hof erreichte, war die Musik längst verstummt. Stattdessen bekakelten die Hühner im Schatten der Scheune den neusten Hofklatsch. Patrick lehnte am Scheunentor, rauchte und verdrehte genervt die Augen.

»Manni ist beschäftigt. Schwer beschäftigt«, sagte er und blies den Zigarettenqualm durch die Nasenlöcher wie ein fauchender Drache.

Rommerskirchen lugte in die Scheune und sah einen Hünen neben Manni stehen, den er nicht kannte. Die beiden unterhielten sich angeregt und kreisten mit den Fingern auf einer Wanderkarte.

»Wer ist das?«

Patrick zuckte die Schultern.

»Keine Ahnung. Noch nie gesehen.«

Rommerskirchen klopfte gegen das offen stehende Scheunentor.

»Guten Morgen, die Herren. Störe ich?«

Der Fremde faltete den Plan zusammen und steckte ihn ein.

»Fürs Erste hilft mir das enorm weiter. Wir bleiben in Kontakt. Bye.«

Er drückte Manni seine Visitenkarte in die Hand, klopfte ihm auf die Schulter und nickte Rommerskirchen und Patrick beim Hinausgehen zu.

»Wer ist das?«, wollte Rommerskirchen wissen.

»Ein Bekannter«, antwortete Manni erstaunlich schmallippig.

»Ein Bekannter aus Amiland?«, wunderte sich der Kommissar.

»Bist du zum Plaudern vorbeigekommen oder willst du etwas von mir?«

Rommerskirchen musterte den Mechaniker, der gewöhnlich alles locker anging. Jetzt schien er mächtig unter Strom zu stehen.

»Patrick hat gesagt, dass du bis zum Hals in Arbeit steckst.«

»Da hat er untertrieben.«

Manni ging um das Cabrio herum, das Patrick vor der Scheune geparkt hatte.

»Mannomann, ist da noch was zu retten?«, murmelte er vor sich hin.

»Ich hab mein Bike auseinandergenommen«, begann Rommerskirchen vorsichtig.

Manni blieb stehen und schaute ihn an, ohne eine Frage zu stellen.

»Und auch wieder zusammengebaut.«

»So«, grunzte Manni. »Und jetzt willst du von mir ein Fleißkärtchen, oder was?«

Rommerskirchen grinste verlegen.

»Es springt nicht mehr an.«

»Dann hast du wohl was falsch gemacht.«

»Sieht so aus.«

»Und jetzt soll ich den Fehler finden?«

»Muss nicht sofort sein. Ich bin eh übers Wochenende mit Rike im Münsterland.«

»Wie nett. Der Kommissar macht Urlaub und Manni macht in der Zwischenzeit alles wieder heile.« Er stieß die Luft aus und wedelte mit der Hand. »Ja, schon gut. Schieb die Maschine da hinten vor die Werkbank. Wenn ich es schaffe, gucke ich drauf. Aber versprechen kann ich nichts.«

Rommerskirchen atmete auf und klopfte Manni auf die Schulter. »Super, Manni. Ich danke dir.«

»Dank mir nicht zu früh. Kann sein, dass ich am Wochenende nicht dazu komme.«

Rommerskirchen stellte gerade das Motorrad wie angewiesen vor der Werkbank ab, als ein weißer Transporter mit holländischem Kennzeichen auf den Hof fuhr.

»Die haben mir gerade noch gefehlt«, raunte Manni.

Zwei Männer stiegen aus. Der eine mochte um die Dreißig sein, dunkle Locken, dunkle Augen, braun gebrannt. Er trug zum weißen Hemd Jeans und cognacfarbene Oxford-Schuhe. Der andere war ein ganzes Stück älter, seine Haut mehr rot als braun, was sich auch auf seiner Glatze zeigte. Seine Wampe spannte sich unter dem Doppelripphemd und ragte über den Bund der Militaryhose mit den ausgebeulten Taschen hinaus. Die Flipflops klatschten bei jedem Schritt, den er näher kam, laut über den Hof.

Ohne den Blick von den beiden Neuankömmlingen zu nehmen, schlug Manni Rommerskirchen auf den Rücken.

»Bis später, Herr Kommissar«, verabschiedete er ihn lautstark, obwohl sie direkt nebeneinanderstanden. »Ich melde mich, sobald ich weiß, was dem Schätzchen fehlt.«

Bei Rommerskirchen schrillten die Alarmglocken. Konzentriert speicherte er die Szenerie mit allen Sinneseindrücken im Hinterkopf ab. Die Gesichter würde er auf jedem Film einer Überwachungskamera wiedererkennen. Automatisch verknüpfte er sie mit dem Grasgeruch, der ihm entgegenwehte. Und da er ein hervorragendes Gedächtnis für Zahlen hatte, merkte er sich auch das Kennzeichen und die Marke des Transporters.

Selbst die Schramme an der Fahrertür war ihm nicht entgangen.

»Ich warte auf deinen Anruf«, sagte er. »Wehe, du lässt nichts von dir hören.«

Er klopfte Manni auf die Schulter und verließ die Scheune. Als er über den Hof lief, löste sich Patrick aus dem Schatten des Tores und schlenderte zu ihm herüber. Sobald sie außer Sichtweite waren, blieben sie stehen.

»Was geht denn hier ab?«, raunte Patrick.

»Wenn ich das wüsste, wäre mir wohler«, antwortete Rommerskirchen mit gedämpfter Stimme, obwohl sie bis zur Scheune garantiert nicht zu hören waren. Ebenso konnten sie aber auch nicht hören, was in der Scheune vor sich ging.

»War das ein vereinbarter Code, dass Sie Mannis Anruf erwarten?«, fragte Patrick neugierig.

Rommerskirchen schüttelte den Kopf.

»Ein Code? Du findest Mannis Äußerungen auch merkwürdig?«

Er zog sein Handy aus der Hosentasche und rief seinen Kollegen Tietke an.

»Hi Björn. Kannst du mal den Transporter mit dem folgenden Kennzeichen überprüfen?«

Rommerskirchen gab die Buchstaben-Ziffern-Kombination durch und wiederholte sie sicherheitshalber noch einmal.

»Ach, nur so. Eigentlich habe ich nur angerufen, weil ich deine Stimme mal wieder hören wollte«, antwortete er auf Tietkes Frage, warum, und kniff Patrick ein Auge. »Natürlich genieße ich mein Wochenende. Ich setze mich jetzt mit Rike ins Auto und fahre ins Münsterland. Mehr Erholung geht nicht. Aber du meldest dich trotzdem, wenn du etwas rausbekommen hast, versprochen?«

Patrick zog das Cap ab, kratzte sich am Hinterkopf, wartete, bis Rommerskirchen das Handy wieder weggesteckt hatte, und setzte das Cap wieder auf. »Machen Sie sich keine Sorgen. Ich halte hier die Stellung, während Sie weg sind.«

Rommerskirchen war alles andere als beruhigt. Warum meinten immer alle, ihm helfen zu müssen? Aber wenn er sich nicht auch noch um Patrick Sorgen machen wollte, musste er seine Worte wohlüberlegt wählen. Er rang sich ein unbekümmert wirkendes Lächeln ab und klopfte Patrick auf die Schulter.

»Ich weiß, dass ich auf dich zählen kann. Aber ich möchte auch, dass du dich nicht selbst in Gefahr bringst, hörst du? Also, wenn du Augen und Ohren offen hältst, super! Wenn du etwas erfährst, schickst du mir eine Nachricht. Wenn aber irgendetwas komisch ist, rufst du mich sofort an. Hast du meine Nummer?«

Patrick nickte.

»Hab ich. Ich geh jetzt zu Manni zurück. Krieg noch Geld von ihm und muss die nächsten Termine checken.«

Rommerskirchen ignorierte den Druck im Magen, den Patricks Bemerkung ausgelöst hatte. Er hatte Rike versprochen, an diesem Wochenende nur Zeit für sie zu haben. Im selben Moment spielte sein Handy die Tatortmelodie. Anruf von Rike. »Bin auf dem Heimweg«, sagte er ohne Begrüßung. »Wenn du gepackt hast, können wir in zehn Minuten losfahren.«

Kapitel 7

Nach der abenteuerlichen Radtour hatten sie sich alle eine kleine Auszeit gegönnt und einen Powernap, wie man den guten alten Mittagsschlaf heutzutage nannte, eingelegt. Für einen regulären Mittagsschlaf war es am frühen Abend ja bereits zu spät.

Um das Schnarchen seiner Großeltern zu übertönen, hatte sich Bene Stöpsel in die Ohren gesteckt und hörte seine Playlist. Erstaunt stellte er fest, dass er darüber tatsächlich eingeschlafen sein musste.

Jetzt rüttelte Opa Jo an seiner Schulter.

»Es ist fast dunkel. Wollen wir Sterne beobachten?«

Sofort war Bene hellwach. Im Nu hatte er das Stativ aufgestellt und das Teleskop justiert. Dieses Mal stand auch Kati interessiert auf dem Balkon.

»Und?«, fragte sie. »Was siehst du?«

»Ich kann das Auge des Jupiters erkennen. Willst du auch mal sehen?«

»Das Auge des Jupiters, pah«, sagte Kati verächtlich. »Ich will wissen, ob es am Horizont leuchtet!«

»Oha, das sieht man ja sogar mit bloßem Auge.« Jo deutete in die Richtung, in der das Gehöft stand.

Wenn man die Augen zusammenkniff, konnte man eine dunkle Wolke sehen, die sich undeutlich vom dämmrigen Horizont abhob.

»Aber das sieht nicht so aus wie das Leuchten, das wir gestern gesehen haben.«

Bene versuchte fieberhaft, das Gehöft mit dem Teleskop zu

erfassen, was schwierig war, weil das Bild auf dem Kopf wiedergegeben wurde.

»Ich bin nicht sicher. Aber könnte es sein, dass es brennt?«

Bene überließ Opa Jo das Teleskop.

»Hm, sicher bin ich mir auch nicht.«

»Was, wenn der Holländer mit seinen Kumpeln im Garten nur ein Friedenspfeifchen raucht? Lasst uns mit den Rädern näher ranfahren. Und wenn wir erkennen können, dass es wirklich brennt, rufen wir die Feuerwehr«, schlug Kati vor.

Wenige Augenblicke später radelten sie den Feldweg entlang, den sie heute Mittag bereits erkundet hatten.

Als sie dem Gehöft näher kamen, hörten sie etwas knallen und zischen, Glas klirrte. Dann sahen sie die Flammen und blieben stehen.

»Bisschen zu groß für eine Friedenspfeife«, meinte Bene.

»Selbst für ein Barbecue oder ein Lagerfeuer«, ergänzte Jo und zückte sein Handy, um die Feuerwehr anzurufen.

So gut er konnte, beschrieb er der Einsatzzentrale den Weg zum Gehöft. Dann fuhren sie flott das letzte Stück bis zum Hof, um zu helfen, wenn ihre Hilfe benötigt wurde. Bene hielt nach der Katze Ausschau, konnte sie aber nirgends entdecken. Wahrscheinlich hatte sie sich längst in Sicherheit gebracht.

Sie bogen in die Hofeinfahrt ein und stellten die Räder an der Hauswand des Gehöfts ab. Vom Feldweg aus hatten sie die Flammen besser erkennen können. Ohne Zweifel brannte es im Gewächshaus. Vom Hof aus sahen sie nur ein gespenstisches Flackern hinter den Sträuchern.

Wieder zischte es, dann ließ sie ein lauter Knall zusammenzucken, Scheiben barsten und eine dicke Wolke schwarzer

Qualm stieg über dem Treibhaus auf. Aus der Tür auf der Rückseite des Geräteschuppens drang schwarzer Rauch und hüllte den Jeep und die Gerätschaften ein.

Schließlich erkannten sie eine Gestalt, die sich mit Mühe am Geländewagen festhielt. Sie presste sich eine Hand vor den Mund, hustete und japste nach Luft. Jo sprang ihr zur Seite. Es war der junge Mann, der sie vom Hof gejagt hatte. Jetzt stützte er sich schwer auf Jo und wankte mit ihm aus dem Schuppen ins Freie. Sein Gesicht war rußgeschwärzt, seine Augen waren gerötet und tränten. Von der Stirn lief Blut über die Schläfe. Kati schickte Bene zum Haus, um Wasser zu holen. Wenn sie Glück hatten, war die Tür nicht verschlossen. Der Holländer krallte sich an Kati fest und zog sie mit sich zu Boden. Sein Atem ging pfeifend und rasselnd und wurde immer wieder von heftigen Hustenattacken unterbrochen. Kati wiegte ihn in ihren Armen und sprach leise auf ihn ein.

»Ruhig. Atmen Sie ganz ruhig. Die Feuerwehr ist schon unterwegs. Gleich kommt Hilfe.«

Tatsächlich schien sich der Holländer allmählich etwas zu beruhigen. Kati sah Jo an.

»Was knallt denn da hinten dauernd?«

Jo zuckte mit den Schultern.

»Ich habe ein paar Benzinkanister im Schuppen gesehen.«

»Brandstiftung?« Kati musterte den jungen Mann in ihrem Arm, der mühsam nickte. Immer noch sog er gierig die Luft ein. Offensichtlich wollte er etwas sagen. Seine Lippen bewegten sich, doch Kati verstand kein Wort. Er drückte ihr sein Handy in die Hand und zog sie weiter zu sich heran. Sie spürte seinen Atem, als er ihr einen Namen ins Ohr flüsterte. Dann verdrehte er die Augen.

»Oh nein. Nein, nein, nein. Schön wach bleiben.«

Kati versuchte, mit ein paar Klapsen den Holländer wieder zu Bewusstsein zu kriegen. Seine Augen flackerten.

»Hallo. Bleib bei mir! Hörst du?«

Sie bettete seinen Kopf in ihren Schoß und wies Jo an, seine Füße hochzuhalten.

Bene kam zurück und berichtete, wie er ums Haus herumgegangen war und an allen Türen und Fenstern gerüttelt hatte. Alle waren fest verschlossen.

Dann hörten sie endlich die Sirenen der nahenden Einsatzwagen.

Kapitel 8

»Ich hab heute Morgen um elf angerufen. Um halb zwölf. Und um zwölf Uhr noch einmal.«

Rike saß auf dem Beifahrersitz und kaute auf ihrer Unterlippe herum. »Jedes Mal sprang nach dem zehnten Klingeln die blöde Mailbox an. Das kenne ich gar nicht von Pim. Sonst ist er spätestens beim dritten Klingeln dran. Oder ruft wenigstens nach fünf Minuten zurück.«

Sie steckte das Handy in ihre Handtasche. »Vielleicht wären wir doch besser gestern auf den Hof gefahren.«

Rommerskirchen legte seinen Arm um ihre Schultern und küsste sie.

»Besser, als gestern durch Gescher zu bummeln? Und Deko für den Garten zu kaufen, den wir gar nicht haben? Und die Hotelbetten ausgiebig zu testen?« Er zog an einer ihrer Locken. »Ja, vielleicht wären wir besser gestern auf den Hof gefahren.«

Sie spürte seine Finger in ihren Haaren und genoss das wohlige Prickeln, das sich von der Kopfhaut über den Nacken ausbreitete. Sie schmiegte sich an ihn und lächelte. Schon möglich, dass es für Pim besser gewesen wäre, für sie garantiert nicht.

»Du hast vergessen, das romantische Abendessen beim Dönerman zu erwähnen«, erinnerte sie ihn.

Er pikste ihr den Finger in die Seite, sodass sie quietschte. Dann spürte sie seine Lippen auf der Schulter, in der Halsbeuge, den Hals hinauf bis zum Ohrläppchen. Ihr Körper kribbelte, als wäre sie in ein Fass mit Brause gefallen. Seine Lippen hatten den Weg zu ihren gefunden, doch bevor er sich festlutschen konnte, drehte Rike den Kopf zur Seite. Sie holte Luft und schaute aus dem Heckfenster.

»Ich hab gerade gedacht, da gehen die Küppers.« Sie lachte. »Ich hab schon Halluzinationen.«

Er zog die Augenbrauen zusammen und schaute ernst. »Du hast doch nicht etwa gedacht, das Weiße in der Dose auf dem Frühstückstisch wäre Zucker gewesen?«

Rike riss die Augen auf.

Dann sah sie sein Grinsen.

»Du Fiesling. Warte nur, irgendwann kriegst du das alles zurück.«

Sie malte sich aus, wie sie sich über ihn amüsierte, weil sie ihn aufs Glatteis gelockt hatte. Doch das Glatteis vorzubereiten war nicht einfach.

Rommerskirchen zuckte mit den Achseln. »Ich kann es kaum erwarten. Aber mal im Ernst, egal, ob du ihn telefonisch erreicht hast oder nicht, wir fahren jetzt auf den Hof. Vielleicht ist ihm das Handy in die Jauchegrube gefallen und er wundert sich, warum wir noch nicht da sind.«

»Hat Pim eine Jauchegrube?«, fragte Rike irritiert.

Rommerskirchen verdrehte die Augen und startete den Motor. Zehn Minuten später bogen sie von der B525 in den Feldweg ab, der zum Hof von Rikes Onkel führte. Jedes Mal wunderte sich Rike, woran ihr Freund die richtige Zufahrt erkannte. Sie holperten den Weg entlang und sahen von Weitem das Gehöft hinter den Bäumen liegen. Als sie in die Einfahrt fahren wollten, trat Rommerskirchen auf die Bremse und kam knapp vor dem Absperrband zum Stehen.

»Sehr witzig«, maulte er, stieg aus und schlüpfte unter dem Flatterband hindurch. »Pim!«, rief er.

Offenbar hielt er das Absperrband für einen Scherz, einen Streich, eine Provokation. »Pim!«

Rike stieg ebenfalls aus, blieb aber vor dem Polizeiband stehen. Da, wo man das Gewächshaus durch die Lücken im Gebüsch hätte sehen sollen, ragten ein paar Stahlgerippe in den Himmel. Auf dem Hof hatten Autoreifen tiefe Spuren hinterlassen, als ob hier vor Kurzem ein Militärmanöver stattgefunden hätte. Die Mauersteine rund um den Hinterausgang des Geräteschuppens und die Metalltür selbst waren schwarz verkohlt und den Jeep bedeckte eine Rußschicht.

»Philip!«, rief sie. »Das Absperrband ist hier nicht ohne Grund.« Sie deutete auf den Geräteschuppen.

Mittlerweile hatte auch Rommerskirchen die Anzeichen eines Brandes entdeckt.

»Scheiße«, entfuhr es ihm. Er zückte sein Handy und kam zum Wagen zurück.

»Pim brauchst du nicht anzurufen«, kommentierte Rike sein Tun. »Das habe ich gerade noch einmal versucht. Ohne Erfolg.«

»Ich versuche nicht, Pim anzurufen, sondern meinen Kollegen hier vor Ort, Michael de Kock. Wir hatten ein paar gemeinsame Einsätze. Wenn einer was weiß, dann sicher er. Er sitzt in Ahaus, wenn mich nicht alles täuscht.«

»Aber wir sind in Gescher«, gab Rike zu bedenken.

Rommerskirchen schloss die Augen und atmete tief durch. »Schatzi, mein Büro ist auch nicht in Niederbroich.«

Er legte den Zeigefinger an seine Lippen und wandte sich ab, um mit de Kock zu telefonieren.

Rike setzte sich ins Auto und surfte mit dem Smartphone im Internet auf verschiedenen Nachrichtenseiten. Keine berichtete von einem Brand eines Hofes in der Nähe von Gescher. Kurze Zeit später stieg Rommerskirchen ein, fuhr den Wagen ein Stück zur Seite, um die Einfahrt nicht komplett zu versperren, und stellte den Motor wieder ab.

»De Kock ist auf dem Weg. Wir sollen unbedingt auf ihn warten.«

Rike nickte. »Was ist mit Pim?«

»Das werden wir hoffentlich gleich erfahren.«

Sie warteten eine halbe Ewigkeit, bis ein Streifenwagen neben ihnen in der Einfahrt vor dem Absperrband stoppte.

»Roki, Alter.« De Kock umarmte Rommerskirchen zur Begrüßung und streckte dann Rike die Hand hin. »Hallo. Ich bin Michael.«

Rike kam ohne Umschweife auf die drängendste Frage: »Wo ist Pim? Was ist passiert?«

»Wir sind gestern Abend zum Brandort gerufen worden«, erklärte de Kock und war jetzt ganz Polizeibeamter. »Radfahrer hatten das Feuer entdeckt und die Feuerwehr alarmiert. Zum Glück haben sie auch erste Hilfe geleistet. Die Sanis haben Pim ins Krankenhaus nach Coesfeld gebracht. Mehr weiß ich derzeit auch nicht.«

Rommerskirchen winkte ab. »Wir fahren gleich vorbei und schauen, wie es ihm geht.«

De Kock nickte. »Gut. Wir müssen uns jetzt hier noch ein bisschen umsehen. Noch kennen wir die Brandursache nicht genau. Das birgt immer Stoff für Gerüchte. Und die wollen wir möglichst im Keim ersticken.«

Er duckte sich unter dem Flatterband hindurch. »Als Kollege kannst du uns natürlich begleiten, wenn du willst.«

Rike konnte den Blick nicht sehen, den de Kock ihrem Freund zuwarf, aber seine Körperhaltung verriet ihr, dass er sie nicht dabeihaben wollte.

»Ich warte im Auto«, sagte sie, um die Peinlichkeit zu beenden. Eine Welle der Wut stieg in ihr hoch. Wie konnte er sich jetzt hier in aller Seelenruhe umsehen? Was gab es Wichtigeres, als nach Pim zu schauen?

Sie schloss die Augen und versuchte, sich Pims Bild ins Gedächtnis zu rufen. Den weizenblonden Struwwelkopf, die strahlend blauen Augen, ein Lächeln zum Dahinschmelzen. Immer roch er nach Sonnencreme, Wind und Wiese. Jedes Treffen mit ihm versetzte Rike in Urlaubsstimmung. Jetzt löste allein der Gedanke, ihn im Krankenhaus zu wissen, Beklemmung bei ihr aus. Sie stöhnte. Hätte Rommerskirchen die Schlüssel stecken lassen, wäre sie ohne ihn gefahren. So musste sie auf ihn warten und mit jeder Minute, die verstrich, war sie schlechter auf ihn zu sprechen.

Kapitel 9

Während der Sonntagsmesse in Sankt Pankratius schweiften Katis Gedanken immer wieder zu dem jungen Mann, der gestern Abend in ihren Armen zusammengebrochen war. Die Malteser hatten sie für ihr Eingreifen gelobt. Und ihn dann nach Coesfeld ins Krankenhaus gebracht. Wie es ihm wohl ging? Vielleicht wusste die Polizei Näheres. Die hatte sie gebeten, auf dem Revier vorbeizukommen, um die Aussagen aufnehmen zu können. Das wollten sie direkt nach der Messe tun, bevor Bene abgeholt wurde und zurück nach Niederbroich fuhr.

Am Altar breitete der Priester die Arme aus. »Der Herr sei mit euch.«

Kati erhob sich mit den Menschen um sie herum und antwortete mit ihnen im Chor: »Und mit deinem Geiste.«

Der Priester segnete die Gemeinde und sandte sie aus, den empfangenen Frieden nach draußen zu tragen. Die Orgel stimmte das Schlusslied an und nachdem der Pfarrer in der Sakristei verschwunden war, strömten die Menschen aus der Kirche.

Kati setzte sich noch einen Augenblick still in die Bank, bat Sankt Antonius den Großen für den verletzten Holländer um schnelle Heilung der Brandwunden und betete für sich um Weisheit. Denn sie wusste immer noch nicht, was sie mit dem Namen anfangen sollte, den ihr der junge Mann ins Ohr geflüstert hatte. Auf dem Heimweg hatten sie gestern Abend noch diskutiert, wer dieser geheimnisvolle Eric Parcer sein mochte. War das der Name des Holländers? Vielleicht konnte ihnen die Polizei weiterhelfen. Kati hatte allerdings den Verdacht, dass Eric Parcer der Name des Brandstifters war. Vorsichtshalber rief sie den Heiligen Florian um Unterstützung an.

Sollte sie den Namen der Polizei gegenüber erwähnen? Wollte sie dem Holländer überhaupt helfen? Jemandem, der auf seinem Hof Cannabis anbaute und sein Geld damit verdiente, Menschen mit Drogen zu versorgen?

Mittlerweile war die Kirche fast menschenleer. Kati steuerte auf den hinteren Bereich zu.

In der kleinen Nische vor dem Marienbild zündete sie eine Kerze an, bat Maria und die Heiligen um ihre ständige Fürsprache bei Gott und hoffte auf Eingebung, was sie sagen und tun sollte. Dann machte sie sich mit Jo und Bene auf den Weg zur Polizeiwache.

Neugierige Blicke folgten ihnen, als sie aus der Kirche traten und sich durch die Gottesdienstbesucher schoben, die in Grüppchen vor der Kirche standen und miteinander schwatzten und lachten.

Sie ließen die Kirche hinter sich, liefen ein Stück die Hauptstraße entlang und bogen schließlich in die Katharinenstraße ein. Als sie vor der Polizeiwache standen, klopfte Kati das Herz bis zum Hals.

Jo klingelte. An der Tür erschien der Polizist, der gestern Abend bereits mit seinem Kollegen den Hof abgesperrt hatte. Er stellte sich als Michael de Kock vor, führte sie ins Büro, wo sein Kollege bereits am Schreibtisch saß, und bedankte sich für ihr Erscheinen.

»In der Regel sind wir nur von montags bis donnerstags für ein, zwei Stunden hier vor Ort. Heute haben wir auf Sie gewartet, weil Sie sagten, Sie würden mittags vorbeikommen. Schön, dass das geklappt hat. Das ist nicht selbstverständlich.«

Kati blickte zu Jo hinüber, der ebenso entgeistert zu sein schien wie sie. »Das sollte es aber«, erwiderte er. »Genauso selbstverständlich sollte es sein, dass man die Feuerwehr ruft, wenn es irgendwo brennt.«

De Kock winkte ab. »Wir sind schon froh, wenn die Rettungskräfte bei Ihrem Einsatz nicht hinterrücks angegriffen werden.«

Mit offenem Mund starrte Kati den Polizisten an.

»Auch hier in Gescher?«

Er nickte. »Auch hier in Gescher. Leider. Nicht von den Gescheranern, die noch wissen, wie Nachbarschaftshilfe gelebt wird. Aber die Autobahn ist nicht weit und es verirren sich mehr und mehr Trottel hierher.«

Er schlug den Ordner auf. »Na ja, zum Glück gibt es auch Leute wie Sie.«

Er ließ sich ihre Ausweise zeigen und reichte sie dem Kollegen weiter. Dann forderte er sie auf, zu erzählen, wie sie den Brand entdeckt hatten und was sich auf dem Hof abgespielt hatte. Eifrig protokollierte der Kollege ihre Aussagen mit.

Als sie das Protokoll unterschrieben hatten, fragte Kati: »Kennen Sie den jungen Mann? Und wissen Sie vielleicht, wie es ihm geht?«

»Pim? Ja, den kennen wir.«

Kati konnte aus der Satzmelodie keine zusätzlichen Rückschlüsse auf das Verhältnis des jungen Holländers zur Polizei ziehen. Auch die Blicke der beiden Polizisten verrieten ihr nicht mehr. Immerhin wusste sie jetzt, dass er Pim hieß.

»Er liegt im Krankenhaus in Coesfeld«, fuhr de Kock fort

und knallte den Handballen auf den Locher. Er reichte das unterschriebene und gelochte Protokoll seinem Kollegen zum Abheften herüber. »Aber mehr kann ich Ihnen nicht sagen.«

Ob er nicht mehr sagen konnte, wollte oder durfte, ließ Kati dahingestellt. Sie stand auf, bedankte sich bei den Polizisten, dass sie bereit gewesen waren, sie am Sonntag im Büro in Gescher zu empfangen, und wünschte ihnen viel Erfolg bei der Suche nach dem Brandstifter.

De Kock verschränkte die Arme vor der Brust und lehnte sich zurück.

»Brandstiftung? Na, warten wir erst einmal ab, was wir finden. Wir fahren später noch mal raus.«

Kati fiel die Kinnlade runter.

»Schönen Sonntag noch«, rief Jo und schob sie hastig aus der Tür, bevor sie den Beamten erzählen konnte, wie ordentliche Polizeiarbeit ihrer Meinung nach aussehen sollte. Zum Glück klingelte im selben Moment das Handy des Polizeibeamten. Draußen machte Kati ihrer Entrüstung Luft.

»Brandstiftung ist wohl zu viel Aufwand, was? Gehen wir lieber davon aus, dass die Cannabisplantage von alleine abgefackelt ist. Selbstentzündend sozusagen.«

Jo küsste Kati auf den Scheitel. »Ich bin stolz auf dich, dass du nichts von Cannabis gesagt hast, obwohl es dir so schwerfiel.«

»Die Polizei hat es auch nicht erwähnt. Und das Protokoll wäre nur unnötig in die Länge gezogen worden, wenn ich hätte erklären müssen, woher ich weiß, was ich weiß.«

»Du hast ihnen auch nicht gesagt, dass dir der Holländer etwas ins Ohr geflüstert hat«, stellte Bene fest.

»Das hab ich jetzt bei den tausend Fragen, die wir beantworten mussten, tatsächlich vergessen. Ich bin mir aber mittlerweile ziemlich sicher, dass der Holländer wusste, wer ihm die Hütte unterm Hintern angezündet hat.«

»Du meinst, der Brandstifter heißt Eric Parcer?«, hakte Jo nach.

»Warum hätte er mir sonst unter größter Anstrengung den Namen verraten sollen?«

Kati schaute auf die Uhr.

Um ein Uhr wollte Christiane ihren Sohn abholen. In Benes Hosentasche brummte das Handy.

»Mama ist unterwegs«, informierte er Kati und Jo, nachdem er die Nachricht gelesen hatte.

Schon von Weitem sahen sie Christiane am Auto lehnen und etwas in ihr Handy tippen.

»Da seid ihr ja endlich«, rief sie, als sie aus dem Wagen stiegen. Sie umarmten sich zur Begrüßung und Bene flitzte die Treppe zur Ferienwohnung hoch, um schnell seine Sachen zu packen.

»Wie war deine Konferenz?«, wollte Kati von ihrer Tochter wissen.

»Anstrengend. Jeder Manager glaubt, besser zu sein als der Senior Manager, der das Projekt leitet.«

Aus dem Haus drang das Klingeln eines Telefons.

»Wie gut, dass du Herausforderungen liebst.«

Kati drückte ihre Tochter fest an ihr Herz und hatte für einen kurzen Augenblick ihr kleines Mädchen im Arm. Dann löste sich Christiane von ihr.

»Bei euch klingelt es«, bemerkte sie.

Kati schüttelte den Kopf. »Unsere Handys klingeln anders.

Das ist sicher das Telefon der Vermieter. Aber die sind heute nicht zu Hause.«

Das Klingeln verstummte.

Endlich kam Bene bepackt die Treppe herunter. Aus seinen Ohrstöpseln dröhnte es.

Christiane boxte ihn auf den Oberarm und schrie: »Mach das leiser. Du pustest dir ja das Innenohr raus.«

Bene rollte die Augen, drehte aber die Musik tatsächlich runter.

»Es klingelt«, stellte er fest. »Und zwar nicht in meinem Ohr, sondern echt.«

»Wahrscheinlich das Telefon der Vermieter«, erklärte Christiane.

Bene kratzte sich am Kopf. »Ich glaube, das kommt von oben.«

Kati runzelte die Stirn, dann rannte sie los.

»Das Handy!«, keuchte sie auf der Treppe. »Er hat mir doch sein Handy in die Hand gedrückt.«

Sie hatte gerade die oberste Stufe erreicht, als das Klingeln verstummte.

»So ein Mist!«, schimpfte sie, als sie kurz darauf mit dem Handy in der Hand die Treppe wieder herunterkam. »Das blöde Teil gibt keinen Pieps mehr von sich.«

»Zeig mal her«, forderte Bene sie auf. Er drückte ein paar Tasten und stellte dann das Offensichtliche fest: »Der Akku ist leer.«

»Wir müssen jetzt los«, drängte Christiane zum Aufbruch. Kati und Jo winkten dem Auto hinterher, bis es nicht mehr zu sehen war.

»Was machen wir jetzt mit dem Handy?«, fragte Kati.

»Du kannst es bei der Polizei abgeben«, schlug Jo vor.

»Oder wir bringen es dem Eigentümer zurück. Hat Coesfeld mehr als ein Krankenhaus?«

Tatsächlich spuckte die Internetsuche mehrere Möglichkeiten aus, doch nur eine mit Notaufnahme für Unfallopfer.

Als sie eine halbe Stunde später das Krankenhaus betraten, führte sie ihr Weg direkt zur Info-Theke. Die Frau hinter dem Tresen war breitschultrig und sehr beschäftigt. Kati und Jo warteten, dass sie ihre Papiere zur Seite legte und ihnen weiterhalf, doch das tat sie nicht.

»Entschuldigung«, sagte Kati.

Die Frau fuhr fort, Zettel in Pappordner zu heften, die Pappordner mit Post-its zu versehen und in einen Karteikasten zu sortieren.

»Wir suchen jemanden. Können Sie uns vielleicht weiterhelfen?«

»Name?«, bellte sie Kati entgegen, ohne hochzuschauen oder ihre Arbeit zu unterbrechen.

»Mein Name ist Kati Küppers.«

Die Frau hielt inne, schaute hoch und musterte Kati.

»Wenn Sie sich selbst suchen, machen Sie Yoga oder gehen Sie zum Psychologen. Da sind Sie bei uns falsch.«

Sie pappte den nächsten gelben Zettel auf die Mappe und sortierte sie in den Karteikasten.

Kati schnappte nach Luft. Jo trat einen Schritt vor und versuchte, die Situation zu retten, indem er Kati die Hand drückte und sich an die Frau wandte: »Wir suchen einen jungen Mann, der gestern Abend von den Maltesern hier eingeliefert worden sein muss. Wahrscheinlich mit Rauchvergiftung und Verbrennungen. Sein Name ist Pim.«

»Und Sie sind die Eltern?«

»Nein, wir haben erste Hilfe geleistet, bis die Sanitäter kamen.«

Die Frau zuckte mit den Schultern. »Ja und? Wollen Sie dafür das Bundesverdienstkreuz?«

Jo überging die freche Bemerkung. »Wir würden gerne wissen, wie es ihm geht, und ihm sein Handy zurückgeben.«

Die Frau erhob sich von ihrem Drehstuhl und stand jetzt wie ein unüberwindliches Bollwerk vor ihnen. Sie streckte Jo ihre fleischige Hand entgegen.

»Das Handy können Sie mir geben.«

Augenblicklich wich Kati einen Schritt zurück. »Er hat es mir anvertraut. Ich möchte es ihm gerne persönlich zurückgeben.«

Das Bollwerk bedachte Kati mit einem herablassenden Blick und nickte. »Dann müssen Sie warten, bis er Sie anruft.« Sie raffte die verbliebenen Papiere zusammen und sprach zu sich selbst: »Falls er seine eigene Nummer auswendig kennt.«

Sie drehte sich um und walzte davon. Kati schaute ihr mit offenem Mund hinterher.

»So viel Charme schlägt mir auf die Prostata. Ich muss mal zur Toilette.«

Jo sah sich um und fand den Ort, den er suchte, in unmittelbarer Nähe des Eingangs.

»Ich warte hier«, erwiderte Kati und deutete auf die quietschgelben Sitzschalen, die in Reihe montiert und im Karree aufgestellt waren. Sonderlich gemütlich wirkten sie nicht. Außer Kati verspürte offenbar niemand das Bedürfnis, sich hier niederzulassen. Auf dem Beistelltisch lagen Zeitungen und Magazine. Kati griff nach der Allgemeinen Zeitung und überflog die Schlagzeilen.

Vom Eingang hallten Stimmen herüber. Als der Name Pim van Vlanderen fiel, ließ Kati die Zeitung sinken und linste um die Ecke zur Info-Theke. Fast wäre sie vom Stuhl gekippt, als sie erkannte, wer dort stand.

Kapitel 10

Rike redete auf die Frau hinter der Info-Theke ein. Doch der Empfangs-Drachen blieb stur.

»Sind Sie mit ihm verwandt?«

»Nein, aber …«

»Was wollen Sie dann von ihm? Lassen Sie den armen Kerl doch endlich in Ruhe. Ständig fragt jemand nach dem jungen Mann mit den Brandverletzungen. Ist das ein Stuntman? Oder ein Filmstar, oder was? Dann brauchen wir hier Security, um ihn vor Groupies wie Ihnen zu schützen.«

Mehr Security als der Drache hinter der Info-Theke konnte sich Rike kaum vorstellen.

Rommerskirchen zückte seinen Polizei-Ausweis und hielt ihn der Giftspritze unter die Nase.

»Das Bewachen übernehme ich gerne. Aber mir würde auch eine einfache Auskunft reichen, wie es ihm geht und wann wir mit ihm sprechen können.«

Widerwillig griff die Frau zum Telefonhörer und musterte die beiden Bittsteller ungeniert, während sie warteten. Das Telefonat war kurz. Sie zuckte mit den Schultern, als ginge sie das Ganze nichts an.

»Der Patient ist gerade zu einer Untersuchung im Haus unterwegs. Da bringt Ihnen Ihr Polizeiausweis gar nichts. Fragen Sie später noch einmal nach.«

Sie drehte sich um und ging davon. Rike und Rommerskirchen schauten ihr irritiert hinterher.

»Und jetzt?«, wollte Rike wissen.

»Jetzt weiß ich, warum de Kock nicht wusste, wie es Pim

geht.« Rommerskirchen rieb sich den Nacken. »Aber es muss doch einen Weg geben, an dem Drachen vorbeizukommen.«

Rike ließ die Schultern hängen. »Ich könnte jetzt einen Kaffee gebrauchen.«

»Ich auch«, erklärte eine vertraute Stimme hinter ihr.

Rike drehte sich um.

»Frau Küppers! Was machen Sie denn hier?«

Sie bemerkte Rommerskirchens skeptischen Blick und ärgerte sich, dass ihr Freund immer gleich Unheil witterte, wenn ihre Nachbarin auf der Bildfläche auftauchte.

»Urlaub«, antwortete Kati. »Wir machen Urlaub in Hochmoor. Und Jo brauchte gerade dringend eine Toilette.«

Siehste, dachte Rike und lächelte Rommerskirchen triumphierend zu, es gibt für alles eine Erklärung. Eine harmlose Erklärung.

Kati hakte sich bei ihr unter und zog sie zum Ausgang, wo Jo stand und ihnen winkte.

»Das ist ja schön, euch hier zu treffen.«

Ein paar Minuten später saßen sie auf der Terrasse der Krankenhauscafeteria und tranken Eiskaffee.

»Und Sie machen einen Motorradausflug ins schöne Münsterland?«, fragte Kati.

»Um Himmelswillen, nein! Motorradausflug? So weit kommt's noch!«

Rike schlürfte den letzten Tropfen Kaffee aus dem Eisglas. »Wir wollten nur auf dem Hof meines Onkels nach dem Rechten sehen. Aber da hat es wohl gestern gebrannt und deshalb …« Sie presste die Lippen aufeinander, um nicht aufzuschreien. Rommerskirchen hatte sie unter dem Tisch gegen das Schienbein getreten. Wütend funkelte sie ihn an.

»Jetzt sagen Sie nicht, der Hof, auf dem gestern das Gewächshaus gebrannt hat, gehört Ihrem Onkel«, hakte Jo nach. Die vielsagenden Blicke zwischen den beiden hatte er nicht registriert.

Rike wandte sich von Rommerskirchen ab und sah Jo erstaunt an.

»Sie wissen davon?«

Sie rutschte auf die Kante ihres Stuhls vor.

»Wir haben die Feuerwehr alarmiert«, erklärte Jo.

»Ihr Onkel ist aber erstaunlich jung«, stellte Kati trocken fest.

»Mein Onkel ist vor drei Jahren gestorben. Den Hof hat er seinen Nichten und Neffen vermacht. Keine Ahnung, was Onkel Heinz sich dabei gedacht hat.«

Rike rührte im leeren Glas. »Vielleicht wollte er dadurch die Familienbindungen fester knüpfen. Familienzusammenhalt war ihm immer wichtig.«

Ihr Blick schweifte in die Ferne. »Aber wenn das sein Ziel war, ist ihm das nicht wirklich geglückt. Meine Cousins haben mich kurzerhand zur Sprecherin der Erbengemeinschaft gemacht und weil wir uns nicht einigen konnten, was mit dem Anwesen geschehen soll, haben wir es verpachtet. An Pim van Vlanderen.«

Rike sah Rommerskirchens warnenden Blick, schob den Unterkiefer nach vorne und verstummte.

Warum sollten die Küppers nichts davon erfahren? Sie hatte nichts zu verbergen.

»Dann ist dieser Pim van Vlanderen der junge Mann, der uns gestern auf dem Hof entgegenkam? Wie geht es ihm?«, wollte Jo wissen.

»Die Untersuchungen laufen zurzeit noch«, antwortete Rommerskirchen.

Als ob er bald mehr wüsste. Rike schnaufte verächtlich. Ihrer Nachbarin traute sie eher zu, herauszufinden, wie es Pim ging, als ihrem Freund.

Kapitel 11

Bene wartete auf dem Hinterhof der Bäckerei Bongarz auf Lilli, die ihre Mutter überredet hatte, sie gehen zu lassen. In einer halben Stunde würde die Bäckerei sowieso schließen. Als Lilli auf den Hof trat, klatschten sie sich ab und bestiegen die Räder. Sie fuhren durchs Dorf, an der Kapelle vorbei zum Wald. Der Fahrtwind war heute warm wie ein Föhn.

An der Grillhütte waren sie später mit Moritz und Patrick verabredet. Doch die Zeit bis dahin konnten sie auch gut zu zweit verbringen. Im Wald wurden die Temperaturen angenehmer.

»Wer zuerst an der Grillhütte ist«, forderte Lilli Bene heraus und sprintete los.

Bene ließ ihr ein paar Meter Vorsprung und trat dann ebenfalls kräftig in die Pedale. Kurz darauf hörten sie Justin Bieber durch den Wald trällern.

Sie kamen gleichzeitig an der Hütte an und stiegen schnaufend ab. Hier war Justins *Sorry* besonders laut. Sie lehnten die Räder an die Seitenwand der Grillhütte und lugten um die Ecke.

Etwas abseits lagen mehrere Fahrräder im Laub. An der Rückseite der Grillhütte saßen zwei Jungen und ein Mädchen auf dem Boden um eine Lautsprecherbox, aus der jetzt Rihanna und Drake ihre Vorstellung von *Work* in den Wald brüllten. Bene schätzte sie auf zwölf, höchstens dreizehn Jahre. Einer der Jungen trug seine Haare kinnlang und vom Hinterkopf nach vorne geföhnt, sodass sie viel von seinem pickeligen Gesicht bedeckten.

Das Mädchen trug die Haare offen.

Die wilde Mähne reichte ihm bis zum Gürtel, war am Ansatz kräftig lila, an den Haarspitzen hingegen weiß gefärbt. Es gab gerade die Zigarette an den Jungen mit den Pickeln zu seiner Linken weiter und nahm die Bierflasche von dem Typen zur Rechten entgegen, der seine Haare an den Seiten abrasiert und das lange Deckhaar am Hinterkopf zu einem kurzen Zopf gebunden hatte. Es roch nach Gras und verbrannten Teeblättern.

Bevor Bene gecheckt hatte, was Sache war, sprang Lilli auf die drei zu und schrie sie an.

»Alter, wie bekloppt muss man sein, um hier zu rauchen? Wollt ihr den Wald abfackeln, oder was? Mach die Kippe aus! Aber pronto!«

Der Junge mit den Pickeln kam langsam auf die Füße.

»Ey, was willst du, Alter? Chill mal.«

Selbstlos reichte er Lilli die Kippe. Bene starrte fassungslos auf den angebotenen Joint.

Blitzschnell griff Lilli danach, warf ihn auf den Boden und trat ihn aus.

»Ey, spinnst du? Wer will hier den Wald abfackeln?«

Jetzt sprangen auch die anderen beiden auf und gingen auf Lilli los. Bene warf sich dazwischen und versuchte, zu beruhigen.

»Gib ihm«, rief das Mädchen.

Doch niemand hatte mit Lillis rasender Wut gerechnet.

»Ich gehe freitags auf die Straße. Wofür mach ich das wohl? Damit ihr alles kaputt macht? Euch sollte man echt den Sauerstoff abdrehen«, brüllte sie.

Sie schlug und boxte um sich, sodass die drei bald von ihr

abließen und zurückwichen. Schweratmend ließ sie die Hände sinken.

»Halt's Maul, du Arsch!«, brüllte der Junge mit dem Zöpfchen Lilli an und schubste sie. »Fick dich, du nervst.«

»Wowowow, komm mal runter, Alter.« Bene hob beschwichtigend die Hände und stellte sich vor Lilli. »Woher habt ihr das Zeug eigentlich?« Er deutete mit dem Kopf auf den ausgetretenen Joint.

»Geht dich nichts an, Mann«, erwiderte der Angriffslustige. Er musterte Lilli abschätzig von oben bis unten, ließ sie aber in Ruhe.

Die beiden anderen packten ihre Habseligkeiten zusammen und luden die Lautsprecherbox in den Fahrradkorb. Dabei purzelte dem Mädchen eine kleine, rot-weiße Kugel mit schwarzen Streifen auf den Boden, direkt vor Lillis Füße. Sie hob die Kugel auf und betrachtete sie.

»Was ist das? Ein Pokeball?«

Das Ding tarnte sich als Spielzeug, war es aber ganz bestimmt nicht. »Ich dachte, der neue Trend heißt Wizards Unite. Alle wollen doch jetzt Harry Potter helfen und Dementoren jagen. Wer spielt denn noch Pokemon Go?«

»Gib das her. Das gehört mir«, erwiderte der Junge, der Lilli eben attackiert hatte.

Er griff danach. Doch Lilli zog ihre Hand zurück und reichte Bene den Ball. Der betrachtete ihn und zuckte mit den Achseln.

Der Junge mit dem Zopf verzog verächtlich den Mund. »Keine Ahnung, was? Das Ding nennt man Grinder.«

Er gab Bene einen Stoß und entwendete ihm blitzschnell den Ball.

Dann schwangen sich die drei Teenies auf die Räder und verschwanden.

»Was für Idioten. Kennst du sie?«, wollte Bene wissen.

»Das Mädchen kenn ich. Aber keine Ahnung, wie die heißt. Die Jungs hab ich noch nie hier gesehen.«

Lilli schüttelte den Kopf. »Ey, das sind doch noch Kinder. Warum machen die so einen Scheiß?«

»Na ja, Niederbroich kann schon multimonoton sein, wenn man nicht so tolle Freunde hat wie wir. Aber die Frage, die ich mir stelle, ist eher: Wer versorgt die Kids mit dem Zeug?«

Lilli sah Bene entgeistert an. »Die werden kaum selbst nach Holland fahren.«

»Definitiv nicht«, stimmte ihr Bene zu.

Lilli hob den Jointstummel auf, betrachtete ihn nachdenklich und steckte ihn in die Hosentasche. Im selben Augenblick tauchten Patrick und Moritz hinter der Grillhütte auf.

»Hier steckt ihr. Was ist mit euch denn los? Ihr macht Gesichter, als hätte man euch das Handy geklaut«, wollte Patrick wissen.

»Wir hatten gerade eine lautstarke Auseinandersetzung mit ein paar Kiddies«, erklärte Lilli. »Die Hornochsen haben doch tatsächlich im Wald geraucht!«

»Autsch. Keine gute Idee bei der akuten Waldbrandgefahr.« Moritz rieb sich das Kinn.

»Das ist das eine Problem. Das andere Problem ist, was sie geraucht haben. Und zwar Gras«, ergänzte Bene.

»Scheiße! Zwei Jungs und 'n Mädel mit lila Mähne? Ich glaub, ich weiß, wen ihr meint.« Patrick zog das Cap ab und kratzte sich am Hinterkopf. »Jedenfalls hab ich am Wochenende ein paar Küken gesehen, die auf dem Waldparkplatz die

Köpfe zusammengesteckt haben. Und ich habe da einen ganz blöden Verdacht.«

Er erzählte ihnen von der merkwürdigen Begegnung auf Mannis Hof mit den Typen im holländischen Lieferwagen und dem Kerl, der sich bei Hamachers im Gartenhaus einquartiert hatte. »Ein gewisser Eric Parcer, der immer auftaucht, wenn die Kids rauchen oder der Lieferwagen mit dem holländischen Kennzeichen durch Niederbroich rollt. Manni sagt, er arbeitet für eine kanadische Firma und sucht Grundstücke für die.«

»Du meinst, dass der Kerl die Kids mit Stoff versorgt?«, fragte Lilli.

Patrick zuckte die Schultern. »Denkbar wäre es. Auf jeden Fall ist er am Freitag mit einem Volvo gekommen und fährt jetzt Cabrio. Komisch, oder? Möglich auch, dass er mit den Holländern unter einer Decke steckt. Der Lieferwagen taucht nämlich ganz oft da auf, wo sich der Typ gerade rumtreibt. Auf dem Waldparkplatz. Bei Manni. Am See.«

»Wir können die nicht alle gleichzeitig im Auge behalten. Und schon gar nicht, wenn es keinen zentralen Treffpunkt gibt.« Lilli ließ den Kopf hängen.

»Die Kids. Wir sollten unbedingt die Kids im Auge behalten. Und dazu könnte meine Oma mal wieder einen Jugendclub veranstalten«, schlug Bene vor.

»Die Idee ist gut, aber die Zeit drängt. Am Freitag gibt's Zeugnisse«, gab Lilli zu bedenken.

»Dann ist das Datum schon mal geklärt. Holt die Buschtrommeln raus und trommelt«, forderte Moritz sie auf.

»Lasst uns mit dem Trommeln warten, bis ich das Okay von Oma Kati habe. Die ist nämlich noch im Urlaub.«

Bene zückte das Handy und tippte eine Nachricht.

»Sollen wir Rommerskirchen fragen, ob er mit den Kiddies beim Jugendclub über Drogen sprechen will?«

Patrick wühlte mit der Schuhspitze im Mulch vor der Grillhütte. »Ich hab seine Nummer und soll mich sofort bei ihm melden, wenn etwas komisch ist.«

Er legte ein kleines Plastiktütchen frei und bückte sich. »Mann ey, dass die Leute immer ihren Müll fallen lassen, wo sie gerade stehen.«

Mit spitzen Fingern hielt er es hoch.

»Zeig mal her.«

Moritz griff nach dem Tütchen. Es hatte einen Zipp-Verschluss und war mit einem roten Kreuz bedruckt, auf dem man mit viel Fantasie First Aid lesen konnte.

»Ich denke, das Tütchen könnte den Kommissar interessieren. Lasst uns in den Ort fahren und schauen, ob er zu Hause ist.«

Sie schwangen sich auf die Räder und fuhren durch den Wald. Als der Parkplatz für Wanderer unmittelbar vor ihnen lag, von dem aus die Straße an der Kapelle vorbei ins Zentrum von Niederbroich führte, sahen sie einen weißen Transporter durch die Bäume blitzen. Im nächsten Moment hörten sie den Motor heulen und den Wagen davonbrausen. Sie preschten los, um zu sehen, ob der Transporter nach Niederbroich abgebogen war oder in die andere Richtung ins Nachbardorf wollte. Doch als sie die Straße erreichten, war von dem Lieferwagen weit und breit nichts mehr zu sehen.

Kapitel 12

Eric Parcer saß im Wohnzimmer des Gartenhauses am Esstisch und drehte eine leere Schachtel Zigarettenpapier in der Hand hin und her. Sie war wohl mal rosa gewesen, die aufgedruckten Blasen waren kaum zu erkennen.

Den Schriftzug Bubblegum und Juicy Rolls konnte man noch erahnen. Er hatte sie am Waldrand gefunden, zusammen mit ein paar geleerten kleinen Zipp-Tüten, und vermutete, dass sie von den Kids stammten. Ihre Eltern hatten bestimmt nicht die geringste Ahnung, wofür sie ihr Taschengeld ausgaben.

Die Kids waren cool – lit nannten sie das jetzt. Anfangs sehr zurückhaltend, wurden sie freundlicher und zugänglicher, als er ihnen sagte, dass er bei Hamachers im Gartenhaus wohnte. Und als er sich nach abgelegenen oder verlassenen Höfen erkundigte, gaben sie hilfsbereit Auskunft.

»Warum wollen Sie das wissen?«, hatte ihn der Langhaarige mit den Pickeln gefragt.

Eric hatte beschlossen, bei der Version zu bleiben, die er bei Hamachers bereits erzählt hatte.

»Ich suche für meine Firma nach Häusern und Anbauflächen. Wenn die Felder groß genug sind, bauen wir hier vielleicht sogar ein Forschungslabor.«

»Was forschen Sie denn?«, hatte das Mädchen wissen wollen. Dass Eltern ihre Töchter in dem Alter schon so aufreizend rumlaufen ließen, konnte Eric nicht verstehen.

»Wir wollen herausfinden, wie sich Pflanzen vor Fressfeinden schützen, was sie immun gegen zu viel Sonne oder widerstandsfähig bei Wassermangel macht. Dazu untersuchen wir, unter welchen Bedingungen sie optimal wachsen.«

Dass es dabei um den Anbau von Cannabis ging, hatte er lieber für sich behalten.

Jedenfalls hatten ihm die Kinder ein paar Höfe auf der Karte gezeigt, die schon ziemlich heruntergekommen sein sollten und vielleicht für Erics Zwecke geeignet waren.

»Das hat uns der schöne Holländer auch schon gefragt«, hatte der Pickelige bemerkt.

»Der schöne Holländer?« Eric horchte auf.

»Der trägt immer weiße Hemden und braune Schuhe, die voll glänzen und aussehen, als wären sie aus dem letzten Jahrhundert.«

Wenn Eric nur einfallen wollte, wo er bereits jemanden gesehen hatte, auf den diese Beschreibung zutraf.

»Und kommt aus Holland?«

Der Junge hatte genickt.

»Was macht der sonst noch?«

Die Kinder hatten geschwiegen.

Das Mädchen hatte eine ihrer lila Haarsträhnen zwischen den Fingern gedreht.

»Keine Ahnung. Lieferservice vielleicht?«, brach der Junge mit dem Zopf das Schweigen.

»Lieferservice? Was liefert der schöne Holländer denn nach Niederbroich?«

Sie hatten auf den Boden gestarrt und sich verstohlene Blicke zugeworfen. Eric war sich sicher, dass seine Vermutung nicht aus der Luft gegriffen war. Sollte er sie direkt damit konfrontieren? Er hatte es gelassen. Er durfte ihr Vertrauen nicht einfach aufs Spiel setzen. Aber ein paar Psychospielchen konnten nicht schaden. Er hatte seinen Blick auf das Mädchen gerichtet, bis es sich nervös auf die Lippen gebissen hatte.

»Ist der wirklich so schön, wie die Jungs behaupten?«, hatte er gefragt.

»Sie hat ihn so genannt«, hatte sich der Langhaarige verteidigt und einen bösen Blick von ihr dafür geerntet.

»Aber die Cookies, die er mir geschenkt hat, habt ihr gern gefuttert«, hatte sie ihm vorgeworfen.

»Halt's Maul!«, war ihr der Junge mit dem Zopf ins Wort gefallen. Eric hatte das Funkeln in seinen Augen gesehen und erkannt, dass die Situation zu kippen drohte.

»Hey, hey, kriegt euch wegen meiner dummen Fragen nicht in die Wolle«, hatte er sie beschwichtigt und sich erneut an das Mädchen gewandt. »Pass bitte auf dich auf, und achte darauf, dass einer von den beiden«, mit dem Kopf hatte er auf ihre Begleiter gedeutet, »immer dabei ist, wenn der schöne Holländer auftaucht. Versprichst du mir das?«

Das Mädchen hatte ihn mit großen, runden Augen angeschaut, sich auf die Unterlippe gebissen und genickt. Verdammt! Erzählte den Kindern heute keiner mehr die Geschichte vom Rotkäppchen und dem bösen Wolf?

Der Junge mit den Pickeln hatte ihn neugierig gemustert. »Wir haben gedacht, Sie kennen sich. Sie fahren doch das gleiche Auto.«

»Ein Cabrio?«

Der Junge hatte den Kopf geschüttelt. »Nein! Den Volvo.«

Er hatte mit den Achseln gezuckt. »Vielleicht haben wir uns auch geirrt.«

»Bestimmt nicht«, hatte das Mädchen geraunt.

»Wonach hat euch der schöne Holländer denn gefragt?«

»Nach leerstehenden Häusern und abgelegenen Höfen.«

»Habt ihr ihm welche gezeigt?«

Das Mädchen hatte genickt. »Die gleichen wie Ihnen.«

»Und als Dankeschön hat er euch Kekse geschenkt?«

Wieder hatte es genickt.

»Tja, Kekse habe ich nicht dabei, um mich bei euch zu bedanken.«

»Das ist schon in Ordnung«, hatte es gesagt.

Eric hatte ihm dankbar zugelächelt und gewusst, dass es alles für ihn tun würde. Es würde für ihn auch herausfinden, was er wissen wollte.

Das Mädchen hatte wunderbar geschwungene Lippen, wie Antje, und die gleiche kokette Kopfhaltung. Wie es ihn ansah, wie es die Haare über die Schulter warf, wie es ging, alles an ihm erinnerte Eric an Antje. Wenn er die Augen schloss, hatte er noch ihr Bild vor Augen. Sie fehlte ihm so sehr.

Er zog die Augenbrauen zusammen, blinzelte eine Träne weg und beugte sich über die Wanderkarte. Er suchte die genannten Höfe und markierte sie mit Kuli. Einige hatte er schon abgeklappert. Es waren durchaus brauchbare Anlagen darunter. Er nahm einen dicken Filzstift und kreiste sie rot ein. Die Gegend nördlich des Waldsees hatte er noch nicht gründlich unter die Lupe genommen. Das verlassene Haus am Waldrand wollte er sich heute noch einmal ansehen. Er hatte das Gefühl, dass es nicht so verlassen war, wie es den Anschein erwecken sollte. Doch komische Gefühle im Bauch waren seiner Meinung nach nur dazu da, handfesten Beweisen zu weichen oder zu schweigen.

Der erste Kontakt zu den Kids war geknüpft. Er würde sich entscheiden müssen, wie er ihn weiter nutzen wollte. Doch das drängte nicht. Allmählich erkannte er das Muster. Die Bande sabotierte sein Geschäft schon eine Weile, aber er hatte noch nicht genug Beweismaterial, um sie auffliegen zu lassen. Noch ein paar sichere Erkenntnisse, ein kleiner Tipp an die holländische und die deutsche Polizei und er hätte endlich freie Bahn.

Er fuhr gerade mit dem Finger über die Wanderkarte, um sich den Weg einzuprägen, als plötzlich Hedwig Hamacher neben ihm stand. Eric zuckte zusammen.

Schnell wendete er die Landkarte und ließ die Zipp-Tütchen und die alte Zigarettenpapierschachtel darunter verschwinden.

»Wie ich sehe, bist du wieder auf der Suche. Noch nichts Geeignetes gefunden?«, fragte Hedwig und reckte den Hals.

»Doch, doch. Durchaus.«

Mit seiner Wirtin über sein Vorhaben zu sprechen war das Letzte, was Eric jetzt wollte. Fieberhaft überlegte er, über welche Belanglosigkeit er mit ihr plaudern könnte. Er schenkte ihr sein strahlendstes Lächeln und schaute sie im nächsten Moment sorgenvoll an.

»Ist etwas passiert? Du siehst heute so bedrückt aus?«

Seine Taktik ging auf. Er klopfte sich im Geiste auf die Schulter, während Hedwig lang und breit erklärte, warum sie heute mit ihrem Mann dringend zum Arzt musste und so das Mittagessen nicht rechtzeitig auf den Tisch bringen konnte. Langsam beruhigte sich Erics Pulsschlag wieder.

»Die Gesundheit geht vor«, bestärkte er sie in ihrem Vorhaben. Hedwig lächelte.

»Ja, und wenn wir dann schon einmal in der Stadt sind, kann

ich auch direkt schauen, ob Sabine und Stefan schon einen Hochzeitstisch haben. Wenn man schnell genug ist, sind noch hübsche Geschenke zu finden, die kein Vermögen kosten. In ein paar Wochen läuten hier im Dorf nämlich die Hochzeitsglocken. Ein Ereignis, das du nicht verpassen darfst.«

Eric hob abwehrend die Hände. »Ich kenne das Hochzeitspaar ja gar nicht.« Eine Hochzeit war wirklich das Letzte, was er sich antun würde.

»Das macht nichts. Eine Hochzeit darf man sich nie entgehen lassen. Die Braut heißt Sabine Kirschbaum, kommt aus Niederbroich und hat eine fantastische Stimme. Schade, dass sie nicht auf ihrer eigenen Hochzeit singen kann. Aber der Bräutigam, Stefan Bülinghofen, wohnt noch nicht lange hier. Tagsüber schläft er und arbeitet nachts. Schwierig, Freunde zu finden, so als Bäcker. Der könnte männliche Unterstützung bestimmt gebrauchen.« Sie zwinkerte ihm verschwörerisch zu. »Natalie kommt auch. Wer weiß ...«

Eric wurde schlecht, doch er lächelte tapfer.

»Wir werden sehen«, antwortete er vage. »Wie wäre es, wenn ich uns heute Abend etwas koche?«, fragte er, um vom Thema abzulenken.

Hedwig strahlte. »Das wäre wunderbar. Bis später.«

Sie klatschte entzückt in die Hände. »Kochen kann er auch noch«, flötete sie vor sich hin und verließ das Gartenhaus. Erschöpft ließ sich Eric in den Drehstuhl fallen.

Kapitel 13

»Bei dir in Niederbroich ist ja mächtig was los.« Kollege Müller vom Drogendezernat goss sich Kaffee nach und lehnte sich bequem zurück. Rommerskirchen sah auf die Uhr und packte seine Unterlagen zusammen. Nach Smalltalk stand ihm gerade ganz und gar nicht der Sinn. Er wollte nach Hause und dann bei Manni vorbeischauen, ob sein Bike endlich wieder einsatzbereit war.

Manni hatte ihm Sonntagmittag eine SMS geschickt, dass er das benötigte Ersatzteil am Montag besorgen und einbauen wollte. Jetzt war Mittwoch und Rommerskirchen hatte es noch nicht geschafft, mit ihm zu telefonieren. Aber wenn Manni etwas dazwischen gekommen wäre, hätte er sich sicherlich gemeldet.

»Da braut sich was zusammen«, fuhr Müller ungerührt fort.

»In Niederbroich?« Rommerskirchen verstaute die Unterlagen im Schreibtisch und schloss ihn so geräuschvoll wie möglich. Was, bitte schön, sollte sich in dem Dorf zusammenbrauen? Es hatte keine für ihn erkennbare strategische Lage, keinen direkten Autobahnanschluss, geschweige denn Verbindungen zu Wasser, Schiene oder gar Luft.

»Nicht nur da. Im ganzen Gebiet längs der holländischen Grenze. Vom Münsterland bis zum Niederrhein.«

Müller trank in Ermangelung von Milch den Kaffee schwarz und verzog das Gesicht.

»Die Kollegen in Holland sind viel besser im Bilde als wir. Die erfassen jedes Fahrzeug, das ins Land kommt. Und jedes Streifenhörnchen hat übers Handy Zugang zu den Daten. Das hat sich auch unter unseren Klienten rumgesprochen, die es sich jetzt auf unserer Seite gemütlich machen.«

Rommerskirchen verschränkte die Arme vor der Brust.

»So lange die friedlich bleiben, ist das dein Job, Nico. Und ich bin fein raus.«

»Warte ab, bis du selbst Kinder hast. Möchte dich sehen, wenn denen auf dem Spielplatz jemand Space Cookies anbietet. Habt ihr keine Milch?«

Rommerskirchen erinnerte sich an die Gruppe Teenies, die der Geruch von Cannabis umweht hatte. Und das Päckchen Kaugummi, das wohl eher Zigarettenpapier beinhaltet haben dürfte. Und noch etwas fiel ihm auf. Es störte ihn nicht im geringsten, dass Müller ihm Kinder andichtete. Der Gedanke weckte keine Schrecken. Ganz im Gegenteil. Er sah sich auf einem Spielplatz das süßeste kleine Mädchen auf der Welt anschaukeln und vor dem Bösen bewahren, das hinter jedem Busch lauerte. In seine Gedanken platzte Kollege Tietke mit einem Tetrapack H-Milch.

»Fröhliches Kaffeekränzchen euch beiden«, verabschiedete sich Rommerskirchen. »Ich habe noch einen Außentermin mit den Niederbroicher Buschtrommeln. Wenn ich was höre, lass ich es dich wissen, Nico.«

Er klopfte Müller auf die Schulter und verließ das Büro.

Es kostete ihn eine geschlagene Dreiviertelstunde und ein dickes Bündel gelassener Nerven bis zum Ortseingangsschild Niederbroich.

Kurz hatte er überlegt, nach Hause zu fahren und sich zu Fuß auf den Weg zu Mannis Hof zu machen. Jetzt verwarf er die Idee und bog in den Feldweg ein. Wenn er Glück hatte, trieb sich Patrick bei Manni rum und hatte Lust, für eine Pizza seinen Audi nach Hause zu fahren.

Als er auf den Hof fuhr, herrschte eine seltsame Ruhe. Rommerskirchen stieg aus und sah sich um.

Das Cabrio, das Patrick am Samstag auf den Hof gebracht hatte, parkte jetzt vor dem Haus neben zwei anderen Autos und wartete mit ihnen auf die Instandsetzung oder Abholung. Seine Maschine stand nicht daneben.

Kein Huhn trippelte ihm auf dem Weg zur Scheune zwischen die Füße, kein Gackern war zu hören. Stattdessen drangen gluckende Geräusche aus dem Hühnerstall und von den Kaninchenställen roch es strenger herüber als üblich.

Er betrat die Scheune und sah, dass sein Motorrad unverändert an der Stelle stand, an der er es am Samstag abgestellt hatte. Hatte Manni gar nicht daran gearbeitet? Ansonsten wirkte alles wie immer. So, als ob Manni gleich zur Tür hereinkäme. Er zog das Handy aus der Tasche und wählte Mannis Nummer. Rommerskirchen spitzte die Ohren. Das Klingeln kam von draußen. Er verließ die Scheune, folgte dem Bimmeln und überquerte den Hof.

Beim Gerätefuhrpark war der Klingelton am lautesten. Zwischen Trecker und Aufsitzrasenmäher fand er nach einigem Suchen endlich das Mobiltelefon. Er wollte das Gespräch annehmen und wischte über den Bildschirm. Vergeblich. Manni hatte sein Handy vor fremdem Zugriff gesichert. Wie Rommerskirchen es ihm immer wieder geraten hatte. Der Kommissar steckte das Handy ein, ging zum Wohnhaus hinüber und klingelte an der Tür. Wenn Manni geöffnet hätte, wäre er wirklich überrascht gewesen. Irgendetwas war hier faul.

Erneut ließ er seinen Blick über den Hof schweifen. Dann

rief er Patrick an. Vielleicht hatte er tatsächlich die Augen und Ohren offen gehalten und konnte ihm die Information liefern, die seinen Instinkt geweckt hatte, sich aber noch nicht greifen ließ.

»Hallo Herr Kommissar«, hörte er ihn sagen, »ich bin gerade auf dem Weg zu Manni. Was kann ich für Sie tun?«

»Wie lang brauchst du noch?«

»Bin da.« Patrick kam mit dem Fahrrad auf den Hof gefahren und hielt unmittelbar vor Rommerskirchen an.

»Was gibt's Neues?«, fragte er.

»Das wollte ich von dir wissen. Hast du Manni gesehen?«

Patrick schüttelte den Kopf. »Heute nicht.«

»Gestern?«

Patrick nahm das Cap ab und kratzte sich am Hinterkopf. »Wenn Sie mich so fragen. Gestern nicht. Und vorgestern auch nicht.«

»Was stimmt hier nicht?« Erneut sah sich Rommerskirchen auf dem Hof um. »Samstag haben wir uns hier noch mit ihm getroffen. Dann kam der holländische Lieferwagen mit den merkwürdigen Typen. Erinnerst du dich?«

»Na klar erinnere ich mich. Ich hatte Ihnen ja angeboten, ein Auge auf Manni zu werfen, wenn Sie weg sind. Das habe ich auch gemacht. Am Sonntagnachmittag war ich hier. Er hatte allerdings keine Zeit für mich. Musste sich unbedingt mit dem Kerl treffen, der auch am Samstag hier war. Sie wissen schon, der Riese mit der Wanderkarte.«

Rommerskirchen nickte.

Patrick fuhr mit seinem Bericht fort: »Sie haben es sich im Haus gemütlich gemacht. Ich hab ewig hier gewartet. Waren Sie schon mal bei Manni im Haus?« Patrick wartete nicht auf die Antwort. »Ich kenne überhaupt niemanden, den Manni mal mit ins Haus genommen hätte.«

»Warum hast du mir keine Nachricht geschrieben? Wenn etwas komisch ist …«

»Sie sind ja wieder rausgekommen. Hat zwar was gedauert, aber sie sind wieder rausgekommen. Beide. Lebend. Und dann haben sie sich ins Auto gesetzt und sind weggefahren.«

»Und das hältst du nicht für wichtig?«

Rommerskirchen raufte sich die Haare. Was für ein Wochenende!

»Alter, die haben gelacht und sich benommen wie die dicksten Bros. Hätten Sie dafür Ihr Wochenende abgebrochen und wären nach Niederbroich zurückgekommen?«

Rommerskirchen atmete tief durch.

»Du hast ja recht«, gab er zu.

»Den Lieferwagen habe ich übrigens Sonntagabend auf dem Waldparkplatz gesehen.«

»Mit Manni?«

Patrick schüttelte den Kopf. »Mit ein paar Kids. Von Weitem sah es fast aus wie beim Eisverkäufer.«

Rommerskirchen nickte. Er konnte sich die Szene bildhaft vorstellen.

»Space Cookies«, murmelte er.

Patrick zuckte die Achseln. »Möglich, gibt sogar Gummibärchen mit THC. Aber ich glaube, die Kids haben eher was zum Rauchen gekauft. Ist doppelt spannend. Zum einen, weil man in Deutschland erst ab 18 rauchen darf. Und dann auch noch Gras! Die Verlockung, etwas Verbotenes zu tun, ist fast so aufregend wie Bungeejumping.«

Rommerskirchen hielt sich lachend die Ohren zu.

»Ich will keinen Erfahrungsbericht hören. Aber vielleicht interessiert sich mein Kollege für den Lieferwagen.«

Er tippte auf seinem Handy rum und erfuhr von Tietke, dass Müller das Büro bereits wieder verlassen hatte. Dann wählte er Müllers Nummer und hatte ihn beim zweiten Klingeln in der Leitung.

»Ich habe einen holländischen Transporter für dich.« Er gab Müller das Nummernschild durch.

Als er das Telefonat beendet hatte, bemerkte er Patricks runde Augen.

»Wow«, brachte der seine Hochachtung zum Ausdruck, »Sie kennen das Nummernschild auswendig? Krass!«

Rommerskirchen lächelte. Die Bewunderung tat seiner geschundenen Polizistenseele gut.

»Ein paar Superskills können auch im Polizeidienst nicht schaden.«

»Übel krass, Alter. Trotzdem glaube ich, dass Mannis Verschwinden eher mit diesem Wanderkartenfritzen zu tun hat. Der heißt übrigens Eric Parcer und wohnt bei Hamachers im Gartenhaus.«

»Ach«, entgegnete Rommerskirchen. Davon hatte er noch nichts mitbekommen, was vermutlich daran lag, dass Natalie auf einer Fortbildung war. Hoffentlich war sie bald zurück. Ihm fehlte die Rechtsmedizinerin, der kollegiale Austausch mit ihr. Während er seinen Gedanken nachhing, kamen Moritz und Bene mit ihren Fahrrädern auf den Hof geschossen und klingelten zur Warnung.

»Wo sind die Hühner?«, fragte Moritz, noch bevor sie Patrick und Rommerskirchen begrüßten.

»Keine Ahnung. Manni ist weg.«

»Mit den Hühnern? Doch wohl nicht zum Schlachthof!«

»Wäre das ein Grund, sein Handy zwischen Traktor und Rasenmäher zu deponieren?«

Rommerskirchen legte die Stirn in Falten und holte Mannis Mobiltelefon aus der Tasche. »Kennt jemand von euch zufällig den Code zum Entsperren von Mannis Handy?«

»Haben Sie uns nicht eingebläut, dass man den für sich behalten soll?«

»Mist!« Rommerskirchen rieb sich den Nacken. »Ja, ich weiß, ich sollte stolz auf euch sein. Und auf Manni. Aber in diesem Fall wünschte ich mir, er hätte meinen Rat nicht befolgt.«

»Sagt mal, findet ihr auch, dass es hier stinkt?«

Moritz drehte den Kopf in Richtung der Kaninchenställe. Er lehnte sein Rad an die Hauswand und marschierte los.

»Der lässt doch seine Schnuckis nicht allein. Der ruft mich immer an, wenn er unterwegs ist, dass ich auch ja die Hasen nicht vergesse.«

Er hatte die Ställe erreicht und hielt sich die Nase zu. »Das kostet extra, Manni. Füttern ist ja kein Problem, aber Ausmisten ist nicht im Preis inbegriffen.«

»Dann sind die Hühner …« Patrick machte sich auf den Weg zum Hühnerstall.

Bene wandte sich an den Kommissar: »Wir haben uns überlegt, wie wir die Kiddies vor Gras und Haschkeksen warnen können, und gedacht, dass ein Jugendclubabend helfen kann. Vielleicht wollen Sie auch dazukommen?«

»Zu den Klängen von Jimi Hendrix Kindern sagen, dass sie die Finger von Drogen lassen sollen?« Rommerskirchen grinste breit. »Und ob ich will. Wann?«

»Freitagabend. Um sechs geht's los.«

Aus dem Hühnerstall hörten sie aufgeregtes Gegacker und heftiges Flügelschlagen. Einen Augenblick später schoss Patrick über den Hof, gefolgt von fliegenden Federn und drei wütenden Hennen.

Kapitel 14

Der Pfarrsaal war abgedunkelt. Lilli und Patrick kontrollierten noch einmal die Beleuchtung, während Moritz zwei weitere Flaschen Cola in den Kühlschrank hinter der Theke legte.

Kati hatte den Laptop auf dem Tisch vor der Tanzfläche platziert und ließ sich von Bene noch einmal erklären, wie man ein Musikstück der Playlist abbrechen, überspringen oder auch wiederholen konnte. Es war viertel vor sechs. Ein letzter Soundcheck. Alles war vorbereitet. In wenigen Minuten konnten die Kinder die Tanzfläche stürmen.

Die vergangenen drei Tage hatten Bene und Lilli Plakate und Flyer entworfen, kopiert und mit Freunden in Niederbroich und den Nachbardörfern verteilt. Kein Schulhof, kein schwarzes Brett, keine Infotafel war ohne den Hinweis auf die beste Party zum Schuljahresabschluss geblieben.

Kati hatte damit gerechnet, dass die eine oder andere Familie sofort in die Ferien startete. Aber dass nur eine Hand voll Kids in den Saal des Pfarrzentrums huschten, überraschte sie.

Sie sah, wie Lilli ein Mädchen zur Seite nahm und auf es einredete. Wahrscheinlich wollte sie wissen, was los war. Das Mädchen verschränkte die Arme vor der Brust und schob die Unterlippe vor.

Kati ließ Ian Gillan, den Deep-Purple-Sänger, zum Aufwärmen seinen Protest mit *Child in Time* in den Saal schreien. Noch war die Tanzfläche leer. Die wenigen Besucher drückten sich in den Ecken herum und warteten darauf, dass der Getränkeverkauf eröffnete.

Kati wusste, dass sie als DJ die Stimmung im Saal erheblich

beeinflusste, aber die Liste der Stücke, die sie Bene zur Erstellung der Playlist für den heutigen Abend gegeben hatte, würde schon dafür sorgen.

Patrick kam zu ihr herüber. »Wenig los heute Abend.«

Kati nickte. »Letzter Schultag war wohl doch keine gute Idee.«

Patrick wiegte den Kopf hin und her. »Es könnte auch einen anderen Grund geben. Wir haben vorhin gerüchteweise von einer weiteren Party gehört, die morgen Abend irgendwo steigen soll. Moritz spitzt gerade die Ohren, während er an der Theke die Getränke ausgibt.«

Kati hob die Augenbrauen. »Eine Privatfeier vielleicht?«, mutmaßte sie.

»Danach hörte es sich eigentlich nicht an. Exklusiv vielleicht. Aber übelst groß. Und auf jeden Fall de Luxe, meinte ein Mädchen, mit dem Lilli vorhin gesprochen hat.«

Das tröstete Kati kein bisschen.

»Sind deine Kifferkids gekommen?«, wollte sie wissen. Patrick sah sich im Saal um und schüttelte den Kopf. »Vielleicht stehen sie vor der Tür und kommen nicht an Lilli und Bene vorbei. Mit Bier und Zigaretten.«

Kati rollte mit den Augen. »Wenn sie es wenigstens heimlich täten.«

»Nee, das ist Teil des Spiels«, erwiderte Patrick. »Wenn es keiner mitbekäme, wäre es ja langweilig. Und natürlich wird alles direkt ins Netz gestellt.«

»Haben die keine Angst, dass ihre Eltern davon erfahren?«

Patrick zuckte mit den Schultern. »Die sind bestimmt auf anderen Kanälen unterwegs.«

Ein bisschen taten die Eltern Kati leid. Hatte sie selbst alles mitbekommen, was ihre Kinder ausgeheckt hatten? Sie schob die Gedanken zur Seite und konzentrierte sich auf den heutigen Abend.

Die erste Stunde hatte sie geplant, ein Tanzstück nach dem anderen zu spielen. In der Pause wollte dann Kommissar Rommerskirchen vorbeischauen und ein paar Informationen und Ratschläge zum Thema Rauschgift und Drogen geben. Vielleicht würde er auch einen Kollegen mitbringen, der das übernahm.

»Cooler Mix.« Patrick hob den Daumen, für den Fall, dass sie ihn aufgrund der Lautstärke nicht verstanden hatte.

Nach und nach trudelten weitere Teenies ein, aber immer noch war die Tanzfläche erschreckend leer. Kati blieb nichts anderes übrig, als abzuwarten und zu hoffen, dass sich trotzdem gute Partystimmung breitmachte.

»Kannst du mal eben die Stellung halten?«, bat sie Patrick und verließ den Saal.

Links und rechts des Eingangs zum Pfarrzentrum dienten Tische als Schleuse, an denen Taschen und Rucksäcke kontrolliert wurden. Dahinter standen Lilli und Bene. Vor ihnen stand eine Gruppe Kinder und meckerte, dass sie ihre Taschen vorzeigen sollten, bevor sie in den Jugendclub durften.

»Ihr wart wohl noch nie auf 'nem Konzert, was? Da ist das voll normal, dass du deinen Rucksack aufmachen musst«, erklärte Lilli. »Ihr könnt sie auch hier draußen stehen lassen, wenn wir nicht reingucken sollen.«

Tatsächlich machten zwei Jungs von ihrem Angebot Gebrauch und deponierten ihre Rucksäcke zu Lillis Füßen.

Als die Gruppe im Pfarrsaal verschwunden war, ging Kati zu Bene und raunte ihm zu: »Ich würde jetzt zu gerne einen Blick in die Rucksäcke werfen. Muss ja was mächtig Spannendes drin sein, dass wir nicht reinschauen sollen.«

Lillis Augen blitzten. »Finger weg. Ich stehe persönlich dafür ein, dass da keiner reinguckt.«

Dem Argument konnte sich Kati nicht verschließen. Vor der Tür herrschte jetzt gähnende Leere. Lilli und Bene setzten sich auf die Tische und ließen die Beine baumeln. Hin und wieder schallten Gitarrenriffs und fetzige Beats nach draußen. Das nächste Stück begann mit einem eindringlichen Bass. Kati legte die Stirn in Falten. Den Titel kannte sie bisher nur von Fußballübertragungen. Wie kam der auf ihre Playlist?

Lilli sprang auf und sah Kati erstaunt an.

»*Seven Nation Army*?«

Kati zuckte mit den Schultern und blickte zu Bene hinüber.

»Dumm-du-dumm-dumm-dumm-dumm-dumm.«

Er wippte im Takt des Basses mit dem Kopf.

»Hast du das Lied in meine Playlist geschmuggelt?«, fragte Kati fassungslos.

»Ideale Ergänzung zu *Smoke on the Water*, findest du nicht?«, fragte er und grinste frech.

»Was hast du mir noch alles untergejubelt?«

»Untergejubelt? Hallo? Ich habe lediglich ein paar Alternativs eingebaut«, rechtfertigte sich Bene.

»Du hattest mich doch gebeten, die Liste zu ergänzen, wenn nötig.«

»Wenn nötig.« Kati kniff die Lippen zusammen.

»Ich find's gut«, meldete sich Lilli zu Wort. »Und alternative Musik ist auf jeden Fall besser als alternative Fakten. Schade, dass wir gerade hier draußen Dienst schieben und nicht drinnen abfiedeln können.«

Sie schloss die Augen und tanzte zu den gedämpften Klängen aus dem Pfarrsaal.

Kati wollte gerade wieder hineingehen, um sich davon zu überzeugen, dass die Tanzfläche nicht leerer wurde, als Bene murmelte: »Ich sehe was, was du nicht siehst, und das macht gleich Ärger.«

Er ließ sich vom Tisch gleiten und stellte sich in den Eingang.

»Unsere Waldbrandstifter, na sieh mal einer an«, bemerkte Lilli. »Was die rauchen, stinkt bis hierher.«

»Und die Scherben, die es gleich geben wird, bringen garantiert kein Glück«, ergänzte Bene und deutete auf die Bierflaschen, mit denen sich das Trio gerade grölend zuprostete.

»Hol Moritz und Patrick raus«, forderte er seine Oma auf.

Kati verschränkte die Arme vor der Brust. »Auf keinen Fall lass ich euch mit denen alleine.«

Der Junge, der seine Pickel unter den langen, ins Gesicht geföhnten Haaren zu verbergen suchte, deutete mit der Bierflasche auf Lilli und brüllte: »Alter, da steht ja unser Rauchmelder.«

Lilli begann leicht zu zittern. Bene legte ihr die Hand auf die Schulter.

»Ruhig atmen. Nicht provozieren lassen«, raunte er ihr zu.

»Du hast uns gar nicht erzählt, dass die zu den Tempelflitzern gehören«, wandte sich der Junge so laut an das Mädchen, dass es über die Straße hallte.

»Tempelflitzer?«, flüsterte Kati und schüttelte empört den Kopf.

Das Mädchen zuckte nur stumm mit den Achseln. Schlagfertigkeit war wohl nicht ihre Stärke.

»Dann mischen wir den Schuppen mal ordentlich auf«, drohte der andere.

Kati schickte Lilli und Bene hinter die Tische und stellte sich breitbeinig mit verschränkten Armen in den Eingang.

Als das Trio auf sie zukam, bemerkte sie, dass sie ihnen körperlich in jeder Hinsicht unterlegen war. Die drei waren mindestens einen Kopf größer als sie und die Jungs auch wesentlich stämmiger. Doch wenn sie jetzt den Weg frei gab, hätte es sich für sie wie eine Niederlage angefühlt. Es war ihr Jugendclub. Und den würde sie sich nicht von ein paar Rotzbengeln kaputtmachen lassen.

»Geh zur Seite, Oma, wir wollen da rein.«

Der Typ mit dem Zöpfchen kam auf sie zu. Wahrscheinlich hatte er zu viele Western gesehen. Jedenfalls bewegte er sich wie Gary Cooper in »Zwölf Uhr mittags«.

»Bierflaschen da vorne hin.« Kati deutete auf den Tisch zu ihrer Rechten.

»Kippen aus und nicht auf dem Boden liegen lassen. Die verseuchen das Grundwasser schlimmer als die gesamte Gülle, die die Bauern am Niederrhein auf ihre Felder kippen.«

Dem Zöpfchen hatten Katis Anweisungen scheinbar die Sprache verschlagen. Seine Freunde befolgten sie einfach ohne Murren.

»Herzlich willkommen und viel Spaß. Der Eintritt ist frei.« Kati lächelte und gab ihnen den Weg frei. Das Mädchen war bereits an ihr vorbei, als der Junge mit dem Zopf endlich reagierte.

»Ihr wollt doch jetzt nicht im Ernst auf diese Bonsai-Party dackeln?«

Das Mädchen zuckte wieder mit den Schultern. »Warum

nicht? Die Mucke ist gut. Lass uns ’ne Runde abfiedeln und dann gehen wir wieder.«

»Ey, die nehmen uns doch nicht für voll«, zeterte er weiter. »Bierflaschen da vorne hin. Kippen aus und nicht auf dem Boden liegen lassen«, äffte er Kati nach.

»Das hast du dir gut gemerkt«, lobte Kati. »Noch ein bisschen zackiger und du kannst zum Poetryslam kommen.«

Der Junge mit dem Zopf kochte, das sah man ihm deutlich an. Leider fehlten ihm schlagfertige Gegenargumente, mit denen er bei seinen Freunden hätte punkten können. So kniff er den Schwanz ein, stellte seine Bierflasche auf den Tisch, trat die Zigarette aus und hob den Stummel mit spitzen Fingern auf. Kati zog ein Papiertaschentuch aus der Tasche und hielt es dem Trio hin.

»Die könnt ihr mir geben. Ich entsorge eure Kippen beim Schadstoffmobil.«

Alle drei machten runde Augen, überreichten Kati brav die Kippen und zockelten ins Pfarrzentrum. Als sich die Tür hinter ihnen geschlossen hatte, brachen Lilli und Bene in Gelächter aus. Kati zog die Brauen zusammen und schüttelte missbilligend den Kopf.

»Das sind Kinder. Macht euch nicht lustig über die Kleinen.« Aber ganz konnte sie sich das Lachen selbst nicht verkneifen.

Kapitel 15

»Du hast mir noch gar nicht erzählt, wie sich unser Kommissar im Jugendclub geschlagen hat.«

Jo hatte ein weißes Hemd zur schwarzen Hose gewählt und wienerte seine Tanzschuhe auf Hochglanz.

»Er hat gekniffen«, rief Kati aus dem Bad. »Hat einfach einen Kollegen vom Drogendezernat angeschleppt und machen lassen.«

Sie trat in den Flur und Jo wusste augenblicklich wieder, warum er um die Hand dieser Frau angehalten hatte. Auch wenn das fast ein halbes Jahrhundert zurücklag. Sie trug ein schwarzes Kleid mit weit schwingendem Rock, das mit großen roten Klatschmohnblüten übersät war. Die freche Strähne, die sie immer hinters rechte Ohr strich, wenn sie nachdachte, passte farblich perfekt zum Rot des Lippenstifts, des Nagellacks, der Pumps und sogar zur Handtasche, in die sie jetzt Taschentücher steckte.

»Ich bin fertig«, verkündete sie. »Aber der Kollege war gut. Müller heißt er. Ich habe viele nachdenkliche Gesichter gesehen. Ich hoffe, dass wir den Kifferkids genug ins Gewissen geredet haben, um sie davon zu überzeugen, eine Täterbeschreibung bei Rommerskirchen oder Müller abzugeben. Es geht das Gerücht um, dass nächsten Samstag eine Megaparty auf einem abgelegenen Bauernhof steigt. Aber es war einfach nicht herauszubekommen, wer der Veranstalter sein soll. Rommerskirchen und Müller kriegten gleich große Ohren. Müller meinte, er hätte schon ein paar Hinweise, dass hier in der Gegend etwas Besonderes geplant ist. Die holländischen

Kollegen versorgen unsere Polizei zum Glück regelmäßig mit den notwendigen Informationen, die unsere aus Datenschutzgründen nicht erheben dürfen.«

Sie schloss die Haustür hinter ihnen ab und hakte sich bei Jo unter.

»Wo die Partylocation sein soll, erfahren die Kids demnach erst kurz vor der Veranstaltung per WhatsApp.«

Sie liefen die Kirchstraße entlang.

»Stell dir vor, wir hätten unsere Kinder auf 'ne Party gehen lassen, wo Gras geraucht und halluzinogene Kekse geknabbert werden.«

»Wer weiß«, erwiderte Jo schmunzelnd, »vielleicht haben wir das ja.«

»Das hätten sie uns erzählt!«, behauptete Kati im Brustton der Überzeugung.

Vor ihnen lag der verlassene Marktplatz. Nichts deutete auf das geschäftige Treiben hin, das hier samstagsmorgens herrschte.

Jo nickte. »Genau. So wie du immer alles deinen Eltern erzählt hast.«

Kati kicherte. Sie bogen in den Gartenweg ein.

»Jo, ich bin nervös.«

»Das merke ich. Du redest und redest. Aber ich wüsste nicht, warum du nervös sein solltest.«

»Wir sind ewig nicht mehr tanzen gewesen. Und als wir das letzte Mal die Gelegenheit hatten, endete das Ganze in einem Desaster. Weißt du noch?«

Jo grinste. »Wir müssen ja die Schrittfolge nicht unbedingt so lautstark ausdiskutieren wie damals.«

Er nahm sie in den Arm und küsste sie auf den Scheitel.

Sie seufzte.

»Ich will dir deine Hunderter-Liste nicht versauen.«

»Das tust du nicht. Im Gegenteil. Ohne dich wären ein paar Punkte darauf gar nicht denkbar.«

Er sah den Zweifel in ihrem Blick und blieb stehen.

»Schick ihn nach Hause! Sofort!«

Sie sah ihn verwirrt an. »Was meinst du? Wen?«

»Den kleinen Mann in deinem Ohr, der dich andauernd kritisiert, denunziert und diskreditiert. Nein, schick ihn nicht nach Hause. Schick ihn in die Wüste, weit, weit weg.«

Sie schmiegte sich an ihn.

»Okay«, flüsterte sie, »er ist fort.«

Arm in Arm schlenderten sie den Rosenweg entlang. Dann standen sie schließlich vor der Tanzschule. Sie lag in einem Hinterhof, in dem schon einige ihr Glück vergeblich gesucht hatten: eine Änderungsschneiderei, eine Kneipe, ein Gourmetrestaurant. Jo war froh, dass das Gebäude nicht länger leer stand, und wünschte der Tanzschule mehr Erfolg als ihren Vorgängern.

Auch in Niederbroich nahm die Zahl der leer stehenden Geschäfte massiv zu. Jo sah die Entwicklung mit Sorge. Noch hielten sich die Metzgerei und der Bäcker. Doch Bäcker Bongarz hatte schon letztes Jahr gejammert, dass er keinen Lehrling mehr fände. Jede Geschäftsaufgabe war nicht nur das persönliche Scheitern einer Existenz. Es entzog dem Ort auch die Lebendigkeit, die Vielfalt, den Puls. Um so schöner, dass die Tanzschule neuen Schwung brachte.

Auf dem Hof hatten Besucher von weiter weg die Möglichkeit, ihr Auto zu parken. Jetzt, am frühen Samstagnachmittag, waren die meisten Parkbuchten frei. Kati und Jo überquerten den Innenhof und entdeckten hinter einer Reihe Oleanderbüsche in Kübeln eine kleine Terrasse. Zwei große Sonnenschirme spendeten Schatten und zauberten mit den einladenden Loungesofas eine entspannte Urlaubsatmosphäre.

Auf dem Sofa gegenüber vom Eingang zur Tanzschule saß ein Paar in ihrem Alter und rauchte.

Sie hatte die Haare hochgesteckt und trug ein raffiniertes Kleid mit weitschwingendem gelben Rock, das den Bauchansatz kaschierte.

Er hingegen zeigte seinen Speckgürtel unter dem hellblauen Hemd ganz ungeniert. Sie grüßten freundlich.

»Sie wollen sicher auch zur Praktika«, sagte er. »Melden Sie sich einfach drinnen bei Silvia. Sie hat den Überblick, wer kommt und wer schon da ist. Geht gleich los.«

Die alten Mauern des umgebauten Bauernhofs empfingen Kati und Jo mit rustikalem Charme. Im Eingangsbereich befand sich eine Nische mit Garderobenhaken und niedrigen Bänken, die ehemals in der Umkleide einer Turnhalle gedient haben mochten.

Eine schlanke Brünette kam auf sie zu. Die Absätze ihrer silbernen Tanzschuhe klackerten auf den Terracottafliesen und ihre fließenden Bewegungen spiegelten sich in ihrem Outfit wider, einem Wasserfallshirt im Farbton Fuchsia zur schwarzen Haremshose. Im Kontrast zum fließenden Stoff standen ihre sehnigen Arme, die die Vermutung nahelegten, dass die Frau nicht nur tanzen, sondern auch ordentlich zupacken konnte.

»Herzlich willkommen im Casa del Tango Tino. Ich bin Silvia, Ihre Tanzlehrerin. Darf ich nach Ihren Namen fragen?«

Sie ging an das Empfangspult, das wohl noch dem Interieur

des Vormieters, dem Gourmetrestaurant, entstammte, suchte Kati und Jo auf ihrer Liste und setzte einen Haken.

»Wie schön, dass Sie da sind. Dann sind wir für die heutige Praktika vollzählig. Hier finden Sie unsere Garderobe«, sie deutete in die Nische, »wo Sie die Taschen abstellen und die Schuhe wechseln können.«

Kati sah Jo an. »Erster Fehler: Wir haben die Schuhe schon an.«

Jo schüttelte den Kopf und lächelte.

»Ab in die Wüste!«

Die Tanzlehrerin sah auf Katis Schuhe.

»Wenn Ihre Füße das aushalten, können Sie meinetwegen darin auch die Sahara durchqueren.« Dann wandte sie sich an Jo. »Aber Sie, mein Herr, sind ein Kamel, wenn Sie Ihre Frau in die Wüste schicken und nicht begleiten.«

Jo lachte lauthals.

»Da haben Sie wohl recht. Aber nicht meine Frau soll in die Wüste, sondern der Kritiker in ihrem Ohr, der ihr ständig die Leviten liest.«

Silvia war die Erleichterung anzusehen. Sie lächelte und bat die Küppers in den Tanzraum.

An dem schmalen Kopfende befand sich eine Theke, hinter der eine korpulente Grazie Flaschen öffnete und Gläser reichte. Davor saßen zwei ältere Frauen. Die schmalere mit rotgefärbten, schulterlangen glatten Haaren und einem beigefarbenen Leinenkleid, die andere mit kurzen, schwarzen Haaren, einem schwarzen Etuikleid und einer dicken, bunten Holzperlenkette. Sie unterhielten sich mit einer Frau mittleren Alters, während der offensichtlich dazugehörige Mann gelangweilt mit übergeschlagenen Beinen die Tanzplakate an den Wänden betrachtete. Das Paar schien auf Äußerlichkeiten nicht viel Wert zu legen. Immerhin trug sie Tanzschuhe zur Jeans. Neben ihnen teilte sich ein junger Mann mit seiner Freundin einen Stuhl, was die beiden wohl auch getan hätten, wenn mehr Sitzgelegenheiten vorhanden gewesen wären.

»Das sind Ihre heutigen Mitstreiter. Sie können sich im Laufe des Tages noch miteinander bekannt machen«, erklärte Silvia. »Und hinter der Bar steht Bianca, die gute Seele des Hauses. Sie versorgt Sie in der Pause mit Erfrischungen und Leckereien.«

Jo und Kati nickten Bianca freundlich zu und begrüßten die anderen Tänzerinnen und Tänzer mit Handschlag und Nennen des Nachnamens. Keinen Namen behielt Jo länger als einen Augenblick in Erinnerung. Mittlerweile hatte auch das Raucherpaar den Raum betreten und Silvia bat alle, sich zu erheben und einen Kreis zu bilden.

Jetzt erst fiel Jo der junge Mann am anderen Ende des Raumes auf. Er hockte auf einem Barhocker, hatte die Ärmel seines gestreiften Hemdes aufgekrempelt und stimmte die Gitarre auf seinen Knien. Um das braungebrannte Handgelenk trug er ein geflochtenes Lederarmband, die dunklen Locken verdeckten das Gesicht.

»Ich freue mich, dass Mirco uns heute unterstützt. Sowohl musikalisch als auch tänzerisch.«

Es wurde geklatscht. Mirco stellte die Gitarre zur Seite und trat neben Silvia in die Mitte des Kreises. Seine Augen funkelten wie dunkler Obsidian, als er verschmitzt lächelte.

»Woher kenne ich den jungen Mann bloß?«, murmelte Kati. Jo war sich nicht sicher, ob sie eine Antwort von ihm erwartete.

»Wer von Ihnen hat schon Erfahrung mit dem Tango Argentino?«, fragte Silvia.

Das Paar, das vorhin draußen gesessen hatte, hob die Hand.

»Wer von Ihnen hat Tango in der Tanzschule gelernt?«, wollte Silvia nun wissen.

Dieses Mal hoben alle übrigen die Hand, bis auf das junge Pärchen. Dabei konnte Jo schlecht einschätzen, ob sie die Hand nicht hoben, weil sie bisher keine Tanzschule besucht hatten, oder ob sie vor lauter Turteln die Frage überhört hatten.

»Puh«, seufzte Silvia, »das wird schwer.«

Mirco nickte ihr zustimmend zu und nahm Tanzhaltung ein.

»Bitte«, sagte Silvia nachdrücklich, während sie Mircos Hand nahm, »vergessen Sie alles, was Sie in der Tanzschule über das Tangotanzen gelernt haben.«

Ein Raunen ging durch den Saal, als sich die beiden leichtfüßig über das Parkett bewegten.

»Beim Tango Argentino gibt es zwar Schritte und Figuren«, fuhr Silvia fort, während Mirco sie übers Parkett führte. »Aber das, was Sie vor allem brauchen, ist Gefühl.«

Sie drehte sich unter seinem Arm hindurch.

»Der Tango Argentino ist ein Miteinander. Ein aufeinander Hören. Ein aufeinander Achten.«

Sie tanzten eine weitere atemberaubende Runde.

»Und wer das tut, spart sich garantiert die Kosten für eine Paartherapie.«

Sie hielten in der Mitte an und dankten sich mit einem Kopfnicken.

»Das Wichtigste beim Tango ist das Gehen. Dazu darf ich

Sie alle auf die Kopfseite bitten. Und wir gehen zur anderen Seite durch den Raum. So.«

Zu Mircos Gitarrenklängen schwebte die Tanzlehrerin über das Parkett. Jo versuchte, es ihr gleich zu tun. Mit allen anderen ging er durch den Raum und konzentrierte sich auf die Musik, die ihn in eine merkwürdige Stimmung versetzte. Während sie gingen, schaute Silvia jedem Einzelnen auf die Füße, nickte beim einen, korrigierte bei der anderen und ließ sie noch zwei weitere Male den Raum durchschreiten.

»Damit keiner zu Schaden kommt, gibt es einige Dinge zu beachten.«

Sie ließ die Teilnehmer sich jetzt paarweise im Kreis aufstellen, erklärte die Tanzrichtung und mit welchem Fuß es losging.

»Der Herr führt.« Silvia blickte die beiden Frauen an. »Sie einigen sich, wer die Führung übernimmt. Gut ist, wenn Sie auch einmal wechseln, meine Damen. Dann bekommen Sie ein Gespür dafür, worauf der Herr alles achten muss, und sind dankbar, wenn er Sie bei einer Milonga später unbeschadet an Ihren Platz zurückgeleitet.«

»So, meine Herren. Ihr Auftritt. Hier dürfen Sie den Macho in sich ebenso ausleben wie den Kavalier, den edlen Ritter und den Drachentöter. Bewahren Sie den kostbaren Schatz in Ihrem Arm vor allen Gefahren und steuern Sie ihn sicher und galant an allen Hindernissen vorbei.«

Sie ließ sich von Mirco rückwärts über die Tanzfläche leiten. »Sie führen mit den Schultern und dem Oberkörper. Seien Sie klar und deutlich dabei und nutzen Sie Ihre Chance.«

Mirco steuerte jetzt zügig auf ein Paar am Rande zu und drehte rechtzeitig ab.

»Wer beim Tango nicht führt, hat im richtigen Leben, das es ja gerüchteweise neben dem Tangotanzen auch noch geben soll, nichts zu melden«, sagte Silvia und ließ sich bereitwillig in die nächste Figur führen. »Auch wenn es oft so scheint, wir tanzen keinen Klammerblues. Lassen Sie dem anderen Raum.«

Jo schwirrte der Kopf.

Wie sollte er sich vom Gefühl leiten lassen, wenn er auf so viele Details gleichzeitig achten musste? Aber wie alles, was leicht und elegant wirkte, brauchte auch das Tangotanzen wahrscheinlich erst einmal Übung. Das Paar in ihrem Alter wirbelte gerade an ihnen vorbei und zeigte, wie es irgendwann einmal bei Kati und ihm aussehen könnte. Er sah, wie Kati ihnen ehrfürchtig hinterherschaute und die Schultern hängen ließ. Höchste Zeit, sich selbst wieder groß aufzurichten. Er lächelte ihr aufmunternd zu. Für zu Hause alleine im dunklen Wohnzimmer nach einem schönen Glas Rotwein reichte ihr Können jetzt schon.

Im Laufe des Nachmittags unterbrach Mirco sein Gitarrenspiel immer wieder, um mit Silvia neue Schritte und Figuren vorzuführen. Und als sie nach zwei Stunden eine Pause machten, stürmten alle an die Theke.

Die meisten Mittänzer orderten Wasser und griffen bei der angebotenen Quiche zu. Als Jo endlich an die Reihe kam, waren die Sitzmöglichkeiten im Tanzraum bereits belegt. Er reichte Kati ein Wasser und sah, dass sie mit Mirco sprach. Dann konnte er auch mit Bianca plaudern, die hinter der Theke stand und alle Wünsche zügig erfüllte.

»Tanzen Sie auch Tango Argentino?«

»Wie Sie sehen«, sie schaute auf ihren Bauch, »gilt meine Leidenschaft mehr dem Backen und dem Zuschauen.«

Ihr Lächeln war so herzlich, dass ihr Jo für jedes Gramm, das sie auf die Waage brachte, dankbar war.

»Aber ich verpasse keine Milonga im Casa del Tango Tino.«

Silvia kam zu ihnen herüber.

»Glauben Sie ihr kein Wort. Bianca stellt ihr Licht gerne unter den Scheffel. Was glauben Sie, wie lange ich gebraucht habe, sie davon zu überzeugen, sich nicht hinter der Theke zu verbarrikadieren? Sie ist eine wunderbare Tänzerin. Und endlich hat sie mir zugesagt, in der nächsten Saison einen Kurs zu übernehmen. Dann kann man bei Bianca Orientalischen Bauchtanz lernen. Toll, nicht?«

Jo legte den Kopf schief.

»Das steht noch nicht auf meiner Liste. Aber ich überlege, ob es ein Punkt werden könnte.«

»Was für eine Liste?«, fragte Bianca und Silvia ließ sie allein.

»Hundert Dinge, die ich tun möchte, bevor ich 100 Jahre alt bin.«

Bianca lehnte sich über die Theke.

»Das ist ja interessant. Lassen Sie mich raten. Tango tanzen ist einer der Punkte auf Ihrer Liste, hab ich recht?«

»Das stimmt. Sie ist noch nicht komplett. Elf Punkte fehlen noch. Aber wissen Sie, je weniger Punkte offen sind, desto kostbarer erscheint mir jeder einzelne. Ich will sie nicht einfach so verschleudern. Sie sollen schon etwas Besonderes sein. Und das ist die andere Krux an meiner Liste. Je mehr besondere Dinge ich bereits erlebt, gemacht oder mir vorgenommen habe, desto weniger besonders sind die Dinge, die ich mir noch vornehmen kann oder will.«

Bianca nickte. »Ich verstehe. Für einen Bauchtanzkurs würde ich an Ihrer Stelle auch keinen Punkt verplempern.«

Jo lachte und hob abwehrend die Hände.

»Nein, nein. Ein Bauchtanzkurs mit Ihnen wäre durchaus einen Punkt wert. Aber erst einmal muss ich diesen Tangokurs überleben.«

Er zwinkerte ihr zu und folgte Silvias Aufforderung, wieder auf die Tanzfläche zu kommen.

Als er Kati im Arm hielt, sah er ihre Wangen mit dem Rot ihres Lippenstifts um die Wette leuchten. Irgendetwas musste sie ihm unbedingt mitteilen, sonst platzte sie, das sah er ihr deutlich an. Doch Silvia hatte nur eine Mission: ihnen das Tangotanzen beizubringen.

Kati hatte gerade Luft geholt, um ihm etwas zu erklären, da tauchte die Tanzlehrerin neben ihnen auf.

»Die Dame kreuzt!«

Prompt stolperte Kati über ihre Füße. Sie senkte den Kopf und kämpfte mit den Schritten, bis sie auf der anderen Seite der Tanzfläche angekommen waren. Doch Silvia ließ ihnen keine Gelegenheit, sich zu unterhalten. Schon forderte sie sie zu einer neuen Schrittfolge auf. Kati schnaufte und Jo machte sich Vorwürfe, dass er ihr den Nachmittag mit der fixen Idee, mal eben Tango zu lernen, verdorben hatte.

»Pause?«, flüsterte er ihr ins Ohr. Sie sah zu ihm hoch. »Die war doch gerade erst.«

Als Mirco die Gitarre wieder einmal zur Seite stellte, um die nächste Figur mit Silvia zu zeigen, neigte sich Jo zu Kati.

»Schon anstrengend, findest du nicht?«

Sie tätschelte ihm den Rücken.

»Wir lieben Herausforderungen. Schon vergessen?«

»Dann bleiben wir also noch zur Milonga?«, freute sich Jo.

Kati seufzte und zupfte sich am Ohrläppchen.

»Nur, wenn ich genug Geld für das Taxi eingesteckt habe, um mit den Tanzschuhen nicht auch noch nach Hause laufen zu müssen.«

Er strich ihr übers Haar. »Ich trag dich auch huckepack.«

Nach dem Kurs blieb ihnen noch eine Verschnaufpause, in der sie vor der Tür ein bisschen Luft schnappten und es sich auf einem der Loungesofas bequem machten.

»Ich weiß jetzt, woher ich Mirco kenne«, erklärte Kati. »Er hat Sabine Kirschbaum beim Taizé-Gebet auf der Gitarre begleitet, an dem Tag, an dem der Kaplan die Kirchenkellertreppe heruntergefallen ist.«

Sie schüttelte sich und Jo bemerkte, wie sich ihm selbst bei dem Gedanken die Nackenhaare hochstellten.

»Er wird auch auf der Hochzeit von Sabine und Stefan spielen, hat er mir vorhin verraten.«

»In der Kirche oder später bei der Feier?«

»Das weiß ich nicht genau. Ich bin von der Trauung in der Kirche ausgegangen. Ich frage ihn nach der Milonga noch einmal danach.«

Kati sah sich um und entdeckte Mirco am Tor.

»Oder gleich jetzt.«

Sie stand auf und schlenderte über den Hof.

Jo schaute ihr lächelnd hinterher. Diese Frau hatte nichts von ihrem Schwung verloren. Plötzlich stand das Paar, das vor dem Kurs bereits auf der Terrasse gesessen hatte, vor Jo.

»Dürfen wir uns zu Ihnen setzen?«

»Nur zu. Bitte.«

Die beiden setzten sich und der Mann steckte sich sofort eine Zigarette an.

»Wir möchten Ihnen ein Kompliment aussprechen. Sie haben sich tapfer geschlagen für Ihre ersten Tango-Argentino-Schritte. Sie und Ihre Frau«, sagte die Frau.

Der Mann nickte zustimmend. »Ich hatte nach unserem ersten Kurs die Nase gestrichen voll. Zur Milonga wäre ich nie geblieben.«

Jo sah ihn verwundert an. »Aber Sie tanzen wunderbar. Ihr erster Kurs muss eine Ewigkeit zurückliegen.«

»Schon eine Weile her, zugegeben. Aber Silvia geht auch ganz anders an die Sache ran.«

Das junge Turteltaubenpärchen verließ ineinander verknotet die Tanzschule und hastete über den Hof zur Straße.

»Die jungen Leute schrecken scheinbar trotzdem vor der Milonga zurück«, mutmaßte Jo.

Der Mann lachte. »Die beiden hatten wohl den ganzen Tag schon andere Dinge im Kopf als Tanzen.«

»Ich muss zugeben, dass es schon eine Herausforderung ist, alles auf einmal zu beachten. Achtgeben auf die Musik, den Rhythmus, die Partnerin, die Schritte, die anderen Paare.«

»Aber die Hauptsache ist die Freude am Tanzen.«

»Ich fürchte, die stellt sich bei mir erst wieder ein, wenn ich mehr Übung habe.«

Der Mann klopfte Jo auf die Schulter. »Ich weiß, was Sie meinen, mein Freund. Wenn die Füße endlich automatisch das tun, was sie sollen, damit man den Verstand abschalten und dem Gefühl des Tangos folgen kann. Das kommt schon, glauben Sie mir.«

»Es ist halt so ganz anders als das, was wir Alten noch zu unserer Tanzschulzeit mit hunderten von Tänzern in der Massenabfertigung beigebracht bekommen haben«, sagte die Frau.

»Da gebe ich Ihnen recht«, stimmte Jo ihr zu.

»Ich heiße übrigens Martha. Und das ist Klaus.«

Sie schüttelten sich die Hände.

»Ich bin Jo und meine Frau Kati spricht gerade mit Mirco. Sie kennen sich von der Kirche.«

»Der junge Mann ist echt ein Glücksgriff.«

Klaus beugte sich zu Jo vor und fuhr mit gedämpfter Stimme fort: »Gelegentlich hat er auch was zum Entspannen dabei.« Er kniff ihm ein Auge und zog genussvoll an seiner Zigarette.

Als Kati zu ihnen an den Tisch zurückkam, wirkte sie für einen Augenblick tief in Gedanken versunken.

Jo stellte ihr Martha und Klaus vor, doch obwohl sie sich nett unterhielten, glitt Katis Blick immer wieder zwischen den Oleanderbüschen hindurch zum Tor.

Kurz darauf fuhren mehrere Autos auf den Hof.

Den Aussteigenden war anzusehen, dass sie zum Tangotanzen gekommen waren und sich auf die Milonga freuten.

Jo wurde nervös. Er hatte damit gerechnet, dass sie unter sich blieben.

Die Stunden des Trainings hatten sie als Gruppe zusammenwachsen lassen, als Schicksalsgenossen. Nun gesellten sich also weitere Paare dazu, allesamt Könner, vermutete Jo und stellte erstaunt fest, dass die meisten in ihrem Alter waren.

»Wollen wir?«, fragte Martha und warf ihrem Mann ein verschmitztes Lächeln zu.

Der drückte die Zigarette aus, erhob sich und reichte Kati den Arm.

»Würdest du mir diesen Tanz gewähren, liebe Kati?«

Jo starrte den beiden mit offenem Mund nach. Neben ihm räusperte sich Martha.

»Lieber Jo, lass mich dir die Angst vor deiner ersten Milonga nehmen. Du wirst sehen, es wird wunderbar.«

Jo war nicht recht überzeugt. Doch sein Plan, erst einmal zu beobachten und zuzuschauen, wie diese geheimnisvollen Tanztreffen abliefen, hatten Martha und Klaus gründlich durchkreuzt. Sie lachte.

»So hat Klaus auch geschaut. Vor der ersten Milonga. Und danach haben wir uns beide geschworen, dass wir die Hilfestellung, die wir erfahren durften, genauso an andere weitergeben wollen.«

Jo wusste, dass er keine Wahl hatte. Er stand auf, atmete tief durch und verbeugte sich vor Martha, die lächelnd ihre Hand auf seinen Arm legte.

»Ich verrate dir was«, raunte sie Jo zu. »Ich kenne keine Frau, die sich nicht geschmeichelt fühlen würde, von dir zum Tanz aufgefordert zu werden.«

»Warte ab. Wenn ich dir tausendmal auf die Füße getreten habe, willst du mich nur noch von hinten sehen.«

Sie lachte. »Darauf lass ich es ankommen.«

Kapitel 16

Bisher hatte Mirco den Nachmittag genossen. Er hatte sich darüber gefreut, endlich Martha und Klaus wiederzusehen.

»Fünf Stents haben sie ihm eingesetzt«, hatte Martha ihm zugeflüstert, »fünf Stents! Aber kein Fünkchen Verstand.«

Dann war sie abgezogen, um Silvia zu begrüßen.

»Ehefrauen dramatisieren alles immer gleich. Mir geht's prima«, hatte Klaus beteuert und ihm auf die Schulter geklopft. »Aber noch besser ginge es mir, wenn du noch ein Tütchen Entspannung für mich hättest.«

Zum Glück hatte Mirco noch einige Tütchen.

Als Martha zu ihnen an den Tisch zurückgekommen war, hatte sie gewarnt: »Gib ihm bloß nichts!«

Mirco hatte den Kopf schiefgelegt und ihr zugezwinkert.

»Nur ein bisschen Erste Hilfe.«

Sie hatte die Augen verdreht und sich selbst eine Zigarette angezündet.

Mirco hatte die beiden alleine gelassen, die Tanzschule betreten und sich im Tanzraum in der Ecke auf den Barhocker gesetzt. Hinter seiner Gitarre konnte er von dort die Neuankömmlinge am besten beobachten, ohne selbst direkt ins Sichtfeld zu geraten.

Nach und nach waren die Paare aufgetaucht, die sich zum Anfängerkurs angemeldet hatten. Warum die Kleine im kurzen Sommerkleidchen mit ihrem Freund den Kurs gebucht hatte, war ihm schleierhaft. Der Typ hatte das Rhythmusgefühl eines Walrosses und die Anhänglichkeit eines Tintenfischs. Vielleicht liebte die Kleine das Meer.

Die beiden älteren Frauen, die nach ihnen gekommen waren, waren in einer festen Beziehung, darauf hätte er seine Gitarre verwettet. Den ganzen Nachmittag hatte er versucht herauszufinden, wer die Dominantere von ihnen war. Und welche die Idee für den Tanzkurs gehabt haben musste. Beide machten eine ausgezeichnete Figur auf der Tanzfläche.

Dann hatten Plappermaul und Prinz Mir-doch-egal das Parkett betreten und sich auch während der Praktika nicht anders verhalten.

Zuletzt waren die Küppers gekommen. Mirco hatte Kati Küppers sofort wiedererkannt, obwohl sie bis dahin noch nicht ein Wort miteinander gewechselt hatten. Sabine Kirschbaum, mit der er das Taizé-Gebet an dem Tag bestritten hatte, an dem der Kaplan tot in der Kirche aufgefunden worden war, hatte so viel von der Küsterin erzählt, dass sie ihm so vertraut schien wie eine alte Freundin. Ihrem Mann war Mirco hingegen noch nicht begegnet. Für ihre erste Probestunde schlugen sich die Küppers recht gut. Zur Milonga würden sich Martha und Klaus um sie kümmern. Das hatten sie ihm versprochen.

Eigentlich hatte er in der Pause nach der Praktika mit Carlos die Lieder für die Milonga durchsprechen wollen, aber dann war Leonies Nachricht eingetroffen. So stand er jetzt am Tor zur Straße, rauchte bereits die zweite Zigarette und wartete.

Endlich sauste Leonie mit ihrem Rad auf die Einfahrt zu. Wie Flammen züngelten die weißen Haarspitzen aus ihrer lila Mähne und Mirco betrachtete seine kleine Schwester mit gemischten Gefühlen. Einerseits war er der stolze große Bruder. Andererseits machte er sich zunehmend Sorgen, dass ihr jemand etwas antat. Sie wirkte wesentlich älter als sie war. Wer die Tricks der Mädchen nicht kannte, hätte sie locker auf fünfzehn oder sechzehn Jahre geschätzt. Leonie hatte bestimmt eine Stunde im Bad vor dem Spiegel gestanden, den Push-up-BH ausgepolstert und die knappen Shorts noch etwas höher gekrempelt. Sie stützte sich mit den Unterarmen auf den Fahrradlenker und drehte kokett eine Extrarunde, bevor sie neben ihm anhielt.

Mirco atmete tief durch. Er hatte ihr oft gesagt, wie sie auf die Kerle wirkte. Vielleicht hatte er es zu oft gesagt. Mittlerweile schien sie genau dieses Ziel zu verfolgen. Vielleicht musste er ihr deutlicher machen, wie die Kerle dachten und womit.

Wenn ihre Mutter sie so sähe, käme Leonie die nächsten Wochen keinen Schritt mehr vor die Tür. Kurz überlegte Mirco, sie anzurufen.

»Hi, Bruderherz«, trällerte Leonie. Sie klatschten sich ab.

»Hallo, Sweetheart. Was gibt's?«, sagte er. Mutter war vergessen.

»Ich soll dich schön grüßen.« Leonie lächelte verschmitzt. »Rate mal, von wem?«

Mirco zuckte mit den Schultern. »Keine Ahnung. Von Opa?«

Leonie wurde ernst. »Nee, den hab ich die ganze Woche nicht gesehen.«

»Von den Bubis, mit denen du immer rumhängst? Wo stecken die überhaupt?«

»Mann.« Leonie schob die Unterlippe nach vorne. »Du kannst dir nicht mal ihre Namen merken. Aber egal. Von ihnen soll ich dich auch nicht grüßen.«

»Dann sag schon, von wem.« Mirco trat die Zigarette aus.

Leonie wartete, bis er sie ansah. »Ich soll dich von deinen Holländern grüßen.«

Mirco zuckte zusammen. »Was hast du mit denen zu schaffen?« Seine Stimme klang schärfer, als er beabsichtigt hatte.

»Nichts, Mann. Wir haben uns ganz zufällig getroffen.«

»Die trifft man nicht ganz zufällig.«

»Doch. Tut man.«

»Wo?«

»Im Wald. Am See. Die haben am äußeren Rand vom Niederbroicher Wald ein altes Haus. Weißt du, wo? Da ist ihre aktuelle Anlaufstelle, soll ich dir sagen. Und da kannst du dir nächsten Samstag die neue Lieferung abholen.«

Mirco kochte vor Wut.

Es waren seine Geschäftspartner. Wieso machten sie sich jetzt an seine Schwester ran? Er spürte, wie ihm die Hitze den Hals hinaufkroch.

»Woher wissen die überhaupt, wer du bist?«

Sie zuckte mit den Schultern. »Keine Ahnung. Frag sie selbst.«

»Haben sie dir was gegeben?«

»Du meinst Gras?«

»Gras, Cookies, Schokolade, was weiß ich.«

Leonie kniff die Lippen zusammen und schaute auf den Boden.

»Leonie! Haben sie dir was gegeben? Was haben sie dir gegeben?«

Sie setzte sich auf den Sattel und brachte die Pedale in Startposition.

»Leonie! Gib mir das Zeug.«

Sie schaute ihn an. Ihr Blick sprühte Funken.

»Vergiss es, Mann.« Ihre Mähne züngelte im Wind, als sie in die Pedale trat und davonfuhr.

»Leonie!«

Mirco raufte sich die Haare. »Verdammt!«, fluchte er. »Verdammt! Verdammt! Verdammt!«

Im nächsten Augenblick fuhren zwei Autos an ihm vorbei auf den Hof. Er kannte sie. Sie kamen zu jeder Milonga. Und fuhren dafür etliche Kilometer.

»Reiß dich zusammen«, ermahnte er sich, »sie haben es nicht verdient, dass du ihnen den Abend versaust.«

Er straffte den Rücken und ging auf die Tanzschule zu. Beim Gitarrespielen konnte er seinen Gedanken in Ruhe nachhängen. Und wenn Carlos sang, war Mirco eh nur noch Staffage.

Kapitel 17

Seit sie gestern mitbekommen hatte, dass das Mädchen mit den lila Haaren Mircos kleine Schwester war, drehte sich Katis Gedankenkarussell unaufhörlich. Während der Sonntagsmesse hatte sie kaum stillsitzen können und worüber Pater Remigius gepredigt hatte, wusste sie nicht.

Zum Glück hatte sich Jo schon vor Wochen mit den früheren Kollegen für den heutigen Nachmittag zur Alt-Herren-Tour verabredet und sich tausend Mal versichert, dass es Kati wirklich recht war, wenn er fuhr.

»Nun geh endlich, hab Spaß und lass mich grübeln«, hatte sie gesagt und ihm die Jacke gereicht.

Prompt war er in der Türe stehen geblieben. »Grübeln? Worüber? Doch nicht etwa, wie du den Drogenhändlern in Niederbroich das Handwerk legen kannst? Kati?«

Wie gut er sie doch kannte. Sie hatte sich gewunden und geziert. Dann hatte sie eine fabelhafte Idee, wie sie fand. »Ich will auch endlich meine Hunderter-Liste schreiben. Aber du weißt ja, wie das ist, wenn dir dauernd jemand über die Schulter guckt.«

»Ich dachte, du hast nicht geguckt.«

»Raus jetzt, sonst verpasst du den Zug.«

»Vielleicht sollte ich besser nicht fahren …«

Das hatte ihr gerade noch gefehlt!

»Bene kommt gleich mit Aprikosen. Du kannst uns gern beim Marmeladekochen helfen.«

Seit seinem Ruhestand betrachtete Jo die Küche als sein persönliches Refugium. Doch wenn Kati Marmelade kochte, suchte er das Weite. Ihre Kreationen waren immer sehr ausgefallen und manchmal ungenießbar. So wie sie selbst, bis das Ergebnis schließlich passabel, Glas um Glas gefüllt und das Chaos wieder beseitigt war.

Jo schlüpfte in die Jacke.

»Tut mir leid. Ich muss los, sonst verpasse ich meinen Zug.«

Ein paar Minuten später stand Bene mit einem Karton Aprikosen vor der Tür.

»Was zaubern wir denn dieses Mal?«, fragte er.

»Das Ende der Drogen-Mafia in Niederbroich«, schlug Kati vor. »Aber du weißt ja, dass ich auf die besten Ideen immer erst komme, wenn meine Finger beschäftigt sind. Oder wolltest du wissen, welche Marmelade heute in den Gläsern landet?«

Sie sah sich in der Küche um. »Die Tomaten sind schon ganz weich. Die müssen auch noch dringend weg.«

»Super. Dann wird es Aprikosen-Tomaten-Marmelade.«

Kati strich eine Haarsträhne hinters rechte Ohr und trommelte mit den Fingerspitzen auf die Arbeitsfläche.

»Da fehlt noch der Pepp.« Ihr Blick fiel auf Jos Kräuterecke. Dort standen Töpfe mit Basilikum, Pfefferminze, Salbei und weiteren Kräutern.

»Thymian! Wir kochen Aprikosen-Tomaten-Marmelade mit Thymian. Und mit einem Schuss – ach, mal sehen, was der Vorratsschrank hergibt.«

Sie klatschten sich ab und begannen zu schnippeln.

»Dann erzähl mal. Das Kiffer-Mädchen heißt also Leonie.«

»Genau. Und ist die kleine Schwester von Mirco, der so toll Gitarre spielen kann. Ich wollte mit ihm nach der Tangostunde noch sprechen und habe dann zufällig das Gespräch der beiden mit angehört. Vielleicht erinnerst du dich an Mirco. Er hat Sabine Kirschbaum beim Taizé-Abend begleitet, als Kaplan Overath die Kellertreppe hinuntergefallen ist«, sagte Kati.

»Ich denke, ich weiß, von wem du sprichst«, erwiderte Bene. »Meinst du, er ist derjenige, der die Kids mit Drogen versorgt?«

Kati kaute auf der Unterlippe herum und runzelte die Stirn. »Findest du, dass das zu ihm passt?«

»Pah, ich hab den Typen nur einmal gesehen. Keine Ahnung, wie der tickt.«

Kati seufzte. »Er hat sich aufgeregt, dass irgendwer Leonie etwas zugesteckt haben könnte. Lautstark.«

Sie griff nach der nächsten Aprikose, ohne das Messer anzusetzen. »Andererseits hat Klaus im Nebensatz eine Bemerkung fallen lassen, dass Mirco was für uns hätte, wenn wir lockerer werden wollten.«

»Wer ist Klaus?«

Sie überhörte Benes Frage, zog die Nase kraus, setzte die Brille auf und schnitt die Aprikose auf.

»Okay. Nehmen wir an, Mirco hat die Möglichkeit, was zu beschaffen«, spekulierte Bene. »Würde er das seiner kleinen Schwester geben?«

»Das ist die Frage.«

»Finden wir es heraus.«

»Und wie?«, wollte Kati wissen.

»Wir fragen ihn.«

Sie war nicht ganz überzeugt von Benes Idee.

»Ich habe keine Ahnung, wo er wohnt. Wie sollen wir ihn da fragen?« Sie legte das Messer zur Seite. »Ich ärgere mich, dass ich ihn gestern Abend nicht einfach darauf angesprochen habe. Eine verpasste Chance. Mist! Wer weiß, ob sich eine weitere Chance bietet.«

Sie griff nach dem Wasserkocher und füllte ihn. Dann ritzte sie die Tomaten ein und legte sie in eine Schüssel.

»Sabine Kirschbaum könnte wissen, wo er wohnt. Sie hat garantiert seine Nummer.«

Der Wasserkocher fauchte und Kati kippte das heiße Wasser über die Tomaten.

Dann griff sie zum Telefon.

»Hallo Sabine, hier ist Kati. Wie geht's dir?«

Bene verdrehte die Augen. Natürlich wusste Kati, dass die Beantwortung dieser Frage dauern würde. Aber immerhin war Sabine mitten in den Hochzeitsvorbereitungen. Da war es nicht verkehrt, wenn Kati wusste, was alles geplant wurde. Sie hörte sich geduldig an, wer sich noch nicht gemeldet hatte, ob er zur Hochzeit kam oder nicht. Über welche Zusage sich Sabine am meisten freute. Dass das Kleid nach der zweiten Anprobe immer noch nicht richtig saß.

»Bist du eigentlich nächsten Samstag dabei?«, wollte Sabine schließlich wissen.

Kati kratzte sich am Hinterkopf. »Nächsten Samstag? Was ist denn da?«

»Na, mein Junggesellinnenabschied.«

»Da gehöre ich ja wohl kaum hin. Ich bin doch schon ewig unter der Haube. Jo und ich steuern stramm auf ein gemeinsames halbes Jahrhundert zu.«

»Das ist doch egal. Christiane ist ja auch keine echte Junggesellin mehr.«

»Ach, Christiane ist dabei?«

»Die ist nicht nur dabei. Die organisiert das Ganze.«

Kati hielt den Lautsprecher des Hörers zu. »Hast du gewusst, dass deine Mutter nächsten Samstag einen Junggesellinnenabschied für Sabine schmeißt?«, fragte sie Bene.

Er zuckte mit den Schultern. Kati konnte nicht abschätzen, ob das »Ja, und?« oder »Ich weiß mal wieder nichts.« heißen sollte.

»Hat sie nichts davon erzählt?«, wollte Sabine wissen.

»Nein, bisher nicht. Aber wenn, dürfte ich wahrscheinlich auch nichts verraten, oder?«

»Mist. Alle halten dicht. Keiner verplappert sich.«

Kati lachte. »Wo wir gerade bei Heimlichkeiten sind, kannst du mir verraten, wo Mirco wohnt?«

Bene hob den Daumen und signalisierte ihr damit seinen Respekt für die Art, wie sie die Kurve genommen hatte.

»Mirco? Der Gitarrenspieler?«

»Ja, genau der.«

»Wollt ihr die Lieder für die Trauung abstimmen? Die Liedzettel hab ich noch nicht fertig.« Sabine klang jetzt sehr gestresst.

»Wenn du willst, kümmern wir uns darum«, schlug Kati vor und kniff Bene ein Auge.

Am anderen Ende blieb es eine Weile still.

»Ach, ihr macht das bestimmt wunderbar«, sagte Sabine schließlich. »Ja, es wäre schön, wenn ihr mir das abnehmen würdet. Auch wenn ich Überraschungen hasse und alles am liebsten selbst machen möchte, wächst mir die Feier gerade mächtig über den Kopf.«

»Was ist mit Stefan? Plant ihr das nicht gemeinsam?«

Wieder blieb es am anderen Ende eine Weile still.

»Stefan ist das ganze Drumherum nicht so wichtig. Er will

das am liebsten gar nicht feiern. Nur ganz klein. Er und ich. Der kennt ja auch keinen hier.«

Kati sog die Luft ein, schloss für einen Augenblick die Augen und notierte in Gedanken, dass sie dringend mit Stefan reden musste. »Ach Liebes, das ist halt so. Die Hochzeitsfeier ist keine Fernseh-Soap, sondern eine Reihe von Kompromissen. Und das ist erst der Anfang.«

»Du musst es ja wissen. Bald fünfzig Jahre, sagst du? Kompliment. Ach ja, die Nummer von Mirco. Augenblick.«

Kati notierte die Zahlen auf einem Zettel, den Bene ihr reichte, und mahnte Sabine, dass sie sich melden sollte, wenn sie Hilfe bräuchte.

»Und jetzt?«, fragte Bene, als sie das Gespräch beendet hatte.

»Jetzt müssen die Tomaten gehäutet werden.«

»Ja, ne, ist klar. Tomaten. Genau.«

Bene griff nach zwei Tomaten, die nicht im heißen Wasser gelegen hatten, und hielt sie sich vor die Augen.

»Tomaten. Auf den Augen. Auf den Ohren.«

»Meinst du mich?« Kati rümpfte die Nase und zog der ersten Tomate die Haut ab.

»Ruf ihn an«, forderte Bene sie auf.

»Ich mache jetzt erst die Tomaten fertig. Dann mischen wir sie unter die Aprikosen, geben Zucker dazu und lassen das Ganze drei bis vier Stunden ziehen. In der Zeit rufe ich ihn an. Versprochen. Aber ich weiß wirklich nicht, wie ich das Gespräch von der Hochzeitsvorbereitung auf den Drogenkonsum seiner kleinen Schwester bringen soll.«

Bene grinste zufrieden. »Gibt es keinen Heiligen für clevere Twists?«

Kati legte die gehäutete Tomate auf ein Schneidbrett und

dachte nach. Was sie brauchten, war die richtige Intuition. Und die war Chefsache. »Komm, Heiliger Geist«, betete sie im Stillen, und widmete sich der nächsten Tomate.

Endlich waren Aprikosen und Tomaten geschnitten und mit Zucker gemischt in einer großen Schüssel gelandet. Kati deckte sie mit einem frischen Küchentuch ab und stellte den Timer auf dreieinhalb Stunden.

Als sie gerade zum Hörer greifen wollte, klingelte das Telefon. Kati hob ab und meldete sich.

»Hallo Frau Küppers, hier ist Mirco. Wir haben gestern kurz miteinander gesprochen. Hätten Sie einen Augenblick Zeit?«

Kati ließ den Hörer sinken und plumpste auf den Küchenstuhl.

»Der Zufall ist das Pseudonym, das der liebe Gott wählt, wenn er inkognito bleiben will, sagt meine Oma immer«, flüsterte ihr Bene zu und kniff ihr ein Auge.

Wenig später saßen sie zu dritt am Küchentisch der Küppers, tranken Kaffee und legten die Lieder für die Hochzeitsfeier von Sabine und Stefan fest. Eine unangenehme Pause entstand. Mirco war anzumerken, dass ihn etwas bedrückte. Er saß auf der äußersten Kante seines Stuhls, als ob er jeden Moment die Flucht ergreifen wollte. Dennoch hielt ihn etwas davon ab, endlich mit der Sprache herauszurücken.

»Ich könnte an Opa Jos PC schon mal den Liedzettel für die Hochzeit entwerfen. Wie wäre das?«, schlug Bene schließlich vor.

»Das wäre großartig und eine Riesenhilfe«, sagte Mirco und strahlte.

Kati zwinkerte ihrem Enkel zu, als er die Küche verließ. Jetzt kam Mirco hoffentlich zur Sache. Schließlich hatte er Kati gefragt, ob sie Zeit für ein Treffen hätte. Aber er drehte nur die leere Kaffeetasse in den Händen und schwieg.

Kati betete unterdessen still ein *Vater unser* und *Komm herab, o Heiliger Geist, der die finstre Nacht zerreißt* … Als sie die Pfingstsequenz endlich beendet hatte, wurde es ihr zu bunt.

»Am Freitag war Jugendclub«, sagte sie. »Im Pfarrzentrum. Ich habe für die Kids aufgelegt.«

Mirco nickte. »Meine Schwester war da. Hat sie zumindest behauptet. Lange lila Mähne mit weißen Spitzen.«

»Ja, die war da. Mit zwei Jungs.«

Mirco lachte auf. »Ja, mit denen ist sie ständig unterwegs. Und ich kann mir nicht einmal ihre Namen merken.«

»Müssen Sie ja nicht. Sind doch die Freunde Ihrer Schwester.«

»Erzählen Sie das Mal unserer Mutter.«

Kati legte den Kopf schief und wartete, dass Mirco eine Erklärung hinterherschob. Was er nicht tat. Stattdessen griff er wieder nach der leeren Kaffeetasse und hielt sich daran fest.

»Hat Ihre Schwester was erzählt?«

Mirco schüttelte den Kopf.

»Wir hatten nämlich Besuch.« Kati suchte nach einer Reaktion. Vergebens. Also fuhr sie fort: »Von Kommissar Rommerskirchen und seinem Kollegen Müller vom Drogendezernat.«

Endlich schaute Mirco hoch. »Die haben den Jugendclub gefilzt?«

»Nein. Sie haben den Kindern erzählt, mit welchen Tricks die Drogendealer in Niederbroich und der näheren Umgebung arbeiten.«

»Oh«, sagte er, ließ die Tasse stehen und verbarg die Hände unter der Tischplatte.

»Wussten Sie, dass es in Niederbroich Kinder gibt, die Gras rauchen?«

Er zog die Schultern hoch.

»Woher soll ich das wissen?«

»Weil Sie es Ihnen verkauft haben?«

Mirco fiel die Kinnlade runter.

»Was denken Sie von mir? So etwas würde ich nie tun.«

»Wer dann?«

»Keine Ahnung.«

»Aber für Erwachsene hätten Sie schon mal ein Tütchen, oder?«

»Das ist etwas völlig anderes.« Mirco hatte die Brauen zusammengezogen und funkelte sie an. »Hören Sie, ich bin hierhergekommen, weil ich mit Ihnen reden wollte. Weil ich Ihren Rat gesucht habe.« Erneut griff er zu der leeren Tasse und atmete tief durch. »Aber jetzt bin ich mir gerade nicht mehr sicher, ob das wirklich eine gute Idee war.«

Kati presste die Lippen zusammen.

»Tut mir leid«, sagte sie leise, »aber Sie sollten wissen, dass Ihre Schwester zu den Kindern gehört, die man im Wald beim Grasrauchen erwischt hat.«

Mirco riss die Augen auf und schüttelte den Kopf, während er sie ansah.

»Das ist nicht wahr. Sagen Sie, dass das nicht wahr ist.«

»Leider doch.«

Er raufte sich die Haare.

»Das darf nicht wahr sein. Verdammt!«

Kati ließ ihm Zeit, die Nachricht zu verdauen. Er atmete

laut ein und aus. Und schüttelte immer wieder den Kopf. Dann stand er auf.

»Ich muss jetzt gehen. Danke für den Kaffee.«

»Wo wollen Sie denn hin?«

Sein Blick war entschlossen. Mehr gab er nicht preis.

»Tun Sie nichts Unüberlegtes«, bat Kati ihn. »Denken Sie an Ihre Schwester!«

Wütend, wie er war, könnte sich Mirco womöglich zu Dingen hinreißen lassen, die ihn und andere in größte Gefahr brachten. Bei der Erwähnung seiner Schwester setzte er sich wieder hin.

»Was soll ich denn tun? Was raten Sie mir?«

»Gehen Sie zur Polizei. Beschreiben Sie die Typen. Sie kennen sie doch.«

»Ich häng doch da mit drin.«

»Aber Sie haben keine Drogen an Minderjährige verkauft, oder?«

Sie sah die Verzweiflung in seinen Augen.

»Nein, das habe ich nicht. Das würde ich nie tun. Bitte! Glauben Sie mir!«

»Dann gehen Sie zu Kommissar Rommerskirchen und liefern Sie ihm eine Täterbeschreibung.«

Mirco drehte die Tasse in den Händen.

»Helfen Sie ihm, die Kids zu schützen.«

Er verzog gequält das Gesicht und rieb sich den Nacken.

»Geben Sie zu, dass Sie Mist gebaut haben, bevor er es Ihnen nachweisen kann. Glauben Sie mir, das ist seine weiche Stelle.«

Er sah sie lange an. Dann stand er auf.

»Danke für Ihren Tipp. Ob ich ihn befolgen werde, kann ich Ihnen nicht versprechen. Aber ich denke darüber nach.«

Kapitel 18

Wie so oft in den letzten Tagen saß Eric im Wohnzimmer des Gartenhauses am Tisch und studierte die Karte. Morgen war er mit Manni verabredet. Gemeinsam wollten sie sich ein paar interessante Objekte in der weiteren Umgebung ansehen. Beim letzten Treffen hatte Manni bereits angedeutet, in welche Richtung es gehen sollte, aber auf Erics Fragen nur geschmunzelt.

»Lass dich überraschen«, hatte er gesagt.

Vorsichtshalber hatte Eric ihn gebeten, einen Schuhkarton für ihn aufzuheben.

»Nur für den Fall, dass es böse Überraschungen gibt«, hatte Eric schmunzelnd erwidert.

Jetzt studierte er erneut die Karte und stellte eigene Vermutungen an, wohin Manni wollte.

Er legte sein Handy auf den Plan, damit er nicht wegwehte, und öffnete die Tür, um frische Luft ins Haus zu lassen.

Die Sonne lockte ihn nach draußen. Er schnappte sich seinen Pott Kaffee, setzte sich auf die Eingangsstufe und sah den Bienen zu, die die Rosen und Lavendelbüsche vor dem Haus umschwärmten.

Er hatte gerade den ersten Schluck Kaffee getrunken, als das Handy klingelte. Eric seufzte und überlegte kurz, einfach nicht ranzugehen. Doch beim vierten Klingelton erhob er sich und ging ins Haus. Die Nummer auf dem Display war unterdrückt. Eric runzelte die Stirn.

»Ja?«

»Eric Parcer?«

»Wer will das wissen?«

»Der Kumpel eines Kumpels.« Eric kannte die Stimme nicht.

»Von wem sprechen Sie denn? Und was wollen Sie von mir?«

»Das Rumschnüffeln muss aufhören. Sofort!«

Der Anrufer schaffte es, bei aller Entschiedenheit noch freundlich zu klingen. Eric schloss die Tür. Nicht, dass Hedwig gleich wieder neben ihm stand.

»Wovon reden Sie?« Er würde nichts preisgeben, was der Anrufer nicht schon wusste. Und bestimmt nicht, bevor er wusste, worauf der Typ am anderen Ende der Leitung hinauswollte.

»Wir haben deinen Kumpel befragt und der hat uns bereitwillig etwas von einer Liste erzählt.«

Jetzt klang die Stimme am anderen Ende fast salbungsvoll.

»Eine Liste?«

»Du hast mir nicht gesagt, dass dein Freund ein Schwachkopf ist. Dann werden wir ihm jetzt mal auf die Sprünge helfen.« Die Worte waren nicht an Eric gerichtet. Sie klangen ein wenig weiter weg. Eric hörte ein Stöhnen. Sein Kumpel? Der einzige Kumpel, den er hier hatte, war Pim. Hatte er ihn die letzten Tage nicht erreichen können, weil die Bande ihnen auf die Spur gekommen war? Eric hatte doch immer versucht, Pim rauszuhalten.

»Also, dein Kumpel …«

»Welcher Kumpel denn? Ich habe keinen Kumpel«, unterbrach Eric ihn und hoffte, so an die Informationen zu kommen, die er brauchte, um entscheiden zu können, welche Details er getrost ausplaudern konnte.

»Hast du gehört, was er gesagt hat?« Wieder hörte sich die

Stimme weiter weg an. Dann war sie wieder dicht an Erics Ohr.

»Wenn ihr glaubt, ihr könnt Spielchen mit uns treiben, dann erklären wir euch jetzt mal die Spielregeln.« Der Ton des Anrufers war jetzt schneidend. »Dein Kumpel hockt hier vor mir. Ein kleines Häufchen Elend. Und je länger wir miteinander telefonieren, desto kleiner scheint er zu werden. Also erzähl mir endlich, wo die Liste ist!«, schrie er.

»Welche Liste?«, fragte Eric.

»Das war die falsche Antwort.«

Aus dem Lautsprecher des Handys drang ein Stöhnen, als ob jemandem in den Magen geboxt worden wäre. Eric hörte, wie jemand seinen Namen keuchte. Das war nicht Pim. War das Manni? Eric brach der Schweiß aus.

»Was machen Sie denn da?«

Er ging zum Fenster und zog die lindfarbenen Gardinen zu. Noch hatte er keine Ahnung, was er tun konnte. Er wusste nicht einmal, ob es die Bande war, die er verfolgte. Und auch nicht, ob es wirklich Manni war, der da im Hintergrund stöhnte.

Aber er traute ihnen durchaus zu, auch zu entführen und zu foltern, um an die Informationen zu gelangen, die sie haben wollten.

»Besser, du gibst jetzt die richtigen Antworten, Freundchen. Denn bei jeder Antwort, die wir dir nicht glauben, brechen wir deinem Kumpel, der ja gar nicht dein Kumpel ist, einen Finger.«

Eric schluckte, schwieg und lauschte in den Hörer.

»Also, zum letzten Mal. Wo ist die Liste?«

Er brauchte Zeit, um sich eine Strategie zurechtzulegen.

»Ich bin nicht ganz sicher, welche Liste Sie meinen. Aber lassen Sie mich erst mit meinem Kumpel reden, ja?«

»Er begreift es einfach nicht.« Der Anrufer seufzte tief. »Also dann.«

Ein unmenschlicher Schrei dröhnte aus Erics Handy. Entsetzt hielt er es sich vom Ohr.

»Um Gottes willen. Hören Sie auf! Hören Sie auf!«, schrie er. »Ich gebe Ihnen die Liste. Aber bitte, tun Sie ihm nichts. Oh Gott.«

Kapitel 19

Kommissar Rommerskirchen hasste das Warten vor dem Zugriff. Das stundenlange Verharren im Auto, aus dem man jederzeit aufgeschreckt werden konnte und schneller von Null auf Hundert einsatzbereit sein musste als ein Porsche 918 Spyder. Immer begleitet von der Angst, den richtigen Zeitpunkt schon verpasst zu haben. Neben ihm tippte Tietke auf dem Tablet herum. Rommerskirchen dehnte den Rücken, soweit der Fahrersitz ihm die Möglichkeit dazu gab, und drehte sich um. Auf der Rückbank saß Mirco und biss sich die Unterlippe blutig.

Kollege Müller hatte Rommerskirchen fast den Kopf abgerissen, als er hörte, dass er Mirco mit auf den Einsatz nehmen wollte. Und Rommerskirchen konnte es ihm nicht verübeln. Ihn mitzunehmen stellte ein nicht kalkulierbares Risiko dar. Wenn Mirco sie getäuscht hatte, fand er vielleicht noch einen Weg, seine Kumpanen zu warnen. Wenn nicht, war er möglicherweise selbst in Gefahr. Aber das letzte Wort hatte der Staatsanwalt gehabt und der hatte am Ende sogar darauf bestanden, dass Mirco bei dem Einsatz dabeisein sollte. Ein Deal, mit dem hoffentlich alle leben konnten. Und der nur zustande kam, wenn sie erfolgreich waren.

Am Mittwoch war Mirco auf der Polizeiwache aufgetaucht und hatte nach ihm gefragt.

»Ich kann Ihnen nichts versprechen«, hatte Rommerskirchen ihm gesagt. »Aber der Staatsanwalt honoriert, dass Sie mit uns reden.«

Mirco hatte kurz gezögert, dann aber zugegeben, dass er Mist gebaut und sich in Drogengeschäfte verwickelt hatte. Erst Eigenbedarf, dann für Freunde und Bekannte. Der Kreis wurde größer. Auch weil seine Lieferanten mehr Druck auf ihn ausübten.

»Sie sagten: ›Wir sind Kaufleute. Die Zahlen müssen stimmen. Alle anderen bestellen mehr. Nur du nicht.‹ Was sollte ich machen?« Er hatte mit den Schultern gezuckt. »Aber jetzt ist der Punkt erreicht, an dem ich nicht mehr mitkann«, hatte er gesagt und seine Hände unter die Oberschenkel geschoben. »Jetzt sind sie zu weit gegangen. Sie haben sich an meine kleine Schwester rangemacht. Und wahrscheinlich ist sie nicht das einzige Kind in Niederbroich, das sie ansprechen werden.«

»Okay. Das ist nichts Neues, was Sie uns da berichten.«

Mirco hatte ihn mit großen Augen angeschaut.

»Was müssen Sie wissen, um Ihnen das Handwerk zu legen?«

»Wie sie heißen, woher sie kommen, wie sie vorgehen. Alles.«

»Mit den Namen, die sie mir genannt haben, können Sie wahrscheinlich nicht viel anfangen. Vornamen, Spitznamen. Eddi, BB9, Gonzo, Elvis, Mad Max.«

Mirco hatte die Schultern hängen lassen.

»Einmal haben wir uns in Amsterdam getroffen. Aber unter der Adresse, die ich Ihnen nennen kann, werden Sie wahrscheinlich nichts Belastendes finden.«

Er hatte das Gesicht verzogen. Ob er sein Bedauern damit zum Ausdruck bringen wollte, konnte Rommerskirchen nicht sagen. »Nach dem Besuch in Amsterdam sind sie immer nach Niederbroich gekommen.«

»Mit einem Lieferwagen?«

»Ja, genau. Einem weißen Ford Transit.«

»Ein Transit? Sicher?«

»Ja.«

Rommerskirchen hatte in seinen Unterlagen nach einem Foto gekramt und es Mirco vorgelegt.

»Kann es nicht auch mal der hier gewesen sein? Ein Vito? Sieht ja so ähnlich aus.«

Mirco hatte die Augen verdreht und die Stirn gerunzelt, sich aber trotzdem über das Foto gebeugt und genau hingesehen.

»Das ist nicht der Wagen, den ich meine. Und ein Ford Transit ist nun mal kein Mercedes.«

»Okay«, hatte Rommerskirchen gesagt und das Foto wieder weggepackt. »Das Nummernschild haben Sie sich nicht zufällig gemerkt.«

Mirco hatte den Kopf geschüttelt. »KXZ-42 irgendwas. Aber ohne Garantie!«

Er hatte erzählt, wie die Bestellungen, Lieferungen und Zahlungen bisher abgelaufen waren.

»Und dieses Mal?«, hatte Rommerskirchen nachgehakt.

»Dieses Mal überbrachte mir meine kleine Schwester die Nachricht, wo sie zu finden sind und wann ich dort meine Lieferung abholen kann.«

»Und üblicherweise bekamen Sie diese Nachricht direkt aufs Handy, richtig?« Rommerskirchen hatte sich auf dem Drehstuhl zurückgelehnt, die Hände hinter dem Kopf verschränkt und aus dem Fenster gestiert.

»Sind Sie sicher, dass die Nachricht, die Ihnen Ihre Schwester überbracht hat, von den Leuten stammt, bei denen Sie Ihren Stoff kaufen?«

Mirco hatte die Stirn gerunzelt.

»Wer sollte mir sonst Nachrichten schicken?«

»Genau das frage ich mich auch. Denken Sie nach. Warum sollten Ihre Geschäftspartner plötzlich anders mit Ihnen kommunizieren?«

»Ich dachte, die wollen mich unter Druck setzen. Nach dem Motto, wenn ich weiß, dass sie meine Schwester im Visier haben, komme ich nicht auf dumme Gedanken.«

»Dumme Gedanken?« Rommerskirchen hatte den jungen Mann gemustert. »Sind Sie denn auf dumme Gedanken gekommen?«

»Na ja, ist schon was her, dass ich versucht habe, ganz auszusteigen. Hat nicht geklappt, wie Sie sehen.« Mirco hatte sich am Kopf gekratzt. »Aber ich wollte tatsächlich runterfahren.«

»Was runterfahren?«

»Meinen Konsum und die Vorbestellungen für Freunde und Bekannte.«

»Wollten Sie das tun oder haben Sie das bereits getan?«

»Ich habe weniger bestellt. Viel weniger.«

»Das haben die Typen sofort registriert?«

»Ich fürchte schon«, hatte Mirco zugegeben.

»Buchführung können die also auch. Und warum hat der Ausstieg nicht geklappt?«

»Na ja, wenn man einmal über gute holländische Kontakte verfügt …«

»Ihre Geschäftspartner waren also nicht daran interessiert, Sie als Kunden zu verlieren?«

»Sieht so aus.«

»Warum glauben Sie, dass sie es dieses Mal einfach akzeptieren, wenn Sie weniger abnehmen?«

»Ich habe gehofft, dass andere mehr haben wollen und sie irgendwann nicht mehr genug liefern können.«

»Ist das realistisch? Hat es schon mal Lieferengpässe gegeben?«

»Selten. Aber ja, es gab durchaus die eine oder andere Verzögerung. Ich erinnere mich an einen Bekannten eines Bekannten, der bei mir bestellt hat. Börsenspekulant. Wollte einen Abschluss gebührend feiern. Und ausgerechnet in der Woche war die Lieferung ausgeblieben.«

»Sie verticken auch Kokain?«

Mirco hatte vehement den Kopf geschüttelt.

»Nein! Nur Gras. Keine Magic Mushrooms, keine Space Cookies, keine Schokolade oder Gummibärchen oder sonstiges mit THC. Das ist doch alles krank!«

»Ich dachte, an der Börse wird nur gekokst«, hatte der Kommissar seine Nachfrage begründet.

»Hören Sie, ich weiß nicht, ob mich meine kleine Schwester verarscht hat. Eigentlich glaube ich das nicht.«

Mirco fuhr sich mit den Händen übers Gesicht.

»Oder ob mich jemand anderes verarschen will. Oder ob es die Typen sind, bei denen ich sonst mein Gras kaufe. Aber die Information, die ich bekommen habe, ist, dass sie ihr neues Domizil im alten Forsthaus im Niederbroicher Wald aufgeschlagen haben. Und dass ich dort am Samstag meine Lieferung abholen soll.«

»Und dort soll auch die Party stattfinden, wegen der alle Kids in Niederbroich ganz aus dem Häuschen sind?«

»Davon weiß ich nichts.«

»Danke. Halten Sie sich zur Verfügung.«

Mirco hatte genickt.

»Ich hab da noch eine Bitte.«

»Ja?«

»Ich weiß, dass das Verticken von Gras nicht okay ist. Aber könnte das unter uns bleiben?«, hatte er Rommerskirchen gebeten.

»Wie stellen Sie sich das vor?«

»Ich geh ein halbes Jahr in den Knast und sitze meine Strafe ab. Das andere halbe Jahr gehe ich nach Argentinien. Aber das wissen nur Sie und ich. Alle anderen denken, dass ich ein ganzes Jahr in Argentinien sein werde, um mein Tangotanzen zu verbessern.«

»Von mir werden sie nichts Gegenteiliges erfahren. Aber das müssen Sie mit dem Staatsanwalt aushandeln.«

Jetzt saßen sie an einem schönen Samstagnachmittag im Niederbroicher Wald in ihren Autos und warteten, dass sie das Forsthaus stürmen konnten.

»Alles okay?«, wollte Rommerskirchen wissen.

Mirco nickte.

»Gut. Egal, was passiert, Sie bleiben im Auto. Haben Sie verstanden?«

Wieder nickte Mirco. Jetzt drehte sich auch Tietke um.

»Irgendwelche letzten Worte, die wir Ihrer Mutter mitteilen können, wenn was schief geht?«

»Mensch, Tietke! Lass das!«, fuhr Rommerskirchen seinen Kollegen an. »Für morbide Witze bin ich zuständig.«

Mirco schluckte. »Viel Glück«, flüsterte er dann.

»Ich hoffe nicht, dass wir das brauchen«, erwiderte Rommerskirchen und erntete ein Kopfschütteln seines Kollegen.

»Hast du was geraucht? Oder zu viele alte Serien geschaut?

Du hörst dich schon an wie Inspector Barnaby«, bemerkte Tietke.

»Wie kommen Sie nur auf solche Gedanken, Jones?«

»Ich hab's gewusst«, triumphierte Tietke. »Guckt Rike das freiwillig mit?«

»Das ist der Grund, warum sie mit einem Kommissar zusammen ist.«

Tietke klappte den Mund auf und wieder zu.

Ein Trupp vermummter SEKler schlich sich in gebückter Haltung an ihrem Auto vorbei.

»Es geht los!«

Sie ließen dem Trupp einen kleinen Vorsprung und folgten ihm. Müller stieß zu ihnen und deutete auf einen Baum, hinter dem sie Deckung suchten. Von dort hatten sie das alte Forsthaus gut im Blick. Diese Ecke, am nördlichsten Rand des Niederbroicher Waldes, hatte Rommerskirchen bisher nur auf der Karte erkundet.

Das alte Forsthaus war mehr als marode. Die Fensterläden hingen, wo sie überhaupt noch vorhanden waren, schief in den Angeln. Die Farbe an den Fensterrahmen und Läden blätterte ab. Die Regenrinne glich einer Achterbahn. Und auf dem Dach fehlten an mehreren Stellen ein paar Pfannen. Die Gefahr, von einem herabfallenden Ziegel getroffen zu werden, war wahrscheinlich höher, als auf einen ihrer gesuchten Holländer zu stoßen.

Rommerskirchens Befürchtungen bestätigten sich, als das SEK das Tor öffnete und einen Blick in den Innenhof möglich machte.

»Scheiße! Wo ist der Transporter?«

Müller legte einen Finger an die Lippen und hielt Rommerskirchen davon ab, loszustürmen. Wütend trat der Kommissar vor den Baumstamm.

»So ein Mist! Ausgeflogen. Alles umsonst.«

»Abwarten«, sagte Müller.

»Abwarten und Tee trinken, Inspector, Sir«, riet Tietke und kniff Rommerskirchen ein Auge.

Müller runzelte die Stirn.

»Hat Tietke zu viel Barnaby geschaut?«

»Offensichtlich.« Rommerskirchen tat, als hätte er eine Tasse auf der flachen Hand, in der er mit dem Zeigefinger rührte. Dann ließ er den Finger neben der Stirn weiterkreisen.

Am Horizont rumpelte von der Polizei unbemerkt ein weißer Transporter über einen Waldweg und verschwand hinter den Bäumen.

Endlich meldeten sich die Leute vom SEK und riefen sie ins Haus.

»Wir haben im Erdgeschoss eine bewusstlose männliche Person gefunden. Gefesselt und geknebelt.«

»Sind schon unterwegs«, entgegnete Müller.

Sie liefen zum Haus hinüber und stürmten die Stufen zur Eingangstür hoch. Aus dem hinteren Zimmer winkte sie ein SEK-Mitglied zu sich. »Hier entlang.«

Sie betraten einen großen Raum, der über und über mit Cannabis-Pflanzen zugestellt war. An der Seitenwand befand sich eine Tür, die in einen weiteren Raum führte. Er war winzig klein. Von der Decke hing eine nackte Glühbirne. Neben dem SEK-Mitarbeiter, der vor einer Matratze hockte, entdeckte Rommerskirchen eine Flasche Wasser und einen Pizzakarton. Am Kopfende der Matratze standen ein Stuhl und ein Eimer mit Deckel. Der SEKler hatte bereits den Knebel entfernt und löste gerade die Fesseln, verwehrte dadurch aber den Blick auf die Geisel. Erst als Rommerskirchen unmittelbar hinter dem Beamten stand und ihm über die Schulter schauen konnte, erkannte er, wer dort lag.

»Manni!«

Kapitel 20

Natalie Hamacher stand mit der Reisetasche vor dem Haus ihrer Eltern und wartete darauf, dass sie öffneten.

Statt wie Hedwig Hamacher ihre Rundungen in ein Dirndl zu pressen, versteckte Natalie sie lieber unter weiten Oberteilen. Dennoch sah man sofort, wessen Tochter sie war. Die langen blonden Haare knotete sie bei der Arbeit zu einem Dutt zusammen. Heute flossen sie ihr ausnahmsweise über den Rücken und bedeckten die Schulterblätter. Das Erste, was ihrer Mutter auffallen würde, wären die gesplissten Spitzen. Und irgendwann später würde sie das Tattoo entdecken. Egal. Sie würden es überleben. Beide. Hoffentlich.

Wenn Papi an die Tür käme, würde sie die Tasche nur in den Flur stellen und direkt zu Eric ins Gartenhaus durchgehen. Papi würde das verstehen.

Wenn ihre Mutter die Tür öffnete, würde sie den Besuch im Gartenhaus so lange wie möglich hinauszögern, um nicht den Eindruck zu erwecken, dass sie auch nur das geringste Interesse an Eric hatte.

Dabei hatte sie die Nachricht, dass er im Gartenhaus wohnte, ganz schön aufgewühlt. Eric selbst hatte sich nicht bei ihr gemeldet. Obwohl ihre Mutter stolz berichtet hatte, Natalies Handynummer weitergegeben zu haben. Auf ihren WhatsApp-Terror die gesamte letzte Woche hätte Natalie aber gerne verzichtet. Eric hier, Eric da, dazwischen natürlich immer und immer wieder die Frage, wann sie denn endlich nach Hause käme.

Jetzt war sie ja da. Es lag an ihrer Mutter, wie lange. Wenn sie es nur einmal wagte, Natalie mit »Frau Professor Boerne« anzureden, selbst wenn sie es nur der Nachbarin ins Ohr flüstern würde, wäre Natalie wieder weg. Sofort. Sie konnte es auf den Tod nicht leiden, wenn ihre Mutter damit strunzte, dass sie Rechtsmedizinerin war. Denn bei jeder passenden und unpassenden Gelegenheit heulte sie ihr die Ohren voll, dass sie sich lieber um die Lebenden als um die Toten kümmern sollte. Landarzt in Niederbroich. Das wäre wahrscheinlich ihr Traum gewesen. Und Natalies persönlicher Alptraum.

Dabei liebte Natalie ihr Niederbroich und seine Bewohner. Sie liebte die Frotzeleien mit Frau Bongarz, wenn sie samstags Brötchen holen ging. Sie liebte die Verzällscher über den Gartenzaun, wenn sie durch den Ort spazierte. Sie liebte es, nach Hause zu kommen, sich im Garten unter die Birke zu setzen, den Rücken an den Stamm zu lehnen und zu wissen, dass alles im Leben seinen Sinn hatte.

Sie klingelte erneut, schaute um die Ecke und sah das Auto ihrer Eltern in der Auffahrt stehen. Endlich ging die Türe auf.

»Natalie! Warum hast du nicht gesagt, dass du kommst?« Freudestrahlend fiel Hedwig ihr um den Hals.

»Kalle, unser Kind ist da.«

»Du tust gerade so, als ob ich ein Jahr in Australien gewesen wäre. Darf ich reinkommen?«

»Was für eine blöde Frage!« Hedwig griff nach Natalies Reisetasche und gab die Tür frei.

»Kalle!«, rief sie ins Haus. »Ich brühe schnell einen Kaffee auf. Oder willst du lieber Tee?«

Hedwig hatte die Tasche auf die Treppe gestellt und war bereits in der Küche verschwunden, ohne auf eine Antwort zu warten.

»Kaffee ist gut. Danke.«

Natalie folgte ihrer Mutter und dem verführerischen Duft von Kuchen. »Kann ich dir helfen?«

Sie kannte die Antwort bereits und schaute in den Backofen. Erkennen konnte sie wenig, aber sie ahnte, was da Blasen warf.

»Du backst Rhabarberkuchen und willst meine Nachricht nicht gelesen haben, dass ich nach Hause komme? Mama!«

Hedwig biss sich auf die Lippe und reckte dann das Kinn trotzig nach vorne.

»Vielleicht ist der Kuchen ja gar nicht für dich.«

»Für wen denn sonst? Papi meckert doch immer, dass er von Rhabarber stumpfe Zähne kriegt.«

»Ich weiß. Der kann die gekauften Kekse essen.«

Natalie sah ihre Mutter prüfend an.

»Also, raus mit der Sprache. Für wen backst du Rhabarberkuchen?«

Hedwig seufzte. Ihre Augen leuchteten. »Für Eric.«

Natalie runzelte die Stirn. »Aber wahrscheinlich mit Streuseln, oder?«

»Nein, mit Baiserhaube.«

»Das glaub ich jetzt nicht.«

»Doch, Schätzchen, er liebt Rhabarberkuchen mit Baiserhaube. Genau wie du.« Hedwig holte Kaffeetassen aus dem Hängeschrank. »Warum hast du mir eigentlich nicht mehr von Eric erzählt? So ein netter junger Mann. Es gibt bestimmt noch jede Menge anderer Dinge, die ihr beide gemeinsam habt, stimmt's? Er liebt auch Leberwurstbrote.«

Natalie atmete tief durch. Seitdem sie wusste, dass Eric im Gartenhäuschen ihrer Eltern untergekommen war, überlegte sie, was sie ihrer Mutter erzählen wollte und was nicht.

Schon im Studium war er für seinen Charme bekannt gewesen. Er hatte jeder Frau den Kopf verdreht und alles gevögelt, was nicht bei drei auf dem Baum war. Bis Antje kam.

Hedwig drehte sich abrupt zu ihr um. »Oder habt ihr euch gezankt?«

Für einen Moment schloss Natalie die Augen.

»Mama! Wir haben zusammen studiert. Nicht mehr und nicht weniger.«

»Ja, das hab ich von ihm auch gehört. Aber im Gegensatz zu dir ist er nicht in der Rechtsmedizin gelandet. Stell dir vor, er hat sogar eine eigene Firma.«

Natalie wollte gerade einwenden, dass Eric für einen großen kanadischen Pharmakonzern arbeitete, falls die Informationen, mit denen Pim sie gelegentlich versorgte, noch aktuell waren.

Doch Hedwig sprach, ohne Luft zu holen, weiter: »In Kanada. Und kochen kann er auch. Einfach wunderbar.«

Das mit dem Kochen überraschte Natalie jetzt schon. Hatte Eric sich womöglich verändert? Angeblich war es die große Liebe gewesen. Zwischen Antje und Eric. Natalie hätte es den beiden wirklich gegönnt.

»Ich könnte das Baiser schon vorbereiten«, schlug Natalie vor.

»Ach, Kindchen, lass doch. Geh lieber rüber zu Eric und sag Hallo.«

Mit Antjes Auftauchen war der Kontakt zu Eric abgebrochen.

Ab und zu erzählte Pim van Vlanderen von ihm, der einzige aus Rotterdamer Zeiten, mit dem Natalie sich immer noch traf.

Natalie winkte ab. »Das hat Zeit. Ich besuche euch und nicht ihn.«

Sie wollte gerade die Küche verlassen, als sie die Hand ihrer Mutter in den Haaren spürte.

»Natalie! Die schönen Haare. Was machst du nur damit? Ich rufe sofort Ingrid an, dass sie dir die Spitzen schneidet. Und wenn wir Glück haben, macht sie dir gleich eine Packung.«

Natalie verdrehte die Augen und wappnete sich, während ihre Mutter das Haar Strähne um Strähne unter die Lupe nahm.

»Du hast da was am Hals.«

Sie hatte es also endlich entdeckt.

»Dreck?«

Natalie schüttelte kaum merklich den Kopf.

»Nein! Das ist doch nicht etwa ... Natalie!«

So hart die Tiraden ihrer Mutter sonst zu ertragen waren, heute freute sich Natalie darüber. Das Thema Eric war somit erst einmal vom Tisch.

»Ist was passiert?«, wollte Kalle wissen, als er zu ihnen in die Küche kam. »Hallo mein Schatz, schön, dass du da bist.«

Kalle nahm Natalie in den Arm.

»Deine Tochter hat sich ein Tattoo stechen lassen«, motzte Hedwig und holte den Kuchen aus dem Backofen.

Natalie bündelte die Haare und ließ sie über die rechte Schulter nach vorne fallen. Jetzt war die Tätowierung auf ihrer linken Seite deutlich zu sehen.

»Oh«, sagte Kalle.

»Oh? Mehr fällt dir dazu nicht ein?«, keifte Hedwig. »Da bezahlen wir ihr das teure Medizinstudium. Und dann so was. Dürfen Ärzte überhaupt Tattoos tragen? Wenn es wenigstens

Sternchen wären, wie bei anderen. Aber nein!« Sie sah Kalle wütend an. »Das hat sie von deiner Schwester! Die kommt auch auf so einen Blödsinn!«

Hedwig schaltete den Mixer an und der Lärm beendete ihr Schimpfen. Wenigstens vorläufig. Kalle und Natalie verdrückten sich ins Wohnzimmer.

»Schon gewagt«, befand ihr Vater. »Lass mich mal genau sehen.«

Er rückte die Brille zurecht, trat einen Schritt näher an Natalie heran und betrachtete die drei Ameisen, die so echt wirkten, als ob sie von der Schulter über den Hals zum Ohr hoch krabbelten. Natalie grinste.

»Da war aber ein echter Künstler am Werk«, sagte Kalle und Natalie hörte deutlich die Bewunderung in seiner Stimme. »Man kann jedes Tierchen gut erkennen. Und mit dem Schatten wirken sie richtig echt. Deine Tante Biggi wäre begeistert. Oder weiß sie es etwa schon?«

Papis Schwester, Tante Biggi, war Professorin für Entomologie und hatte Natalie vor Kurzem beim Identifizieren der Leiche im Niederbroicher Wald unterstützt. Als Expertin für Insekten schätzte sie anhand des Stadiums der Käsefliegenlarven ein, wie lange die Leiche bereits im Wald gelegen hatte. Das konnten in Deutschland nicht viele.

Natalie war begeistert gewesen von den vielen Krabblern, die sie auf der Leiche entdeckt hatten. Deshalb hatte sie sich sofort zur Fortbildung für entomologische Forensik angemeldet.

Natalie schüttelte den Kopf. »Sie hat es noch nicht gesehen. Aber du könntest ein Foto machen und es ihr schicken«, schlug sie vor.

Natalie hatte den Kaffeetisch gedeckt und wartete mit ihrem Vater auf eine Rückmeldung von Tante Biggi, als ihre Mutter ins Zimmer kam und den Rhabarberkuchen auf den Esstisch zustellte. Plötzlich gab es einen lauten Knall. Natalie zuckte zusammen.

»Was war das?«, fragte Hedwig. Angst schwang in ihrer Stimme.

»Ich glaube, das kam aus dem Gartenhaus. Ich seh mal nach«, sagte Kalle.

Doch Natalie war schneller. Sie riss die Terrassentür auf und rannte über den Rasen auf das Gartenhaus zu.

»Eric«, schrie sie. »Eric!«

Die Tür war verschlossen.

Sie donnerte mit der Faust dagegen. »Eric!« Sie schaute zum Wohnzimmerfenster hinein und sah ihn auf der Couch sitzen. Sein T-Shirt war rot verfärbt, der Kopf nach hinten gefallen. »Eric!« Ihre Stimme überschlug sich. Neben ihr tauchte ihre Mutter auf und versuchte, mit zittrigen Händen den Ersatzschlüssel ins Türschloss zu stecken.

Natalie nahm ihr den Schlüssel ab. »Geht zurück und ruft den Notarzt. Schnell. Und bleibt im Haus!«, wies sie ihre Eltern an.

Endlich hatte sie die Tür aufbekommen. Sie stürmte zu Eric. Ihre Mutter schrie und schrie.

Natalie fühlte nichts mehr. Keine Angst. Kein Entsetzen. Sie spulte nur noch ihr Wissen ab. Fühlte den Puls. Suchte nach der Atmung. Rannte ins Bad. Riss die Handtücher von den Haken. Raste zurück. Drückte sie auf die Wunde, aus der das Blut sickerte und sickerte. Sie hörte ihre Mutter schluchzen.

»Ruft den Nortarzt, verdammt noch mal!«

Das Schluchzen wich einem Wimmern und entfernte sich langsam, ehe es verstummte.

Jetzt redete Natalie leise auf Eric ein. »Bleib bei mir, hörst du? Bleib hier. Komm schon.«

Eric reagierte nicht. Kein Röcheln. Kein Schlucken. Keine Bewegung der Augenlider. Natalie wurde lauter.

»Eric! Kämpf, du Blödmann. Los, mach schon. Tu es für mich. Tu es für Antje.« Natalie biss die Zähne zusammen.

Von oben hörte sie ein Poltern. Die Schlafzimmertür knarrte. Dann spürte sie den Luftzug. Jemand musste aus dem Schlafzimmerfenster getürmt sein. Natalie lauschte angestrengt. Doch das Einzige, was sie hörte, war ihr eigener Herzschlag. Er galoppierte mit der Angst durch ihre Gedanken.

War sie mit Eric allein? War noch jemand im Haus? Wann traf endlich der verdammte Rettungsdienst ein? Die Frotteetücher unter ihren Händen färbten sich rot.

Endlich trafen die Sanitäter ein und kümmerten sich um Eric. Kurz darauf betrat Rommerskirchen das Gartenhaus. Er half Natalie auf die Beine und führte sie vor die Tür, wo Tietke ihr eine Tasse Kaffee reichte. Jemand hatte ordentlich Zucker hineingekippt.

Natalie hasste gesüßten Kaffee. Jetzt trank sie ihn gierig. Als die Sanitäter die Trage hinausschoben, hielt Rommerskirchen sie mit aller Kraft zurück.

»Nicht, Natalie«, flüsterte er.

Sie krallte sich an seinem Arm fest. Ihre Lippen bebten. Die Tränen rannen über ihre Wangen und der Schmerz überrollte sie wie ein heranrasender Güterzug. Sie schluchzte an der Schulter des Kommissars, bis sie heiser und der Hals rau war.

Später saß Natalie am Esstisch im Wohnzimmer ihrer Eltern und sah Rommerskirchen und Tietke dabei zu, wie sie Rhabarberkuchen mit Baiserhaube aßen.

»Es war jemand oben. Im Schlafzimmer«, sagte sie.

Ihre Mutter stellte die Kaffeetasse zurück und sah Natalie mit aufgerissenen Augen an. »Du meinst, während du dich um Eric gekümmert hast?«

Rommerskirchen ließ die Gabel sinken und griff zum Handy.

»Darf ich mitlaufen lassen? Das soll keine Vernehmung sein, Natalie. Wir können das auch später machen.«

»Schon okay«, sagte sie, »je eher ihr das Schwein schnappt, desto besser.«

Kapitel 21

Kati klopfte leise an die Tür des Krankenzimmers und steckte den Kopf hinein. Sie brauchte einen Augenblick, um sich zu orientieren. Alle drei Betten im Zimmer waren belegt. Der Mann im vorderen Bett war alt und runzlig und stierte auf den Fernseher, der an der Wand gegenüber flimmerte. Der Mann im mittleren Bett war nicht jünger. Er schlief mit offenem Mund. Im hinteren Bett am Fenster entdeckte sie endlich Manni. Er hatte sich wohl eine halbe Ewigkeit nicht mehr rasiert und sah ungewohnt aus.

Ein Lächeln glitt über sein Gesicht. Er winkte Kati zu und schlug die Bettdecke zurück. Im Gegensatz zu seinen Bettnachbarn im dunkelblau gestreiften Flanellpyjama trug Manni Jogginghose und T-Shirt. Jetzt schlüpfte er in seine Gesundheitslatschen.

Sie eilte zu ihm. »Darfst du schon aufstehen?«

»Ich habe gebrochene Finger, keine gebrochenen Füße.« Zum Beweis hob er die linke Hand. Zeigefinger und Daumen hatten noch Bewegungsfreiheit. Die anderen Finger waren geschient und gepolstert und obendrein mit einem roten Tape umwickelt, das fast bis zum Ellbogen reichte.

»Schick«, sagte Kati. »Was ist passiert?«

»Lass uns ein bisschen frische Luft schnappen«, schlug Manni vor. Als sie die Türe hinter sich geschlossen hatten, atmete er tief durch, obwohl die Luft auf dem Flur nicht viel frischer war als im Zimmer.

»Sobald ich einen Arzt erwische, lasse ich mir die Entlassungspapiere unterschreiben. Das ist kein Krankenhaus, das ist eine Irrenanstalt, Kati. Meine Bettnachbarn sind wirklich lieb und nett. Wirklich. Aber der eine hat senile Bettflucht und schlurft die halbe Nacht durchs Zimmer. Der andere schnarcht, dass man es noch in Niederbroich hören müsste. Und beide sind sich einig, dass sie abends Musikantenstadl schauen wollen. Wenn man sich wenigstens mit ihnen unterhalten könnte. Dazu bräuchte der eine frische Batterien für sein Hörgerät und der andere besitzt erst gar keins.«

»Ich fürchte, das ist der Lauf der Zeit.«

»Das ist grausam.«

Kati schüttelte den Kopf und deutete auf Mannis Hand. »Das ist grausam. Stimmt es, dass sie dir die Finger gebrochen haben?«

Manni zuckte zusammen, als geschehe es gerade wieder.

»Ich kann mich zum Glück nur bruchstückhaft erinnern. Die meiste Zeit hatte ich das Gefühl, mein Gehirn würde in Dämmschaum stecken. Haben sie die Saubande erwischt?«

»Soweit ich weiß, noch nicht.«

»Mist. Mein Handy ist leer und ich muss unbedingt Eric anrufen.«

Kati fühlte einen Kloß im Hals. Es hatte sich also noch nicht bis zu Manni rumgesprochen. Beim Metzger war er Gesprächsthema Nummer zwei. Nach dem Mord an Eric Parcer. Sollte Kati tatsächlich die Erste sein, die Manni besuchte, seit er hier lag?

»Warum?«, fragte sie. Ihre Stimme klang kratzig.

»Ich muss ihn warnen. Nachdem sie bei mir nicht weitergekommen sind, werden sie es bei ihm versuchen.«

»Was werden sie versuchen?«

»An die Informationen zu kommen, die Eric über die Organisation gesammelt hat. Er war wie besessen davon, denen in die Suppe zu spucken. Ich hab ihm gesagt, Eric, geh zur Polizei. Überlass denen die Sache. Aber er wollte nicht. Das wäre sein persönlicher Kreuzzug. Und er wüsste nicht, ob bei der Polizei nicht doch jemand säße, der für einen Joint mal eben die Augen zumachte.«

Sie hatten das Erdgeschoss erreicht. Direkt neben den Aufzügen standen Bänke. Kati ging auf die erste zu und setzte sich. Sie musste es Manni sagen. Hoffentlich kippte er nicht aus den Latschen. Wie gehofft setzte er sich neben sie.

»Ich fürchte«, sagte sie und holte noch einmal tief Luft, »ich fürchte, deine Warnung kommt zu spät. Eric ist tot.«

Manni sackte in sich zusammen. Er stützte die Ellbogen auf die Knie und ließ den Kopf hängen. Tränen tropften auf den Boden. Sein Körper schüttelte sich unter stummen Weinkrämpfen.

Kati saß hilflos neben ihm und legte ihre Hand auf seinen Rücken.

»Es tut mir leid«, flüsterte sie. »Ich hätte dir lieber was Schönes erzählt.«

Manni zog die Nase hoch und schüttelte den Kopf. »Was für ein Irrsinn. Was für ein Mist. Ich versuche mich zu erinnern. Ich weiß, ich muss mich an etwas erinnern. Ich weiß, dass es wichtig ist.« Er schaute hoch und Kati sah die Verzweiflung in seinem Blick. »Ich komm nur nicht drauf, was es ist. Es macht mich verrückt.«

Er kramte in der Hosentasche nach einem Taschentuch und schnäuzte sich ausgiebig. »Es sind immer zwei Dinge, die nacheinander vor mir auftauchen, wenn ich versuche, mich an das Wichtigste zu erinnern. Zuerst sehe ich meine Kinder und weiß, dass ich vergessen habe, ihnen etwas zu sagen. Ihr Bild wird immer kleiner, bis sie verschwunden sind. Und dann sehe ich Eric, der mir etwas in die Hand drückt. Falls was passiert, hat er gesagt.«

»Falls was passiert?«, fragte Kati nach. »Was genau soll denn passieren? Es passiert doch ständig was. Falls ihm was passiert, meinte er das?«

»Ich zerbrech mir den Kopf und komm nicht drauf.« Manni wischte sich mit dem Handrücken über die Augen. »Ich muss hier raus, Kati. Ich muss nach Hause. Vielleicht fällt mir dann alles wieder ein. Nimmst du mich mit nach Niederbroich?«

»Mir gefällt das nicht. Du ganz allein da draußen auf dem Hof.«

»Ich bin nicht allein. Ich habe Hühner und Hasen zu versorgen.«

»Und wenn sie zurückkommen? Die fackeln nicht lange. Die machen mit dir kurzen Prozess, wie mit Eric Parcer.«

Manni rieb sich den Nacken. »Aber ich muss nach Hause. Kennst du das? Du gehst in den Keller, um Kartoffeln zu holen. Und wenn du hochkommst, hast du Klopapier und Zwiebeln in der Hand. Aber wenn du dann wieder an der Stelle bist, wo dir das erste Mal eingefallen ist, dass du Kartoffeln brauchst, erinnerst du dich wieder.«

»Und du meinst, bei dir zu Hause kommt die Erinnerung zurück.«

Manni nickte. »Ich hoffe es. Sonst dreh ich durch, Kati. Dieses Loch im Kopf. Dieses Gefühl. Und du denkst, du musst dich nur noch ein kleines bisschen mehr anstrengen, ein kleines bisschen mehr konzentrieren, um dich endlich zu erinnern. Das ist grausam.«

Kati seufzte. Sie wollte Manni gerne den Wunsch erfüllen, zu Hause nach seinen Erinnerungen zu suchen. Aber es war riskant. Sie schaute auf die Uhr.

»Ich mache dir einen Vorschlag. Wir fahren zu dir auf den Hof. Ich helfe dir beim Suchen und egal, ob wir fündig werden oder nicht, ich bringe dich um Punkt sechs Uhr zum Abendessen ins Krankenhaus zurück.«

Manni schloss für einen Moment die Augen. »Hab ich eine Wahl?«

»Du kannst nein sagen und hierbleiben.«

»Das ist keine gute Option.«

»Dann mal los.« Kati stand auf. »Uns bleibt nicht viel Zeit.«

Wenige Minuten später brausten sie über die Landstraße nach Niederbroich.

»Vielleicht sollten wir Kommissar Rommerskirchen anrufen«, schlug Kati vor. Die Vorstellung, dass hinter jeder Hecke der Mörder von Eric Parcer auf sie lauern könnte, brachte sie zum Schwitzen.

Manni schüttelte den Kopf. »Eric wollte keine Polizei. Vielleicht steckt ein Bulle oder mehrere mit drin.«

»Aber Rommerskirchen doch nicht!« Egal für wie unfähig Kati den Kommissar hielt, für korrupt oder in Drogengeschäfte verstrickt hielt sie ihn ganz bestimmt nicht.

»Nee, Rommerskirchen nicht«, stimmte ihr Manni zu. »Aber wer weiß, wer von seinen Kollegen das mitkriegt.«

Mittlerweile hatten sie den Feldweg erreicht, der zum Hof führte. Jetzt war es eh zu spät, den Kommissar anzurufen und darauf zu hoffen, dass er alles stehen und liegen ließe, um zu ihnen rauszukommen.

Kati fuhr im Schritttempo auf den Hof und stellte den Wagen zwischen Haus und Scheune ab.

Sie hatte noch nicht den Autoschlüssel abgezogen und nach ihrer Handtasche gegriffen, da war Manni bereits in der Scheune verschwunden. Kati schloss den Wagen ab und ging ihm nach.

Als sie gerade das Tor erreicht hatte, kam Manni ihr entgegen und hielt einen Schlüssel hoch.

»Du deponierst deinen Haustürschlüssel in der Scheune?«, fragte Kati und wunderte sich. Wenn sie hier draußen alleine auf dem Hof leben würde, hätte sie bereits die Einfahrt zum Gelände mit einem Tor verrammelt. Aber bei Manni stand das Tor zur Scheune immer einladend offen.

»Das ist nur der Ersatzschlüssel. Ich muss meinen Schlüsselbund verloren haben. Oder vergessen.« Er zuckte mit den Schultern. Kati konnte sich nicht entscheiden, ob sie Mannis Freimütigkeit bewundern oder über seine Schusseligkeit den Kopf schütteln sollte.

Sie gingen zum Haus hinüber. Manni sperrte die Haustür auf, schaute nach unten und blieb im Türrahmen stehen.

»Oh nein«, rief er. »Wie blöd.« Er drehte sich zu ihr um und lachte. »Ich hab noch meine Schlappen an.«

Schusselig, ohne Zweifel. Kati winkte ab. »Wer trägt denn heutzutage noch Schuhe? Schlappen sind der neuste Schrei«, erwiderte sie.

Anstatt endlich ins Haus zu gehen, blieb Manni in der Tür stehen und kratzte sich am Hinterkopf.

»Schuhe«, murmelte er. »Ich glaube, es hat was mit Schuhen zu tun.«

Kati runzelte die Stirn. »Was meinst du?«

»Das weiß ich selbst noch nicht so genau. Aber das, was ich suche, hat was mit Schuhen zu tun.«

Manni bewegte sich in Zeitlupe durch den Flur ins Wohnzimmer, stellte sich in die Mitte des Raumes und ließ den Blick schweifen.

Kati hätte Schuhe eher anderswo gesucht. Im Flur etwa, oder im Keller, vielleicht in der Abstellkammer, falls das Haus eine solche besaß. Leise, um Manni nicht in seiner Erinnerungsfindung zu stören, ging sie zurück in den Flur. Unter der Treppe ins Obergeschoss befand sich ein Einbauschrank. Sie zog die Türen auf und durchstöberte die Regale. Putzzeug, Eimer und Staubsauger standen unten auf dem Boden. An der höchsten Stelle des Schrankes lehnten ein Schrubber, ein Besen und ein Kehrbesteck in der Ecke. In einem Karton auf dem oberen Regal lagerten Batterien. Ob alte oder neue, vermochte Kati nicht zu sagen. Im Karton daneben entdeckte sie schwarze und braune Schuhcreme, alte Lappen, Bürsten und mehrere Spraydosen.

Ein Deo-Spray gegen Fußgeruch, eine Dose mit Pflegemittel für Wildleder, eine dritte zum Imprägnieren von Schuhen und Textilien. Kati zog den Karton heraus, ging ins Wohnzimmer, wo Manni immer noch mitten im Zimmer stand und sich umsah.

»Schuhe?«, fragte sie und hielt ihm den Karton unter die Nase.

Manni nahm ihr den Karton ab, schaute hinein, wühlte darin herum und schüttelte dann den Kopf. »Da klingelt nichts.«

Er ging in den Flur, stellte den Karton wieder ins Regal und trat einen Schritt zurück. Dann ließ er den Blick über die Kartons, Dosen und Utensilien schweifen. Erneut schüttelte er den Kopf und schloss den Schrank. »Nein, hier hilft mir auch nichts weiter.«

»Hast du einen Schuhschrank? Oder ein Regal mit Schuhen?«

Manni haute sich mit der flachen Hand gegen die Stirn.

»Dass ich da noch nicht geschaut habe. Komm mit in die Küche.«

Hinter der Küchentür hing ein Vorhang. Manni zog ihn zur Seite. Bis zur Decke türmten sich unzählige Schuhkartons auf Regalböden.

»Wow.« Kati überschlug ehrfürchtig die Anzahl der Schuhe. Es waren garantiert mehr, als Jo und sie gemeinsam besaßen.

»Nee, nee. Da sind nicht überall Schuhe drin. Aber Schuhkartons haben die optimale Größe für die Nische. Ganz oben ist zum Beispiel der Weihnachtsschmuck drin. Die Krippe, die Figuren, Glaskugeln und Strohsterne und was halt alles so dazugehört. Im Regal dadrunter stehen Einmachgläser, Gummis, Deckel und Klammern. Und da, Moment mal, was ist denn da drin?« Er zog einen schwarzen Karton mit rotem Deckel, auf dem der Schriftzug eines Sportschuhherstellers prangte, aus dem Regal und öffnete ihn.

»Verpackungschips? Echt? Wusste gar nicht, dass ich welche aufgehoben habe.« Er schüttelte den Kopf. »Und wofür auch?«

Kati wurde hellhörig. »Darf ich mal einen Blick hineinwerfen?«

Er reichte ihr den Karton. »Nur zu. Aber es klingelt nichts in meinem Kopf. Keine Erinnerung. Keine Ahnung.«

Kati stellte den Karton auf den Küchentisch mit der beschichteten Blümchendecke, holte eine Handvoll hellgrüner Styroporchips nach der anderen heraus und häufte sie neben der Pappschachtel auf. Endlich war der Karton so leer, dass sie ihn durchwühlen konnte. Nichts als Styroporchips, die Kati jetzt an den Händen klebten. Enttäuscht schubste sie den Karton zur Seite. Allerdings hatte sie nicht damit gerechnet, dass die Tischdecke so rutschig war. Bevor sie zugreifen konnte, landete der Karton auf dem Boden. Als sie sich bückte, um ihn aufzuheben, entdeckte sie zu ihrer Überraschung zwischen den letzten Styroporchips eine Wanderkarte von Niederbroich und Umgebung und eine kleine rote Figur. Kati hob beides auf und betrachtete das Püppchen. Auf dem Bauch seines kleinen Körpers prangte eine Spinne und der überdimensionierte Kopf war mit einem Spinnennetz überzogen. Da, wo die Augen sein sollten, hatte die Figur zwei schwarzumrandete Halbmonde. Auch wenn sich Kati im Superheldenuniversum nicht zu Hause fühlte, erkannte sie, dass es sich um eine Spiderman-Figur handelte.

Sie erinnerte sich an den Ausflug mit Bene, bei dem er ihr das Geo-Cachen hatte beibringen wollen. Mit dem Handy waren sie auf Schatzsuche gegangen, mussten Rätsel lösen, um Koordinaten zu finden, an denen dann ein Schatz versteckt war. Wenn sie das Rätsel richtig gelöst hatten, fanden sie, gut versteckt in einer Wurzel oder unter einem Stein, eine Plastikdose, in der allerhand Krimskrams steckte. Sie hatten etwas herausgenommen und dafür etwas Neues hineingelegt. Mitunter hatte es sich um eine Überraschungs-Ei-Figur gehandelt wie die, die Kati gerade in der Hand hielt.

»Warst du mal Geo-Cachen, Manni?«

Er kam zu Kati an den Tisch, nahm ihr das Figürchen ab und ließ sich auf einen Küchenstuhl fallen. Für einen Moment schloss er die Augen. Irgendeine Erinnerung schien zurückzukommen. Kati fiel es schwer, den Mund zu halten und zu warten. Endlich sah er sie an.

»Robin hat alles gesammelt, was mit Superhelden zu tun hatte. Heftchen, Figuren, Poster, Aufkleber. Spiderman war sein Lieblingsheld.«

Kati verkniff sich die Bemerkung, dass sie diese Leidenschaft nicht wunderte, wenn man sein Kind nach einer Comicfigur benannte. Aber da sie sich nicht sicher war, ob Robin der Handlanger von Batman war oder doch eher mit Spiderman zu tun hatte, sagte sie lieber nichts.

»Ob er das Zeug heute noch sammelt?«, murmelte Manni. »Sie fehlen mir so sehr. Robin und Julchen.« Er betrachtete die Figur in seiner Hand.

»Hat das Robin gehört?«

»Bestimmt nicht. Wenn es ihm etwas bedeutet hätte, wäre es garantiert nicht mehr hier.«

»Hast du noch Kontakt zu deinen Kindern?«

Manni schüttelte den Kopf. »Nach dem Krach mit Martina wollte ich nur noch meine Ruhe haben.«

»Und jetzt?«

»Jetzt bedaure ich das sehr. Aber was soll ich machen? Jetzt ist es zu spät.« Er schüttelte sich. »Herrjeh, ich kann es nicht ausstehen, wenn sich jemand in Selbstmitleid sudelt!«

»Kennst du ihre Adresse?«, wollte Kati wissen.

»Ich habe eine. Aber ob die aktuell ist?«

Manni legte die Figur auf den Tisch.

»Kann ich das mitnehmen? Bene geht ab und zu geocachen. Vielleicht kann er was damit anfangen«, erklärte Kati.

Manni nickte. »Ja klar, nimm mit.«

Kati steckte die Figur mit der Karte in ihre Handtasche. Mit beiden Händen beförderte sie die Verpackungschips wieder in den Karton und stellte ihn zurück ins Regal. Manni saß auf dem Küchenstuhl und stierte weiter vor sich hin.

»Ich wollte ihnen sagen, wie stolz ich auf sie bin und wie sehr ich sie vermisse.«

Kati war sich nicht sicher, ob seine Worte für sie bestimmt waren.

»Das war's, was ich meinen Kindern unbedingt erzählen wollte.«

»Hat das mit dem Auftauchen deiner Kinder in deinen Erinnerungen zu tun?«, hakte sie nach, um zu verstehen, worum es Manni ging. Er starrte auf das Blümchenmuster der Tischdecke und nickte.

»Willst du das jetzt nicht mehr?«, bohrte Kati weiter.

»Ich weiß nicht. Schon der Gedanke an Martina bereitet mir Magenschmerzen.« Er legte die verbundene Hand auf den Tisch und betrachtete seine Finger. »Was ist, wenn sie ausflippt? Wenn sie nein sagt?«

»Das erfährst du nur, wenn du mit ihr sprichst.«

Manni schloss die Augen und kniff die Lippen zusammen.

Kati schaute auf die Uhr. »Oh Gott, schon kurz vor sechs! Jetzt aber schnell ins Auto und zurück ins Krankenhaus.«

»Ich freu mich schon«, knurrte Manni und verdrehte die Augen.

Kati zog ihn vom Stuhl hoch und schob ihn aus der Küche.

»Du alter Quälgeist«, beschwerte er sich. »Lass mich doch einfach hier.«

»Das steht nicht zur Debatte.«

Kati atmete auf, dass Manni sich fügte und die Haustür abschloss.

»Schlagerparade ist Höchststrafe für mich. Du bist echt gnadenlos, weißt du das?«, maulte er weiter. »Ich muss noch nach den Hasen sehen und die Hühner ins Bett bringen.«

»Das erledigt Moritz schon die ganze Zeit, seitdem er gemerkt hat, dass du weg bist«, setzte ihn Kati ins Bild und fuhr vom Hof.

»Oha«, sagte Manni. Kati wollte nicht wissen, ob er froh darüber war, dass Moritz aushalf. Hoffentlich fühlte sich Manni nicht überflüssig, nur weil die Hasen nicht verhungert und die Hühner nicht vom Fuchs geholt worden waren.

»Heute Abend hast du gar keine Zeit für das Fernsehprogramm deiner Zimmergenossen. Während die nämlich Schlagerparade schauen, rufst du Martina an und sprichst mit deinen Kindern.«

»Du meinst …?«

»Sag ihr, warum du dich meldest, was sich geändert hat. Rede mit ihr.«

»Ich hab Schiss, Kati.«

»Na klar, hätte ich auch. Was ist das Schlimmste, was passieren kann? Schlimmer, als es jetzt schon ist, meine ich.«

»Dass sie mir nicht zuhört und einfach auflegt.«

»Dann hast du es aber wenigstens versucht. Vielleicht ist es aber noch schlimmer, wenn sie erst gar nicht rangeht. Weil sie nicht zu Hause ist. Oder im Urlaub. Oder sich die Nummer geändert hat. Denn dann musst du weitermachen, weitersuchen.«

»Ja, dann muss ich weitermachen. Und weitersuchen. So wie mit Eric und den Schuhen. Da fehlen mir noch einige Puzzlestücke in meiner Erinnerung.«

Kapitel 22

In der Küche duftete es nach geschmorten Zwiebeln und Knoblauch. Seit Opa Jo in der Pfanne rührte, lief Bene das Wasser im Munde zusammen. Um schneller etwas zwischen die Zähne zu bekommen, hatte Bene die Paprikaschoten geschnippelt, Kidneybohnen, Mais und Tomaten aus dem Vorrat geholt und abgegossen. Jetzt köchelte alles seit fast einer Stunde in einem großen Topf vor sich hin. Immer wieder hatte Jo abgeschmeckt und dabei nicht mit Gewürzen gegeizt. Endlich nickte er zufrieden. Bene hing der Magen schon in den Kniekehlen. Der Tisch war gedeckt. Nur Oma Kati fehlte.

»Wenn deine Oma nicht kommt, fangen wir eben ohne sie an«, grummelte Jo und füllte das Chili auf Benes Teller.

Sie hatten gerade die ersten Löffel verputzt, als Kati auftauchte.

»Da bist du ja endlich«, empfing Jo sie. »Wo treibst du dich nur den ganzen Tag rum? Und ans Handy gehst du auch nicht.«

Kati wühlte in der Handtasche und holte das Handy heraus. Es war stumm geschaltet und zeigte drei verpasste Anrufe von Jo an.

»Ich war bei Manni im Krankenhaus.«

Sie schaltete das Handy aus und steckte es zurück in die Handtasche. Dabei fiel ihr die Wanderkarte in die Hand. Sie kramte nach der Spiderman-Figur und legte schließlich beides neben Bene auf den Küchentisch.

»Das hab ich bei Manni auf dem Hof gefunden. Vielleicht kannst du was damit anfangen.«

»Können wir erst essen?«, meckerte Jo und lud Kati den Teller voll.

»Es schmeckt super, Opa«, sagte Bene kauend und schob sich einen weiteren Löffel in den Mund.

Jo lachte und beobachtete Kati, die gerade den ersten Löffel nahm. »Und?«, fragte er mit Nachdruck.

»Ausgezeichnet. Wie immer, Schatz«, lobte sie.

Jo lehnte sich zufrieden zurück. »Das ist ein neues Rezept. Mein Beitrag zur Fleischkonsumdebatte. Wenn es euch schmeckt, gibt es das jetzt öfter.«

Bene schaute Jo verwundert an. »Dein Beitrag zu was?«

»Zur Rettung der Welt. Weniger Fleisch. Weniger furzende Rinder. Weniger abgeholzter Regenwald. Weniger Stickoxide. Weniger Erderwärmung.«

Bene sah auf seinen Teller, rührte in dem Rest seines Chilis und steckte einen weiteren Löffel in den Mund.

»Wenig Fleisch find ich das jetzt nicht unbedingt.«

Jo grinste. »Dieses Gericht, lieber Bene, nennt sich *Chili sin Carne* und ist absolut fleischfrei. Und wenn du keinen Schmand untergerührt hast, sogar vegan. Der Hammer, oder? Grünkernschrot, gehackte Walnüsse und eine Hand voll guter Gewürze. Das Rezept ist der Tipp einer jungen Aktivistin, die ich im Supermarkt getroffen habe.«

»Wen du so alles triffst«, murmelte Kati.

»Wie geht's denn Manni?«, wechselte Jo das Thema.

»Ich mach mir Sorgen um ihn.«

Kati berichtete von ihrer Suche im Haus des Mechanikers. »Jedenfalls habe ich ihn zurück ins Krankenhaus gebracht und ihm noch mal ans Herz gelegt, das Schloss an der Tür dringend auszutauschen, wenn sein Schlüsselbund nicht wieder auftaucht. Aber mit seinen gebrochenen Fingern dürfte er das nicht alleine hinkriegen.«

Sie lud sich eine weitere Kelle Chili auf den Teller. »Es gefällt mir auch überhaupt nicht, dass Manni zurück auf seinen Hof will, solange die Bande noch nicht gefasst ist.«

Bene griff nach der Spiderman-Figur. »Cool!«

Kati lächelte. »Ist das was für deine digitale Schnitzeljagd?«

»Du meinst fürs Geo-Cachen? Nee, dafür ist das viel zu wertvoll.« Er trennte Spiderman den Kopf vom Körper und betrachtete das kleine, viereckige Stäbchen aus Plastik, das am Kopf befestigt war. »Weißt du, was da drauf ist?«

Mit offenem Mund schaute ihn Kati an und schüttelte den Kopf. »Ist das ein USB-Stick?«, fragte sie.

Bene nickte. »Ja, genau. So einen hab ich auch am Schlüsselbund.« Er holte ihn aus der Hosentasche, legte ihn auf den Tisch, zeigte auf ein Lego-Männchen und zog an seinen Beinen. Schon kam der USB-Stick zum Vorschein. Bene grinste, als er die erstaunten Gesichter seiner Großeltern sah. »Das ist kein Hexenwerk.«

»Was macht man damit?«, fragte Kati und räumte die leeren Teller in die Spüle. »Außer ihn als witzige Figur am Schlüsselbund zu tragen, meine ich.«

»Bei mir ist hauptsächlich Musik drauf. Spiele, die man mit Freunden teilen will. Fotos und einige Präsentationen, Projekte halt von der Schule«, erklärte Bene.

»Und kannst du jetzt auch sehen, was auf dem Spiderman-Stick drauf ist?«, wollte Kati wissen.

Bene zögerte. »Wahrscheinlich schon. Wenn er nicht verschlüsselt ist. Aber …«

»Aber was?«, hakte Kati nach.

»Man braucht dazu natürlich einen Computer.«

Jo räumte den Topf vom Tisch. »Das ist kein Problem, den haben wir ja.«

Bene nickte. »Das Problem ist ein anderes. Ich weiß nicht genau, was auf dem Stick ist. Es können einfach nur Daten sein. Es kann aber auch Schadsoftware drauf sein. Ein Trojaner zum Beispiel, der den Rechner zerschießt.«

Kati verzog angewidert den Mund. »Und wie finden wir das heraus?«

»Indem wir es ausprobieren.«

Bene ging ins Arbeitszimmer und holte den Laptop, auf den er vor zwei Wochen noch die neue Playlist für den Jugendclub aufgespielt hatte.

»Hast du da was drauf, was nicht verloren gehen darf, Oma?«, fragte er und stellte den Rechner auf den Tisch.

»Das weißt du bestimmt besser als ich. Bisher habe ich den nur für den Jugendclub gebraucht.«

Bene winkte ab. »Die Daten hab ich ja eh alle auf meinem Stick. Dann sollten wir zur Not alles wiederherstellen können.«

Kati atmete tief durch, rückte ihren Stuhl näher an Benes heran und sah gespannt auf den Bildschirm. Bene warf ihr einen amüsierten Seitenblick zu. »Pass auf. Gleich erscheint eine Bombe auf dem Bildschirm und beginnt zu ticken. Und dann macht's bumm«, sagte er, während er die Finger spreizte und mit den Händen einen imaginären Feuerball in die Luft malte.

Kati knuffte ihn auf den Oberarm. »Lass das und schieb den Stick endlich in den Laptop.«

»Sicher, dass du das Risiko eingehen willst?«

»Ganz sicher«, sagte Kati.

»Also gut.« Bene schob den USB-Stick in den Schlitz des Rechners. Auf dem Bildschirm tauchte für einen Moment ein Fenster mit dem Namen des Sticks auf und verschwand wieder. Bene öffnete den Explorer und wählte den Stick aus. Auf dem Bildschirm öffnete sich das Inhaltsverzeichnis.

»Okay. Scheint schon mal nicht verschlüsselt zu sein.«

Er las die Ordnernamen: Fotos, Organisation, Legende.

»Hast du eine Ahnung, worum es geht?«, wandte er sich an Kati. Sie schüttelte den Kopf.

»Wem gehört der Stick überhaupt?«, bohrte Bene weiter.

»Das weiß ich nicht so genau. Wir haben ihn in einem Schuhkarton in Mannis Küche gefunden.«

»Und wonach suchen wir?«

»Ich habe keine Ahnung«, gab Kati zu.

»Na schön. Dann klicken wir uns mal durch die Verzeichnisse.«

Er öffnete den Ordner Fotos und fand eine Reihe Unterordner. »Da hat aber jemand gerne Ordner geordnet. Und so vielsagende Namen vergeben.« Die Unterordner hießen Depots, Zwischendepots, Kleindepots und Transport. Bene öffnete den Ordner Kleindepots. Dieses Mal gab es nur zwei Unterteilungen: privat und öffentlich. Bene entschied sich für den öffentlichen Pfad. Und wieder öffneten sich keine Fotos, sondern weitere Unterordner. »Bin gespannt, ob wir ein Foto zu sehen bekommen, bevor die Sommerferien in viereinhalb Wochen zu Ende sind.«

Dieses Mal trugen die Dateiordner kryptische Bezeichnungen. Sie begannen alle mit dem Buchstaben B, dem sieben Ziffern folgten, dann schloss sich ein L an, gefolgt von weiteren acht Ziffern. Eine ähnliche Art der Ortsangabe war Bene vom Geo-Cachen bekannt. Er klickte auf den nächsten Ordner und tatsächlich erschienen eine Reihe Fotos. Kati beugte sich zu ihm vor.

»Was sind das denn für Fotos? Wer fotografiert denn Waldwege, Hochsitze und Behälter für Streusalz?«

Bene zuckte mit den Schultern. »Wenn das ein Geo-Cacher ist, der seine Caches organisiert, finde ich das ein bisschen übertrieben. Vor allem leuchtet mir nicht ein, warum er die Fotos mit einem Datum versieht. Vielleicht das Datum, an dem er den Cache eingestellt hat? Aber dann würde ich ihn immer noch unter dem Cache-Namen speichern. Sehen wir mal nach, was wir im privaten Ordner finden.« Er öffnete den Ordner und entdeckte weitere Unterordner. Sie waren mit Ortsnamen bezeichnet. Die Liste reichte von Ahaus über Gescher, Nettetal und Niederbroich bis Waldfeucht.

»Alles Orte in Nordrhein-Westfalen und wenn ich mich nicht irre, liegen alle mehr oder weniger nah an der holländischen Grenze«, stellte Kati fest. »Na los, schau mal bei Niederbroich rein.«

Bene klickte auf Niederbroich. »Okay. Das scheinen Adressen zu sein. Was haben die jetzt bitte schön mit Geo-Caching zu tun?« Die drei Fotos zeigten Klingelschilder und waren unter dem Straßennamen mit zugehöriger Hausnummer abgespeichert. »Kennst du einen davon?«

Kati schüttelte den Kopf. »Die Namen habe ich noch nie gehört.«

Bene klickte auf den Ortsnamen Nettetal. Hier gab es vier Fotos. Wieder zeigten sie Klingelschilder mit der wohl dazugehörigen Adresse. Ratlos wählte er den Ordner Transport. Er war unterteilt in D und NL. Bene wählte D und fand eine lange Reihe von Fotos. Sie zeigten Kennzeichen, große und kleinere Transporter von vorne, von hinten, mit markanten Beschädigungen und einige auch mit offenem Laderaum. Bene klickte auf das Foto eines Caddys. Sofort füllte es den gesamten Bildschirm aus und lieferte Details. Auf der Ladefläche stapelten sich Kartons bis unters Dach. Nicht ganz scharf im Hintergrund stellte ein Mann gerade einen Karton auf den Boden.

Bene war sich ziemlich sicher, dass diese Fotos mit Geocachen nichts mehr zu tun hatten. Um seine Vermutung abzusichern, wechselte er in den Ordner NL und klickte sich durch die Galerie.

»Ob der Transporter dabei ist, von dem Patrick gesprochen hat? Du weißt schon, der immer aufgetaucht sein soll, wenn Eric Parcer oder die Kifferkids in der Nähe waren.«

»Dann könnte der Stick vielleicht doch Eric Parcer gehört haben?«

Bene lachte und fasste sich an den Kopf. »Oh Mann, dann hätte der Typ einen schrägen Humor gehabt. Echt. Du weißt, dass Spiderman im normalen Leben Peter Parker heißt?«

»Heißt das jetzt, dass der Stick ihm gehört hat?«, wollte Kati wissen.

Bene zuckte mit den Schultern und klickte sich weiter durchs Menü. »Hier hat jemand gründlich dokumentiert, scheint mir. Aber was?«

Die folgenden Fotos gaben keinen Aufschluss.

»Vielleicht kann Rommerskirchen mit den Informationen mehr anfangen als wir«, vermutete Kati und hielt die Hand auf.

»Bin gespannt«, sagte Bene und ließ den USB-Stick auswerfen.

Kapitel 23

Tietke und Müller saßen bereits im Besprechungsraum, als Rommerskirchen hereinstürmte.

»Manchmal könnte ich die Küppers küssen.« Er grinste und hielt den Spiderman-Stick und die Wanderkarte hoch. »Aber wehe, einer von euch verrät ihr das.«

»Dann lass mal sehen, ob wir mit dem Material überhaupt weiterkommen.«

Müller hatte seinen Abteilungs-Laptop an den Beamer angeschlossen und die holländischen Kollegen per Videokonferenz eingeladen. Er steckte den Stick ein, klickte sich durch die Verzeichnisse und stöberte in den verschiedenen Ordnern nach verwertbaren Hinweisen.

»Also, ehrlich gesagt, ich hatte mir mehr versprochen«, knurrte er, nachdem sie endlich auf Fotos gestoßen waren. Die Kennzeichen überließen sie den Kollegen in Holland, die jedes Fahrzeug an der Grenze erfassten und diese Daten auch nutzen durften.

»Wenn wir noch was finden, was euch weiterhilft, melden wir uns«, verabschiedete sich Müller aus der Videokonferenz. »Den Rest schaffen wir hier auch alleine.« Er sah Rommerskirchen an.

Rommerskirchen wusste, dass Müller auf eine Bestätigung wartete, und nickte. Dabei hätte er gerade bei den Personenfotos gerne einen holländischen Kollegen an seiner Seite gehabt, der vielleicht doch den einen oder anderen Kopf identifizieren konnte.

Andererseits würden die Holländer eh Zugriff auf die Daten

bekommen. Und mit Müller hatte er schließlich ebenfalls einen Kenner der Szene im Team.

Vier Kannen Kaffee und zwei Großpackungen Kekse später hatten sie einen Großteil des Materials gesichtet und einiges davon ausgewertet, was für einen schnellen Zugriff gegen das Kartell sprach. Doch wie schnell sollte der erfolgen? War eine gründliche Vorbereitung nicht zielführender? Schließlich sollte die Aktion zeitgleich an mehreren Orten in Deutschland und Holland stattfinden.

Immer noch hatte Rommerskirchen Magenschmerzen bei der geplanten Operation. Er telefonierte mit der Staatsanwaltschaft, dem zuständigen Richter und bat Patrick in sein Büro, um mit ihm einige Fotos durchzusehen. Langsam fügten sich die Puzzlestücke zu einem Bild zusammen.

Er ließ Mirco auf der Wache antanzen und wunderte sich, dass er nicht alleine kam. Ein Mädchen mit wilder lila Mähne und weißen Haarspitzen nahm neben Mirco vor dem Schreibtisch des Kommissars Platz.

»Das ist Leonie, meine Schwester. Sie möchte Ihnen was erzählen«, eröffnete Mirco das Gespräch und stieß seine Schwester mit dem Ellbogen.

»Hallo Leonie.« Rommerskirchen reichte ihr die Hand. »Ich bin Philip Rommerskirchen, Hauptkommissar. Du möchtest mit mir sprechen?«

Leonies Blick huschte zu Mirco, streifte kurz Rommerskirchen und blieb auf ihren Händen haften, die mit dem Reißverschluss der Jacke beschäftigt waren. Sie nickte.

»Wie alt bist du, Leonie?«

»Zwölf«, antwortete sie mit fester Stimme. Rommerskirchen

hob die Augenbrauen. Er hätte sie mindestens auf fünfzehn geschätzt.

»Wenn du möchtest, können wir deine Eltern zu dem Gespräch dazurufen.«

Leonie riss die Augen auf und sprang hoch. »Nein! Bloß nicht.« Mirco griff nach ihrem Arm.

»Das war nur ein Angebot.« Rommerskirchen hob beschwichtigend die Hände. »Wenn du das nicht möchtest, ist das auch okay.«

»Gut.« Sie setzte sich wieder. »Also, ich habe Mirco am Sonntag vor einer Woche in der Tanzschule besucht«, kam sie sofort zum Punkt, »und ihm gesagt, ich hätte mich mit seinen Holländern getroffen. Ich habe gesagt, sie hätten mir Informationen für ihn gegeben. Aber das stimmte nicht.«

Rommerskirchen griff nach dem Notizblock, der auf seinem Schreibtisch lag.

»Es war Eric Parcer, der die Idee hatte«, fuhr Leoni fort. »Ich sollte Mirco sagen, wo die Bande ihr neues Lager aufschlagen will.«

»Warum?«

Leonie zog die Schultern hoch. »Ich weiß es nicht genau. Eric meinte, dass er sie dadurch auffliegen lassen könnte.«

»Hattest du keine Angst, dass deinem Bruder etwas passiert, wenn er dort auftaucht?«

Leonie schüttelte den Kopf. »Nein. Eric wusste ja, dass Mirco mein Bruder ist. Das hätte er nicht riskiert.«

Rommerskirchen war von Leonies lauteren Absichten überzeugt, aber er konnte sich keinen Reim auf die Aktion machen. Was hatte Eric Parcer damit bezwecken wollen? Hatte er gewusst, dass Manni dort gefangen gehalten worden war?

Oder war Eric Parcer ein Besessener, der skrupellos anderer Menschen Leben riskierte, um das Drogen-Kartell endlich ans Messer zu liefern? Und wenn das so war, was hatte ihn dazu getrieben?

»Danke, dass du mir das erzählt hast, Leonie.« Rommerskirchen legte den Stift zur Seite.

»Hilft das Mirco weiter?«, fragte sie und schaute den Kommissar an. Die Sorgen um ihren Bruder standen ihr deutlich ins Gesicht geschrieben.

Rommerskirchen warf Mirco einen Blick zu. Sie hatten einen Deal. Niemand sollte erfahren, dass er ins Gefängnis ging. Er würde sich daran halten.

»Ich hoffe es«, sagte er. »Aber das entscheiden andere.«

Sie waren schon auf dem Weg zur Tür, als Rommerskirchen fragte: »Woher kanntest du Eric Parcer eigentlich, Leonie?«

Sie schaute ihn lange an, dann drehte sie sich um und rannte hinaus.

»Müssen Sie nach Ihr sehen oder hätten Sie noch einen Augenblick Zeit?«, wandte sich der Kommissar an Mirco, der noch in der Tür stand und nicht wusste, was er sagen sollte. »Ich würde Ihnen gerne ein paar Fotos zeigen, die höchstwahrscheinlich von Eric Parcer gemacht wurden. Aber ich bin mir noch nicht sicher, warum.«

Mirco zögerte kurz und kam dann zurück an den Schreibtisch. »Ich habe Ihnen versprochen, dass ich Sie unterstütze, wenn ich kann.«

Rommerskirchen setzte sich neben ihn und rief die Fotos auf, die unter Kleindepots auf dem Spiderman-Stick gespeichert waren. Er zeigte ihm die Klingelschilder.

»Können Sie damit etwas anfangen?«

Mirco nickte. »Zwei Namen kenne ich. Dort sollte ich klingeln, um meine Lieferung entgegenzunehmen.«

Rommerskirchen notierte sich die beiden Namen. »Und der dritte?«

»Den kenne ich nicht. Tut mir leid.«

»Okay«, sagte Rommerskirchen und öffnete eine der Dateien mit den kryptischen Namen. »Wissen Sie, was er hier fotografiert hat?«

Wieder nickte Mirco. »Manchmal bekam ich eine Nachricht aufs Handy, dass ich mir meine Sendung im Wald abholen soll. Bei dem Hochsitz bin ich mir nicht sicher, ob es der ist, in dem ich eins meiner Pakete gefunden habe, aber der Streusalzbehälter steht in der Nähe des Waldparkplatzes für Wanderer. Wenn Sie wollen, zeige ich Ihnen, wo genau.«

»Danke. Vielleicht komme ich ein andermal darauf zurück. Noch eine Frage. Wie ist die Geldübergabe organisiert?«

»Man klingelt, gibt das Geld in einem verschlossenen Umschlag ab und bekommt sein Paket. Und die öffentlichen Plätze werden nur gegen Vorkasse beliefert. Da bekommt man per Handynachricht einen Ort mitgeteilt, an dem man den Umschlag deponieren soll. Wenn der Lieferant das Geld hat, wird die Ware geliefert und der Empfänger über den Abholort informiert.«

»Und das läuft reibungsfrei? Was ist, wenn ein Wanderer das Versteck zufällig entdeckt? Oder ein Geo-Cacher, die ja auch nachts unterwegs sein sollen?«

Mirco zuckte mit den Schultern. »Bisher hat's immer geklappt.«

»Danke. Das hat mich wieder einen Schritt weitergebracht. Für heute ist das alles. Sie können gehen.«

Mirco blieb auf dem Stuhl hocken. »Wissen Sie schon, wann ich in Haft muss?«

»Das ist Sache des Gerichts.«

Mirco stand auf, blieb aber stehen. »Würden Sie ein gutes Wort für mich einlegen, damit ich auf der Hochzeit von Sabine Kirschbaum und Stefan Bülinghofen noch Gitarre spielen kann? Die beiden haben sonst keinen Musiker.«

Rommerskirchen atmete tief durch. Er war sich immer noch nicht sicher, warum der Einsatz am alten Forsthaus aufgeflogen war. Noch wollte er nicht glauben, dass Mirco seine Finger im Spiel gehabt hatte. Aber ausschließen konnte er es ebensowenig.

»Wann ist denn die Hochzeit?«, fragte er, statt ein weiteres Versprechen zu geben.

»In zweieinhalb Wochen.«

»Bis dahin ist ja noch Zeit.«

Mirco ließ die Schultern hängen, nickte und verließ das Büro.

Am Nachmittag fuhr Rommerskirchen noch einmal zu Manni ins Krankenhaus. Vor der Tür zu Mannis Zimmer stand ein Kollege Wache und grüßte. Rommerskirchen winkte Manni zu sich auf den Flur.

»Gehen wir in die Cafeteria. Ich spendiere dir einen Kaffee.«

Als sie Platz genommen hatten, holte der Kommissar einen Stapel Fotos aus der Tasche und legte sie Manni vor. Sie zeigten einige Lieferwagen und jede Menge Personen, mal schärfer, mal weniger scharf zu erkennen, mal in einer Gruppe, mal alleine in Großaufnahme. Manni beugte sich über die Fotos, betrachtete die Fahrzeuge und schüttelte den Kopf.

»Ich hatte einen Sack über dem Kopf, aber am Motorgeräusch habe ich erkannt, dass es ein Ford Transit war. Ganz sicher. Und mein Kreuz hat mir das bestätigt.« Manni rollte die Schultern nach hinten und dehnte den Rücken.

Jedem anderen hätte Rommerskirchen bei dieser Aussage einen Vogel gezeigt. Doch auf Mannis Kenntnisse würde er sich jederzeit blind verlassen, wenn es sich um irgendetwas handelte, was Räder hatte.

»Zum Kennzeichen kann ich nichts sagen. Wie schon erwähnt: Ich hatte einen Sack über dem Kopf.« Manni widmete sich den Personen und legte ein Foto nach dem anderen zur Seite, ohne eine Gesichtsregung erkennen zu lassen.

Rommerskirchen verließ der Optimismus. Er sehnte sich nach einer Zigarette, aber wenigstens den Kampf gegen die Sucht nach Nikotin wollte er gewinnen. Also blieb er sitzen, kippte einen weiteren Löffel Zucker in seine Tasse und trank die zu süße braune Plörre.

Mit einem Mal veränderte sich Mannis Körperhaltung. Er griff nach einem Foto und betrachtete es mit zusammengekniffenen Augen. Dann legte er es vor sich ab, anstatt es auf den Haufen der anderen Fotos zu sortieren, und griff nach dem nächsten. Auch das studierte er lange und legte es vor sich hin.

Rommerskirchen wartete gespannt auf seine Erklärung. Endlich hatte er alle Fotos durchgesehen und reichte dem Kommissar die beiden aussortierten über den Tisch.

»Die zwei könnte ich gesehen haben. Der eine Typ könnte der sein, der mir die Finger gebrochen hat. Der andere hat die Fragen gestellt und dabei hinter einer Lampe gesessen, die mich geblendet hat. Seine Stimme würde ich sofort erkennen.«

»Danke, Manni. Das hilft uns schon ein Stück weiter.« Rommerskirchen stand auf und steckte die Fotos wieder ein.

»Wann kann ich endlich nach Hause?«

»Wenn das Schloss ausgetauscht und das Gästebett bezogen ist.«

»Gästebett?«

»Manni, ich will nicht, dass du mir noch einmal verloren gehst. Mein Bike steht nämlich noch bei dir in der Scheune und wartet darauf, dass du deine Finger bald wieder benutzen kannst.«

Manni schnaufte. »Das dauert Wochen, hat mir der Arzt gesagt. Du willst hoffentlich nicht so lange bei mir Babysitten.«

Rommerskirchen rief Tietke an, damit sie sich gegenseitig auf den neusten Stand brachten. Die Kollegen hatten also doch beschlossen, noch in dieser Nacht zuzuschlagen. Er fuhr nach Hause und haute sich aufs Sofa. Ein bisschen Dösen war vor dem Einsatz heute Abend sicher nicht verkehrt. Aber seine Gedanken ließen ihm keine Ruhe. Sie kreisten ununterbrochen um Eric Parcer und die Drogenbande. Irgendetwas hatte er übersehen oder überhört. Die Unruhe wuchs. Er stand auf und ging in die Küche. Als er gerade den Wasserkocher anstellte, klingelte es.

Mirco stand vor der Haustür und bat darum, einen Augenblick allein mit ihm reden zu dürfen. Rommerskirchen drückte den Türsummer.

»Auch einen Kaffee?«, fragte er, als Mirco eintrat.

»Nein, danke. Ich will Sie nicht lange aufhalten.«

Sie setzten sich an den Küchentisch.

»Wenn es um die Hochzeit geht …«

Mirco schüttelte den Kopf. »Nein. Ich will nur sichergehen, dass in Ihrem Büro nicht jemand mithört, der es nicht hören soll. Es geht um die Aktion letzten Samstag am alten Forsthaus. Fanden Sie nicht auch, dass es lange gedauert hat, bis der Befehl kam, reinzugehen?«

Rommerskirchen schoss das Adrenalin durch die Adern. Von jetzt auf gleich war er voll konzentriert.

Mirco sah ihn an und fuhr dann fort: »Ich hatte den Verdacht, dass den Drogenhändlern jemand die Flucht ermöglicht hat.«

Der Kommissar nippte an seiner Tasse und dachte nach. Es hatte einige Ungereimtheiten gegeben.

»Ich habe ja im Auto gesessen, wie Sie angeordnet haben«, sagte Mirco. »Deshalb konnte ich sehen, wie der Lieferwagen vom Hof in den Wald gefahren ist, während Sie und Ihre Kollegen damit beschäftigt waren, das Haus und die Scheune unter die Lupe zu nehmen. Die Scheune war sicher leer, oder irre ich mich?«

»Warum haben Sie nicht Alarm geschlagen?«

»Ich hatte Anweisung, im Auto zu bleiben, egal was passiert.«

»Dann hätten Sie mich anrufen können.«

»Sie haben mein Handy einkassiert, vorsichtshalber. Schon vergessen? Damit ich die Halunken nicht warnen kann, falls ich doch mit ihnen unter einer Decke stecke.«

Rommerskirchen fuhr sich mit den Händen übers Gesicht.

»Sie hätten hupen können.«

Er wusste selbst, wie absurd sein Vorwurf klang.

»Und jetzt?« Er sah Mirco fragend an. »Warum erzählen Sie mir das jetzt?«

»Weil ich weiß, dass der nächste Einsatz kommen wird. Nehmen Sie mich mit. Ich kann Ihnen nützlich sein. Vielleicht sehe ich etwas, was Sie nicht sehen sollen.«

Rommerskirchen schüttelte den Kopf. »Ich kann Sie nicht einfach mitnehmen. Wie stellen Sie sich das vor?«

Mirco presste die Lippen zusammen und schwieg.

»Wenn ich Sie mitnehme, bin ich für Ihre Sicherheit verantwortlich. Und die kann ich nicht garantieren, wenn ich im Einsatz bin.«

Mirco nickte langsam und bedächtig.

»Wahrscheinlich haben Sie recht.« Er stand auf.

»War eine blöde Idee von mir, Sie darum zu bitten.«

Er streckte dem Kommissar die Hand entgegen. »Viel Erfolg.«

»Erfolg?« Rommerskirchen schüttelte Mirco die Hand. »Sie wünschen mir kein Glück?«

Mirco grinste schief. »Passen Sie gut auf sich auf.«

Als die Wohnungstür hinter ihm ins Schloss fiel, ließ sich Rommerskirchen auf den Küchenstuhl plumpsen und stützte den Kopf in die Hände. Das Gespräch hatte nicht gerade zu seiner Beruhigung beigetragen.

Erneut klingelte es. Hatte Mirco etwas vergessen? Rommerskirchen ging zur Tür und öffnete.

»Frau Küppers! Das ist ja eine Überraschung. Wollen Sie reinkommen?«

»Ich will Sie nicht stören. Sie haben bestimmt genug zu tun. Aber ich war eben in der Kirche und habe eine Kerze für Sie angemacht. Na ja, was soll ich sagen? Als ich gerade dabei war, die vierzehn Nothelfer einzeln um Ihren Schutz und gutes Gelingen für Ihre Arbeit zu bitten, ergriff mich eine unglaubliche innere Unruhe. Sie ging auch nicht nach zehn *Ave Maria* und drei *Vater unser* weg. Ich werde einfach das Gefühl nicht los, dass Sie in Gefahr sind. Also habe ich mich sofort auf den Weg gemacht, um Sie zu warnen. Ich weiß nicht, wovor. Ich weiß auch nicht, was Sie planen. Aber passen Sie auf sich auf. Bitte.«

Rommerskirchen fiel die Kinnlade runter. »Haben Sie sich mit Mirco verschworen?«

»Mit Mirco? Nein, wieso? Hat er endlich mit Ihnen gesprochen? Das ist gut.«

»Sie müssen sich doch im Flur begegnet sein. Er war gerade eben hier, um mich zu warnen. Genau wie Sie. Und ich soll glauben, Sie haben sich nicht abgesprochen? Bisschen viel Zufall, Frau Küppers, finden Sie nicht auch?«

»Der Zufall ist das Pseudonym, das der liebe Gott wählt, wenn er inkognito bleiben will. Ist nicht von mir. Ist von Albert Schweitzer«, konterte Kati. »Glauben Sie, was Sie wollen. Aber wenn Sie von mehreren Seiten Warnungen bekommen, würde ich mir an Ihrer Stelle erst recht Gedanken machen.«

Gedanken machte er sich bereits mehr als genug, fand Rommerskirchen und atmete tief durch. Aber was half das schon?

»Wenn Sie diese Nacht nicht schlafen können, machen Sie dann noch eine Kerze für mich an?«, bat er die Küsterin. »Sie haben ja einen guten Draht nach oben und göttlicher Beistand wäre für unsere Operation bestimmt nicht das Schlechteste.«

Sie nickte und winkte ihn näher zu sich heran. Rommerskirchen beugte sich vor. Er rechnete damit, dass sie ihm etwas ins Ohr flüsterte. Stattdessen legte Kati Küppers die Hand auf seinen Kopf und zeichnete ihm mit dem Daumen ein Kreuz auf die Stirn.

»Der Herr segne und behüte dich«, murmelte sie. Dann drehte sie sich um und stieg, ohne ein weiteres Wort zu verlieren, die Treppe hinunter. Rommerskirchen schaute ihr verdattert hinterher.

Er konnte sich nicht erinnern, wie lange er so in der Tür gestanden hatte. Sein Kaffee war längst kalt. Er kippte ihn in den Ausguss, schickte Rike eine Nachricht aufs Handy, dass sie nicht auf ihn warten solle, und machte sich auf den Weg ins Büro. Lieber wollte er den Einsatzplan noch einmal mit irgendwem durchsprechen, als zu Hause hocken und sich verrückt machen.

Bis zum Einsatz hatten sie liegengebliebenen Papierkram erledigt, Kaffee getrunken, Pizza bestellt und Witze gerissen. Dann waren sie losgefahren.

Jetzt warteten sie auf das Startsignal. Rommerskirchen hasste das Warten vor dem Zugriff. Neben ihm tippte Tietke mal wieder auf dem Tablet herum. Die Angst, den richtigen Zeitpunkt zu verpassen, war seit dem letzten Einsatz nicht geringer geworden.

Zwei Scheinwerfer fraßen sich durch das Dunkel der vom Wald gesäumten Landstraße. Rommerskirchen und Tietke sprangen aus dem Auto und winkten den Wagen an den Straßenrand. Ein weißer Transporter mit holländischem Kennzeichen hielt neben ihnen.

»Guten Abend. Fahrzeugkontrolle. Ihre Papiere bitte«, sagte Rommerskirchen und schaute neugierig in die Fahrerkabine.

Auf dem Beifahrersitz fläzte sich ein Glatzkopf mit Hoodie und Militaryhose und versuchte, unauffällig seine Tasche unter den Sitz zu schieben. Auf dem Fahrersitz saß ein braungebrannter junger Mann mit südländischen Zügen, weißem Hemd und Jeans und reichte ihm die gewünschten Papiere.

Rommerskirchen erkannte sie sofort.

»Guten Abend, Herr Kommissar. Heute ausnahmsweise mal auf Streife? Oder haben Sie was ausgefressen?« Nicht nur Rommerskirchen schien über ein gutes Gedächtnis zu verfügen.

Der Glatzkopf rammte dem Fahrer den Ellbogen in die Seite. »Hamal! Bisschen mehr Respekt.«

Rommerskirchen überging die Bemerkung. »Sie sind nicht angeschnallt«, wandte er sich an den Glatzkopf. »Und würden Sie mir bitte einen Blick in Ihre Tasche gestatten?« Er lächelte freundlich. »Die Tasche, die Sie gerade unter den Sitz schieben wollen.«

Der Glatzkopf grinste verlegen, angelte nach der Einkaufstasche und reichte sie Tietke, der neben der Beifahrertür aufgetaucht war, durch das heruntergelassene Fenster heraus.

»Das ist nur für den Eigenbedarf, Herr Kommissar, ich schwöre.«

Rommerskirchen überprüfte unterdessen die Fahrzeugpapiere und den Führerschein. Der Name des Fahrers lautete Hamal Haddad Mahmoudi.

Tietke kam zu Rommerskirchen herüber und reichte ihm den schwarzen Beutel. Vier Tütchen Cannabis und ein Päckchen Space Cookies. Nicht die Menge, die sie erwartet hatten. Dennoch mussten sie die Personalien aufnehmen. Tietke ließ sich den Ausweis zeigen.

»Ich würde gerne einen Blick in den Kofferraum werfen, Herr Mahmoudi«, sagte Rommerskirchen.

Der Fahrer stieg aus und ging mit dem Kommissar um den

Wagen herum. Selbst im Dunkeln glänzten seine cognacfarbenen Oxford-Schuhe. Er öffnete den Kofferraum. Für einen Augenblick verschlug es Rommerskirchen die Sprache. Der Innenraum war mit rotem Samt ausgekleidet, an den Seitenwänden hingen mit Quasten und Perlen verzierte Lampions und auf dem Boden lagen orange, pinke und lilafarbene Kissen um ein niedriges Tischchen. In einer großen Kiste lagerten in Zellophantüten abgepackte Nüsse, getrocknete Früchte, Gewürze und Teeblätter - das versprachen zumindest die offiziellen Etiketten - dazwischen Teegläser, ein Wasserkocher und eine Schischa.

»Ist das auch Eigenbedarf oder handeln Sie damit?«, fragte Rommerskirchen und deutete auf die Kiste.

»Ich habe eine große Familie, Herr Kommissar«, erklärte Mahmoudi.

Der Kommissar winkte Tietke zu sich. »Mach mal ein Foto und nimm Proben.«

Dann wandte er sich erneut an den jungen Mann. »Wollten Sie einen Mitternachtstee im Wald trinken, Herr Mahmoudi? Oder was veranlasst Sie, um die Uhrzeit hier langzufahren?«

»Wir sind auf dem Heimweg. Also nicht zu mir. Sondern zu Bernd auf den Parkplatz am Düsseldorfer Flughafen. Ist ein bisschen später geworden als geplant.«

»Und dann fahren Sie im Stockdunklen über die Landstraße, weil die Aussicht so schön ist, oder wie? Über die Autobahn wären sie doch viel schneller am Flughafen.«

»Wir haben Manni besucht und uns verquatscht.«

»Mit Manni? Wo?«

»Ach, wissen Sie nicht, dass er im Krankenhaus liegt? Und dass er entführt worden ist?«

»Doch, das weiß ich. Ich habe heute Nachmittag mit ihm gesprochen.«

»Na dann. Schreckliche Sache. Wer tut so was, Herr Kommissar?«

»Das versuchen wir gerade herauszufinden. Vielleicht sind es die gleichen Leute, die behaupten, nachts um halb eins von einem Krankenbesuch zu kommen.«

»Herr Kommissar!« Mahmoudi riss die Augen auf und schüttelte energisch den Kopf. »Das habe ich nie gesagt.«

Mahmoudi belud Tietke mit den Tüten, die er haben wollte, und legte eine Tüte mit Nüssen obenauf. »Nervennahrung.«

Dann wandte er sich wieder an Rommerskirchen. »Wir waren nach dem Besuch im Krankenhaus noch essen.«

»Und da haben Sie sich dann wohl auch verquatscht, was?«

»Woher wissen Sie das?« Mahmoudi schloss den Kofferraum und ging mit dem Kommissar zur Fahrertür.

Rommerskirchen machte eine wegwerfende Handbewegung.

»Wenn Sie so kommunikativ sind, haben Sie dann eventuell auch mit den Entführern gequatscht. Mit dem Gequatsche könnten Sie uns ausnahmsweise weiterhelfen.«

Der junge Mann ließ die Schultern hängen und kletterte auf den Fahrersitz.

»Wenn wir das könnten, wären wir längst zu Ihnen gekommen. Wir fahren zwar viel durch die Gegend und schauen uns auf alten Höfen um. So wie Manni.«

»Sie sind also auch auf der Suche nach Oldtimern und Raritäten wie er?«, bezweifelte Rommerskirchen die Aussage von Mahmoudi.

»Nein. Ich bin auf der Suche nach einem alten Bauernhof

mit viel Land drumherum. Und wenn ich den richtigen gefunden habe, wollen wir ihn umbauen zu einem Freizeitpark. Mein alter Herr, Allah sei ihm gnädig, hat immer von einem Park geschwärmt, in dem er als Kind gewesen ist. Mit den wunderbarsten Gebäuden der ganzen Welt in Miniaturformat. Er hätte ihn mir so gerne gezeigt, aber den Park gibt es nicht mehr.« Mahmoudi starrte vor sich hin und Rommerskirchen konnte den Schmerz in seinem Blick sehen. »Genauso wenig wie die wunderbaren Häuser in der Heimatstadt meines Vaters.«

»Ich kenn den Park noch«, bekräftigte der Beifahrer die Aussage seines Kumpels. »Minidomm. Lag direkt vor meiner Haustür. Bei Ratingen.«

»Aber die Dreckskerle, die Manni erwischt haben, sind uns auf unserer Suche nicht begegnet«, kam Mahmoudi auf Rommerskirchens Frage zurück.

»Vielleicht besser so«, lachte der Glatzkopf. »Wenn Hamal gereizt wird, kann aus dem Lämmchen schon mal ein wütender Bock werden.«

»Machen Sie, dass Sie nach Hause kommen. Und fahren Sie vorsichtig. Auf Landstraßen passieren die meisten Unfälle. Das wissen Sie doch.« Rommerskirchen gab der Fahrertür einen Schubs und ging zurück zu seinem Auto. Kurz darauf war der Transporter verschwunden.

»Einer weniger auf unserer Liste«, sagte Tietke kauend und reichte Rommerskirchen die Tüte mit Nüssen. Der Kommissar steckte gerade eine Hand voll Mandeln in den Mund, als das Zeichen zum Einsatz kam.

Dieses Mal hatte ihr Team sich so um das Gebäude positioniert, dass es keinen Fluchtweg geben konnte. Rommerskirchen und Tietke waren für die Front zuständig. Sie schlichen im Schutz der Dunkelheit auf das alte Haus zu, das die Bezeichnung kaum noch verdiente. Rommerskirchen fand es erschreckend, wie schnell etwas verfallen konnte, wofür Menschen ihr Leben lang hart geschuftet hatten.

Sie duckten sich hinter eine Reihe von Sträuchern. Vom Haus aus waren sie hier nicht zu sehen. Das mannshohe Tor, das vorhin Einfahrt und Einblick in den Hof verwehrt hatte, stand jetzt offen.

Im diffusen Licht der Laterne über dem Eingang zum Haus erkannte Rommerskirchen zwei Männer. Der Jüngere hatte die Kapuze seines Pullis übergezogen, obwohl es dafür eigentlich zu warm war. Der Ältere trug die Lederjacke über einem grauen Shirt offen. Sie entluden gerade einen Ford Transit. Im Gegensatz zum Transporter von Mahmoudi war dieser nicht zum Wohnzimmer umgestaltet worden, sondern bis obenhin mit Kartons gefüllt. Alle Kartons trugen das auffällige Klebeband eines Softwareherstellers, das Rommerskirchen trotz der Dunkelheit gut erkennen konnte. Solche Pakete hatte er auch auf den Parcer-Fotos gesehen. Rommerskirchen lächelte. Sie schienen auf der richtigen Spur zu sein.

Von der anderen Seite gesellte sich Müller zu ihnen. Wieso er alleine kam, wusste Rommerskirchen nicht. Vielleicht pirschte sich sein Partner von der anderen Seite näher ans Haus. Die Verdächtigen waren mit einem Karton im Haus verschwunden.

Die Polizeibeamten holten ihre Walther P99 aus dem Halfter und stießen auf ein Zeichen von Müller zur Hofeinfahrt vor. Müller postierte sich links, Rommerskirchen und Tietke rechts des Tores. Sie warteten einige Minuten, bis sich auf dem Hof etwas regte.

Endlich hatten die beiden Männer das Haus wieder verlassen, gingen zum Transporter herüber und griffen zum nächsten Paket. Dabei drehten sie ihnen den Rücken zu.

Mit gezückter Waffe sprang Müller in die Einfahrt.

»Keine Bewegung! Polizei!«, brüllte er.

Die beiden Männer ließen die Kiste fallen, rissen die Hände nach oben und drehten sich langsam zu ihnen um. Der Typ mit der Lederjacke stand links vom Transporter, der andere direkt davor.

Rommerskirchen steckte seine Pistole weg und machte sich mit Tietke auf den Weg, um die mutmaßlichen Täter zu filzen. Er war noch gut zwei, drei Meter entfernt, als ein Schuss die Nacht zerriss.

Der Kommissar zuckte zusammen. Vor ihm sackte der Typ mit der Lederjacke zu Boden. Hatte Müller geschossen? Rommerskirchen schaute sich irritiert um. Aus den Augenwinkeln sah er die Bewegung. Ein dunkler Schatten. Ein Kapuzenshirt. Ein zweiter Schuss fiel und riss den Flüchtenden von den Beinen.

»Nico!«, brüllte Rommerskirchen, als er sich von dem Schreck erholt hatte. »Bist du wahnsinnig?«

Er stürmte zu dem Mann mit der Lederjacke und fühlte nach der Halsschlagader. Das graue Shirt hatte sich über der Brust schwarz gefärbt. Müllers Schuss war meisterlich gewesen. Er hatte das Herz getroffen. Der Typ würde keinen Karton mehr entladen.

Auf der anderen Seite tauchte Tietke hinter dem Lieferwagen auf und schüttelte nur stumm den Kopf.

»Er wollte fliehen«, rechtfertigte sich Müller und kam zu ihnen herübergeschlendert.

Rommerskirchen bebte. Der Mann hatte definitiv keine Anstalten gemacht, die Flucht zu ergreifen.

Mit dem Fuß stieß Müller in aller Seelenruhe den Mann mit der Lederjacke an. Ein Schwall Blut färbte den Hof.

Rommerskirchen sprang auf. »Du hast ihn von vorne erwischt.« Er forschte in Müllers Gesichtszügen, doch im diffusen Licht der Hoflaterne konnte er keine Regung erkennen. »Der wollte nicht flüchten.«

»Ich dachte, der zückt 'ne Waffe«, ereiferte sich Müller.

»Mit erhobenen Händen, ja?« Jetzt wurde Rommerskirchen laut. »Und Tietke und mich hättest du als Kollateralschaden hingenommen, oder was?«

Müller zuckte die Schultern.

Rommerskirchen stürzte sich auf den Kollegen und stieß ihm vor die Brust. »Arschloch!«

Müller trat einen Schritt zurück, hob seine Waffe und richtete sie gegen Rommerskirchen.

»Schon möglich, dass ich ein Arschloch bin.« Er winkte ihn zu Tietke hinüber. So hatte er sie beide im Blick.

»Was soll der Scheiß, Nico? Damit kommst du doch nicht durch.«

Rommerskirchen versuchte fieberhaft, näher an Müller heranzukommen. Auf kurze Distanz war ein gezielter Tritt effektiver als eine Schusswaffe. Dass Müller ein hervorragender Schütze war, hatte er gerade bewiesen, und gegen einen Kopfschuss halfen die Schutzwesten, die sie trugen, reichlich wenig.

»Ich muss damit nicht durchkommen. Weit genug weg reicht mir schon.« Mit einem Kopfnicken deutete er auf den

Mann mit der Lederjacke, den er erschossen hatte. »Der hat übrigens Eric Parcer auf dem Gewissen.«

»Warum soll ich dir das glauben?«, fragte Rommerskirchen. Er wollte jetzt keine Antworten auf irgendwelche Fälle. Er wollte Zeit gewinnen. Müller zog sich Schritt für Schritt zur Toreinfahrt zurück. Er wollte nur …

»Halt die Hände über dem Kopf, Rommerskirchen. Ja, genau so.«

Müller war jetzt außer Reichweite. Ihn auf diese Distanz überrumpeln zu wollen wäre glatter Selbstmord.

»Er hat seinen Job vermasselt und ich hatte den Auftrag, den Kerl aus dem Weg zu räumen. Mehr Arschloch will ich ja gar nicht sein«, erklärte Müller.

Müller würde nicht fackeln. Da war sich Rommerskirchen sicher. Er hörte den schnellen Atem seines Partners neben sich. Inzwischen hatte Müller das Tor erreicht.

Kapitel 24

Kati stieg die Treppen zu ihrer Wohnung hinunter und überlegte, was sie tun konnte. Mirco hatte den Kommissar also auch schon gewarnt. Doch so wie sie Rommerskirchen kannte, würde er ihre Warnungen in den Wind schlagen. Als sie die Wohnungstür hinter sich geschlossen hatte, griff sie zum Telefon und rief Mirco an. Er war ebenfalls der Meinung, dass sie etwas unternehmen mussten.

»Ich fürchte, einer von der Polizei spielt ein doppeltes Spiel«, sagte Mirco. »Deshalb hatte ich Kommissar Rommerskirchen gebeten, beim nächsten Einsatz dabeisein zu dürfen, einfach nur, um Augen und Ohren offen zu halten. Aber das geht natürlich nicht.«

»Warum nicht?«, fragte Kati und hatte bereits eine Idee.

»Weil es Vorschriften gibt, an die sich der Kommissar halten muss«, erwiderte Mirco.

»Das ist mir schon klar«, sagte Kati. »Aber einfach Augen und Ohren offen halten können wir schon.«

»Tja, dazu müssten wir nur wissen, wann der nächste Einsatz stattfindet und wo.« Mircos Einwurf war berechtigt.

Kati lächelte. »Wann er ist, weiß ich. Kommissar Rommerskirchen hat mich nämlich vorhin gebeten, eine Kerze für ihn anzuzünden, wenn ich diese Nacht nicht schlafen kann. Wir müssen nur noch rauskriegen, wo der Kommissar die Nacht verbringen will.«

Als Kati den Hörer auflegte, hatten sie einen Plan geschmiedet. Wenn Mirco gleich eintraf, würden sie sich auf die Lauer legen. Sie atmete tief durch. Endlich war die innere Unruhe einer gespannten Vorfreude gewichen. Sie rieb sich die Hände. Dann entdeckte sie Jo hinter sich.

Er stand mit verschränkten Armen vor der Tür und sah sie ernst an.

»Seit wann stehst du da?«, fragte sie leise.

»Lang genug«, antwortete er schmallippig.

Kati ließ den Kopf hängen. »Und was jetzt?«

»Gute Frage. Wahrscheinlich gefällt dir meine Antwort nicht.«

Kati sah zu Jo hoch. Mit Händen und Füßen, Herz und Leidenschaft erzählte sie ihm von ihrer Unruhe in der Kirche, von dem Gespräch mit Rommerskirchen und von dem Telefonat mit Mirco.

»Wir können doch nicht einfach die Hände in den Schoß legen und zusehen, wie wir einen weiteren Nachbarn verlieren, Jo. Das verstehst du doch, oder?«

Zu ihrem Erstaunen lächelte Jo und nickte. »Ich bin ganz deiner Meinung.«

Kati forschte in seinem Gesicht. Nichts alarmierte sie mehr, als wenn Jo ihr den Wind aus den Segeln nahm, indem er ihr zustimmte.

»Dann kann ich mich also mit Mirco auf die Lauer legen?«

Jo lachte laut auf und schüttelte dann den Kopf. »Nein. Ich lasse euch ganz bestimmt nicht alleine hinter dem Kommissar herspionieren.«

Kati holte tief Luft, um ihrem Mann noch einmal die Dringlichkeit der Situation klarzumachen, doch er kam ihr zuvor.

»Ich komme mit«, sagte er und griff nach seiner Jacke.

Mittlerweile saßen sie also zu dritt im Corsa der Küppers und warteten darauf, dass Kommissar Rommerskirchen das Haus verließ.

»Ich überlege die ganze Zeit, wer uns weitere Informationen liefern kann, ohne bei der Polizei zu sein. Da fällt mir nur Natalie ein. Sollen wir sie nicht mal anrufen?«, warf Kati jetzt in die Runde. »Sie kennt die Truppe um Rommerskirchen am besten. Vielleicht hat sie etwas bemerkt. Vielleicht hat sie sogar eine Ahnung.«

Als niemand widersprach, griff Kati zum Handy und wählte Natalies Nummer.

»Störe ich dich?«, fragte sie.

»Ich schrubbe gerade das Gartenhaus und bin froh für jede Unterbrechung. Teppich und Sofa sind schon auf dem Sperrmüll gelandet. Dass da nichts mehr zu retten ist, war mir klar. Aber das Parkett macht mich fertig. Du weißt nicht zufällig, wie ich Blut von Holz entferne?«

»Du schrubbst selber?« Kati war fassungslos. »Was ist mit dem Tatortreiniger?«

Sie hörte Natalie zynisch lachen. »Den gibt es nur im Fernsehen, meine Liebe. Vielleicht macht irgendwer sauber, wenn der Tatort öffentlich ist. Aber die Sauerei hier darf ich alleine wegmachen. Mama ist fast durchgedreht. Ich hab sie mit Papi ins Oberbergische geschickt. Sie erholen sich hoffentlich im Wellnessparadies. Sonst hätte ich hier noch mehr Leichen. Aber du wolltest bestimmt nicht mit mir übers Putzen sprechen. Was gibt's denn?«

Kati setzte Natalie so knapp wie möglich ins Bild und fragte dann frei heraus: »Kannst du dir vorstellen, dass unter den Kollegen einer ein doppeltes Spiel spielt?«

Am anderen Ende der Leitung blieb es lange still. Dann

glaubte Kati zu hören, wie Natalie den Wischlappen in den Putzeimer fallen ließ.

»Egal was ihr tut, tut nichts ohne mich. Ihr steht noch bei euch vor dem Haus? Wartet. Ich bin in zehn Minuten da.«

»Wenn der Kommissar das Haus verlässt, fahren wir ihm hinterher, Natalie«, entgegnete Kati. »Ob du hier bist oder nicht.«

»Sie will auch mit?«, war Mirco von der Rückbank zu vernehmen. »Wenn das so weitergeht, können wir gleich einen Bus mieten.«

Kati hing noch dem Gedanken nach, ob es richtig war, Natalie mit ins Boot zu holen, und wie sie sie jetzt noch davon abbringen konnte, sie zu begleiten, als Jo sagte: »Da kommt er. Es geht los.«

Kati hielt den Atem an und beobachtete, wie Kommissar Rommerskirchen in seinen dunkelblauen Audi stieg und davonfuhr.

»Du musst dranbleiben«, raunte sie Jo zu.

»Ich kann ihm doch nicht direkt an der Stoßstange kleben«, flüsterte er zurück und folgte ihm mit einem großzügigen Abstand, der sie nervös machte.

Sie fuhren über die Dörfer, ein Stück Autobahn und landeten schließlich vor der Polizeibehörde, in der sich Rommerskirchens Büro befand.

»Da drüben auf der anderen Straßenseite wird gerade ein Parkplatz frei«, sagte Kati und deutete auf die Lücke am Straßenrand. Jo wendete den Wagen.

»Ihr müsst den Kommissar im Auge behalten«, sagte er und setzte den Corsa in die Parkbucht. »Kann man von hier überhaupt was sehen?«

»Die paar Sträucher, die zwischen uns und dem Polizeigebäude stehen, geben uns mehr Deckung, als dass sie uns die Sicht nehmen«, meinte Mirco.

»Bessere Sicht wäre unanständig«, sagte Kati. Sie holte ihr Handy aus der Tasche. »Oh, Natalie hat versucht, mich zu erreichen.« Sie wählte ihre Nummer. »Jetzt erreiche ich sie nicht.«

Eine Viertelstunde später beobachteten sie, wie Natalie ihr Auto auf den Parkplatz der Polizeibehörde lenkte, es neben dem Audi des Kommissars abstellte und das Polizeigebäude betrat.

»Na toll«, meckerte Kati. »Gleich fliegen wir auf.«

Die Anspannung der drei stieg, doch nichts passierte.

Nach einer halben Ewigkeit sahen sie, wie Natalie das Gebäude verließ, sich ins Auto setzte und davonfuhr, ohne sie bemerkt zu haben.

Erneut versuchte Kati, sie telefonisch zu erreichen.

»Sie geht nicht ran.«

»Vielleicht sollten wir die ganze Aktion abbrechen«, sagte Jo. »Wer weiß, was Natalie denen erzählt hat.«

»Erst mal abwarten.« So schnell ließ sich Kati nicht von ihrer Mission abbringen. »Bisher stehen wir hier nur und warten.«

»Worauf warten wir denn?«

Kati sah ihren Mann verwirrt an. »Auf den Kommissar natürlich.«

»Schon klar«, erwiderte Jo. »Aber wenn er zu uns herüberkommt und fragt, was wir hier machen, dann sollten wir ihm eine andere Antwort geben, meinst du nicht?«

Im selben Moment fuhr der Wagen eines Pizza-Lieferservices auf den Hof der Polizeibehörde.

»Abendessen«, hörte sie Mirco von der Rückbank sagen.

»Genau«, sagte Kati. »Wenn Rommerskirchen fragt, was wir hier machen, dann ...«

Weiter kam sie nicht. Die Tür hinter ihr wurde aufgerissen, jemand ließ sich auf den Rücksitz fallen. Kati verrenkte sich den Hals und wurde hinter zwei riesigen Pizzakartons und einer großen Tasche Natalie gewahr.

»Hast du uns erschreckt«, motzte Kati.

Natalie schüttelte den Kopf. »Da denkt man mal mit und will nicht nur den Informationshunger stillen, und schon wird man angemoppert.«

Kati griff nach dem Pizzakarton, den Natalie ihr nach vorne reichte. »Salami oder Margherita?«, fragte sie.

»Ein ›Danke, liebe Natalie, ich esse beides gern‹ würde ich auch akzeptieren.« Natalie griff in die Tasche und zog eine Flasche heraus. »Cola?«, fragte sie Mirco.

Er grinste. »Sehr gerne«, sagte er, nahm die Flasche entgegen und schnappte sich ein Stück Pizza mit Salami. »Vielen Dank.«

Natalie zog zwei weitere Flaschen aus der Tasche und reichte sie Jo. »Wird ’ne lange Nacht.«

Kati schielte an der Kopfstütze vorbei. »Hast du etwas in Erfahrung bringen können?«

»Erst essen. Mit vollem Mund spricht man nicht«, erwiderte Natalie mit vollem Mund.

»Ich kann nichts essen, wenn ich aufgeregt bin.«

Kati drehte die Cola-Flasche ein Stück auf. Es zischte.

»Das ist schlecht«, meinte Natalie. »Die da drinnen futtern nämlich auch gerade, damit sie durchhalten.«

Kati trank ein paar Schlucke und wippte mit dem Fuß. Natalies Hunger schien noch lange nicht gestillt. Dabei wollte sie doch nur wissen, wann der Einsatz stattfinden sollte und wo. Sie nahm sich eine Ecke Margherita und biss ein großes Stück ab, um nicht alle Fragen, die ihr durch den Kopf gingen, auf einmal zu stellen.

Als sie eine Weile still vor sich hin gekaut hatte, begann Natalie zu erzählen.

»Roki und Tiki waren dabei, den Einsatz durchzusprechen, als ich vorhin bei ihnen ins Büro geplatzt bin.«

»Roki und Tiki?« Kati verschluckte sich an ihrer Pizza.

»Rommerskirchen und Tietke ist mir auf Dauer zu lang«, erklärte Natalie und verzog das Gesicht. »Sie hatten eine Wanderkarte von Niederbroich auf dem Tisch liegen. Aber auf der Karte waren so viele Kringel und Kreuze, dass ich auf die Schnelle nicht herausfinden konnte, wonach sie gesucht haben.«

»Die Karte kenne ich«, warf Kati ein. »Ich habe sie bei Manni gefunden und Rommerskirchen gegeben. Wahrscheinlich ist sie von Eric Parcer.«

»Von Eric?« Natalie hatte aufgehört zu kauen. Kati sah den Schmerz in ihrem Blick. »Bekloppter Kerl. Warum hat er mir nichts gesagt? Dann wäre er jetzt vielleicht noch am Leben.«

»Du kennst ihn?«, fragte Kati erstaunt.

»Klar«, antwortete Natalie. »Wir haben zusammen studiert. In Rotterdam. Eric Parcer, Pim van Vlanderen und ich. Wir waren eine super WG.«

»Ihr habt zusammen gewohnt?« Kati musste die Neuigkeiten erst einmal verarbeiten.

Natalie nickte. »Bei uns war immer was los. Pim und Eric haben damals schon mit Cannabis experimentiert – rein wissenschaftlich natürlich, an der Uni. Okay, auch im Selbstversuch. Mein Gott, Studenten halt.«

»Hm«, knurrte Kati. Sie wusste nicht, was sie von Natalies WG halten sollte.

»Eric war der Schwarm aller Mädchen. Sobald eine erfuhr, dass ich mit ihm Tür an Tür wohnte, bekam ich die verrücktesten Angebote. Von Zimmertausch für eine Nacht bis hin zur Morddrohung, wenn ich seine Telefonnummer nicht rausrücke, war alles dabei.« Sie lachte. »Ich hab mir die Namen der Mädels nicht gemerkt, die morgens halbnackt aus dem Bad kamen, durch unsere Küche huschten und hinter Erics Tür verschwanden.«

Natalie trank einen Schluck Cola. »Eines Tages kam Antje. Und das Huschen hatte ein Ende. Kurz darauf ist Eric ausgezogen. Seitdem haben wir uns nicht mehr gesehen. Pim hat hin und wieder erzählt, was er so treibt.«

»Pim van Vlanderen sind wir in Gescher begegnet«, erzählte Kati.

»Ach, wie klein die Welt doch ist«, sagte Natalie. »Ich habe Pim vor zwei Jahren an Rike verwiesen. Er war gerade auf der Suche nach einem Ort, an dem er seine wissenschaftlichen Studien weiterführen konnte. Und Rike hatte gerade in der Nähe von Gescher den Hof ihres Onkels geerbt. Ein wahrer Glücksfall für alle.«

»Tja, ich fürchte, von den Studien ist nicht mehr viel übrig«, erklärte Kati. »Das Gewächshaus ist in Flammen aufgegangen.«

»Oh nein. Was für ein Mist!«

Eine Zeitlang kaute Kati still vor sich hin und ließ ihre Gedanken schweifen.

»Dann ist Pim van Vlanderen also kein Drogendealer, wie ich befürchtet hatte.«

»Pim?« Natalie lachte. »Er forscht über die medizinische Wirkung von Cannabis in Feldstudien und versucht so, den Drogenhändlern das Wasser abzugraben.«

Kati schüttelte den Kopf. »Und Eric Parcer habe ich für den Brandstifter gehalten.«

»Wie bist du denn darauf gekommen?«

»Wir haben die Feuerwehr alarmiert, als Pim van Vlanderen aus dem brennenden Treibhaus kam. Er hat mir sein Handy in die Hand gedrückt. Dann hat er mir den Namen Eric Parcer ins Ohr geflüstert und ist ohnmächtig geworden.«

»Vielleicht wollte er, dass du Eric anrufst«, vermutete Natalie.

»Ja, vielleicht.« Kati zuckte mit den Schultern. »Aber da wusste ich ja auch noch nicht, ob ich einem mutmaßlichen Drogenhändler helfen wollte.«

Natalie legte ihr von hinten die Hand auf die Schulter. »Ach, Kati. Wir hätten sie wahrscheinlich doch nicht retten können.«

Kati legte ihre Hand auf Natalies und drückte sie.

Es dämmerte bereits und die ersten Straßenlaternen gingen an.

»Eric Parcer ist mir immer noch ein Rätsel«, sagte Kati in die Stille. »Warum hat er das ganze Material über das Drogen-Kartell gesammelt? War ihm nicht klar, wie skrupellos die sind?«

Natalie schnaufte.

»Das ist eine traurige Geschichte. Ich hatte vorhin Antje erwähnt. Ich glaube, sie war wirklich Erics große Liebe. Und ich hätte den beiden ihr Glück von Herzen gegönnt. Antje arbeitete wie Eric und Pim an einer Studie mit, um die medizinische Wirksamkeit von Cannabis nachzuweisen. Im Gegensatz zu Eric und Pim hielt sie sich strikt von Kostproben fern. Manchmal gab es deshalb auch richtig Zoff. Ich glaube, ihre Schwester ist an einer Überdosis gestorben. Na ja, jedenfalls hatten Antje und Eric bereits die Einladungen zur Hochzeit verschickt. Die Vorbereitungen liefen auf Hochtouren. Und dann tauchte Antje eines Abends nicht wie verabredet auf. Sie haben ganz Rotterdam nach ihr abgesucht. Zuerst hat die Polizei ihr Rad in einer Gracht gefunden. Kurz darauf auch sie. Unfall unter Drogeneinfluss, hieß es. Aber Eric und Pim waren sich sicher, dass Antje keine Drogen genommen hatte. Sie fingen an, herumzufragen. Wo ist sie die letzten Stunden ihres Lebens gewesen? Mit wem hat sie sich getroffen? Ziemlich schnell war Eric klar, dass das kein Unfall war und auch kein Zufall. Dann verdichteten sich die Hinweise, dass das Drogen-Kartell dahintersteckte. Und dass eigentlich Eric das Ziel gewesen war. Er hatte Antje gebeten, einem Bekannten das Paket vorbeizubringen, das dieser bei ihnen in der Wohnung vergessen hatte. Keiner von uns hätte ahnen können, dass man ihm eine Falle gestellt hatte. Als Pim das von einem anderen Bekannten erfuhr, verhalf er Eric zur Flucht. Eric setzte sich nach Kanada ab, wo sein Vater lebte. Und von wo aus er seine Studien weiter betreiben konnte.«

Sie holte tief Luft und fuhr dann fort: »Soweit ich weiß, ist sein Vater vor Kurzem gestorben. Vielleicht war das der Grund für ihn, zurückzukommen und den Kampf gegen das Kartell wieder aufzunehmen.«

»Wie lange ist das her?«

»Dass Antje ums Leben gekommen ist? Fünf Jahre vielleicht.«

»Und seitdem hat er das Kartell gejagt? Wechseln da nicht ständig die Genossen?«

»Die Kuriere und Kunden vielleicht. Aber die Köpfe sind immer noch die gleichen. Und genau um die ging es Eric. Nicht um die kleinen Fische. Nicht um die armen Kerle, die ihre Sucht dadurch finanzieren, dass sie selbst mit dem Zeug handeln.«

»Dankeschön«, grummelte Mirco, »ein Herz für Loser.«

Kati war Eric Parcers Suche nach den Verantwortlichen, die seine Verlobte auf dem Gewissen hatten, immer noch nicht plausibel.

»Aber wenn das Kartell schon einmal versucht hat, ihm eine Falle zu stellen, warum taucht er dann hier wieder auf? Warum ändert er nicht wenigstens seinen Namen? Und warum geht er nicht mit den Beweisen, die er gesammelt hat, zur Polizei?«

»Weil er befürchtete, dass die Polizei mit drinsteckt«, bemerkte Mirco.

»Er hat seinen Namen geändert«, warf Natalie ein. »Zu Studienzeiten trug er den Namen seiner Mutter: Hesse.«

»Da drüben bewegt sich was«, unterbrach Jo ihr Gespräch. »Vielleicht hätten wir uns zwischendurch mal Gedanken machen sollen, wie wir uns im Dunkeln an die Polizei hängen, ohne gesehen zu werden.«

»Oberstes Gebot ist immer: Nicht auffallen.« Natalie griff nach ihrem Gurt. »Also bloß nicht ohne Licht fahren und das Anschnallen nicht vergessen.«

Die Gurte klickten. Kati beobachtete das Treiben vor dem Polizeigebäude. Rommerskirchens Audi war nicht der einzige

Wagen, der vom Parkplatz rollte. Ihm folgten zwei weitere Zivilfahrzeuge.

»Ach herrje. Die fahren auch noch in Kolonne?«

»Ist doch prima! Eingebaute Sicherheitszone«, sagte Natalie. »Die Beamten in den anderen Autos kenne ich nur flüchtig vom Sehen. Bei einer Kontrolle ziehe ich die Sonnenbrille an.«

»Super Idee«, spottete Mirco. »Sonnenbrille bei Nacht. Nur nicht auffallen, oder?«

Kati grinste und reckte den Hals, um ja nicht den Audi aus den Augen zu verlieren.

In der Stadt war das Verfolgen kein Problem. Außer ihnen waren auch noch andere Verkehrsteilnehmer unterwegs. Doch je weiter sie an den Stadtrand kamen, desto weniger Autos waren auf der Straße. Kati kaute auf ihrer Unterlippe herum.

»Haben die alle das gleiche Ziel?«, fragte sie Natalie über die Schulter.

»Das weiß ich genauso wenig wie du«, erwiderte die Rechtsmedizinerin. »Warten wir es ab.«

»Du musst auf jeden Fall an Rommerskirchen dranbleiben«, ermahnte Kati ihren Mann.

»Ich gebe mir Mühe. Aber wenn er uns sieht, ist das nicht gut, oder?«

»Sie biegen auf die Landstraße Richtung Niederbroicher Wald ab«, kommentierte Kati das Geschehen vor ihr.

»Sobald sie in einen dunklen Feldweg abbiegen, haben wir ein Problem«, sagte Natalie. »Dann müssen wir dran vorbeifahren. Und uns anders wieder an sie heranpirschen.«

Es dauerte noch mehrere Kilometer, bis sie sahen, dass Rommerskirchen den Blinker setzte und am Waldrand abbog.

»Ich habe eine Idee, wo sie hinwollen«, meldete sich Mirco

zu Wort. »Hier gibt es ein altes Haus mit Hof, das sich gut als Zwischenlager für eine Großlieferung Cannabis eignen würde.«

Die anderen beiden Autos fuhren auf der Landstraße weiter, die in einem Bogen um das Waldstück herumführte.

Der nächste Wagen verringerte das Tempo und bog in einen Feldweg ein, der am Waldrand entlangführte.

»Genau, wie ich es mir gedacht habe«, bemerkte Mirco. »Der fährt jetzt von der Seite an das Haus, von dem ich eben gesprochen habe.«

»Und der vor uns übernimmt dann wohl die Rückseite«, mutmaßte Kati.

»Davon gehe ich aus«, bestätigte Mirco sie.

»Kennen Sie sich hier aus? Wie kommen wir denn am besten an das Haus ran, ohne gesehen zu werden?«, wollte Jo wissen.

»Ich habe gerade die Map auf meinem Handy geöffnet. Vermutlich biegt der Wagen vor uns gleich rechts ab. Gehen Sie mal vom Gas.«

Das Auto vor ihnen fuhr mit gleichem Tempo weiter.

»Jetzt sollte er eigentlich … Oh, tut er nicht? Dann biegen wir hier ab.«

»Ganz unauffällig«, meckerte Natalie.

»Wenn wir jemandem auffallen, sind wir halt auf der Suche nach einem Nachtcache. Beim Geo-Cachen gibt es durchaus ein paar, die man nur nachts anhand von Leuchtpunkten finden kann.«

Kati atmete durch. Gegen diese Behauptung konnte die Polizei nichts sagen.

Jo bog in den Wald ab. Schlagartig wurde es um sie herum dunkel. Die Scheinwerfer beleuchteten die nächsten Meter des Weges, der zusehends schmaler wurde. Jo drosselte weiter das Tempo.

»Wenn wir da vorne rechts abbiegen, liegt das Haus am Ende des Weges«, sagte Mirco. »Aber wir sollten den Wagen vorher irgendwo abstellen, sonst fahren wir dem Kommissar direkt in die Arme.«

»Wie nah sind wir denn schon dran? Müssten wir nicht auch das Licht ausschalten?«, wollte Kati wissen.

»Und womöglich noch den Motor, was?«, meckerte Jo, schaltete aber auf Standlicht runter. Langsam gewöhnten sich Katis Augen an die Dunkelheit.

»Es sind schon noch ein paar hundert Meter«, sagte Mirco.

Jo setzte den Blinker und bog rechts ab.

Kati fand es idiotisch, zu blinken. Eigentlich sollte doch niemand wissen, wohin sie wollten. Sie presste die Lippen zusammen, um sich eines bissigen Kommentars zu enthalten. Nach ein paar Metern führte auf der linken Seite ein Wanderpfad in den Wald.

»Und wenn wir da reinfahren?«, schlug sie vor.

Jo bremste und rollte langsam zwischen die Bäume. Äste streiften die Beifahrerseite. Sie rumpelten über Wurzeln und erreichten nach wenigen Metern eine kleine Lichtung.

»Hier können wir den Wagen stehen lassen und zu Fuß bis zum Haus gehen«, schlug Mirco vor.

Jo steuerte den Corsa zwischen die Bäume. Kati stieg aus und stand bis zu den Knien in Brennnesseln. Augen zu und durch, dachte sie. Besser als ein Ameisenhaufen oder eine von Maden befallene Leiche. Tapfer stapfte sie um den Wagen herum und spürte bald den festen Wanderweg unter ihren Füßen.

Unterdessen mühten sich Jo und Mirco mit den unteren

Ästen einer Fichte ab, um das Auto darunter vor neugierigen Blicken zu verbergen, während Natalie noch auf der Rückbank saß und in ihrer Tasche kramte.

Kati wippte von den Zehenspitzen auf die Fersen und wieder zurück. »Sind jetzt endlich alle fertig?«

Es dauerte noch eine Weile, bis alle vier auf dem Wanderweg standen.

»Wo müssen wir lang?«, fragte sie Mirco, der die Karte auf dem Handy studierte. Er führte sie tiefer in den Wald und bog bei der ersten Weggabelung nach rechts ab.

»Jetzt sind wir etwa parallel zu dem Weg, der zum Haus führt.«

Dummerweise machte der Wanderweg nach wenigen Metern einen Bogen nach links. Geradeaus versperrten Brombeerhecken ihnen den direkten Weg zwischen den Bäumen hindurch.

»Mist«, sagte Mirco. »Das sieht auf der Map ganz anders aus.«

Kati zuckte mit den Schultern und folgte dem Wanderweg. Früher oder später würde ein Weg wieder in die gewünschte Richtung führen. Sie zog den Reißverschluss ihrer Jacke bis unters Kinn und lauschte in den Wald hinein. Sie hörte ihre Schritte, hörte Äste knacken und Blätter rauschen. Neben ihr raschelte etwas im Unterholz. Ein Käuzchen rief durch die Nacht. Aus weiter Ferne glaubte sie, Motorgeräusche zu hören. Womöglich von der Landstraße.

Endlich kamen sie an eine Wegkreuzung und schlugen den Weg nach rechts ein. Nicht weit entfernt hörte sie einen Bach murmeln. Noch bevor sie ihn sah, konnte sie das Wasser riechen. Der Wanderweg folgte jetzt den sanften Windungen des Wasserlaufs. Dann standen sie plötzlich wieder auf dem asphaltierten Weg, von wo aus sie das Haus nicht einmal erahnen konnten. Um sie herum schien alles ruhig.

»Was jetzt?«, flüsterte Kati.

»Auf die andere Seite und dort durch den Wald weiter«, flüsterte Mirco zurück.

Sie huschten über den Weg und folgten dem Wanderpfad, der sie wieder ein Stück weiter vom Haus wegführte und sich auch hier neben dem Bachlauf herschlängelte.

»Irgendwann müssen wir da mal rüber.«

Kati reckte den Hals. Von einer Brücke oder einem Steg war nichts zu sehen. Dafür lichtete sich das Unterholz. Hier konnten sie zur Not auch zwischen den Bäumen hindurch ihren eigenen Weg suchen. Doch erst einmal mussten sie über den Wasserlauf.

Ein paar Meter weiter fanden sie endlich eine Stelle, an der man mit einem beherzten Sprung auf die andere Seite gelangen konnte. Wenn man sich traute.

Mirco wagte es als Erster. Er nahm zwei Schritte Anlauf, landete sicher auf der anderen Seite und ermunterte die anderen, es ebenfalls zu versuchen.

»Das steht nicht auf meiner Hunderter-Liste«, motzte Jo, nahm Anlauf und sprang. Er sprang etwas kürzer und rutschte auf dem Laub weg, das die Böschung zum Wasser bedeckte. Kati stockte der Atem. Doch Mirco griff sofort nach Jos Hand und zog ihn neben sich auf festen Boden.

»Na toll«, murmelte Kati. Wenn Jo mit seinen langen Beinen schon Schwierigkeiten hatte, würde sie erst recht Schwierigkeiten bekommen. Sie überlegte kurz, ob sie bis zum asphaltierten Weg zurückgehen sollte, um trocken über den Bach zu gelangen. Sie hörte das leise Knattern eines Dieselmotors. Der Weg war wohl keine gute Option. Natalie legte ihr die Hand auf die Schulter.

»Na los. Das machst du mit links«, sagte sie.

Kati atmete tief durch, ging vier Schritte zurück und rannte los.

»Spring ab!«, rief ihr Jo entgegen. Darüber erschrak Kati so sehr, dass sie stolperte. Zum Abbremsen hatte sie noch viel zu viel Schwung. Ihr blieb nichts anderes übrig, als zu springen. Ihr Sprung war viel kürzer als gewollt. Sie rutschte auf dem Laub dem Wasser entgegen und sah sich bereits der Länge nach im Matsch liegen. Doch kurz vor dem Aufschlag packten Jo und Mirco sie links und rechts an den Armen und zogen sie auf festen Boden.

»Holla die Waldfee«, lachte Jo.

Kati war zu sehr aus der Puste, um sich darüber aufregen zu können, dass er sie aus dem Tritt gebracht hatte. Sie stand am Ufer, stützte die Hände auf den Knien ab und schnappte nach Luft. Während sich ihr Puls allmählich wieder beruhigte, sprang Natalie als Letzte über den Bach.

»Hoffentlich waren wir nicht zu laut.«

Einen Augenblick standen sie einfach nur da und lauschten.

Dann verschwand Mirco zwischen den Bäumen in die Richtung, in der sie das Haus vermuteten. Kati folgte ihm und hörte Jo und Natalie hinter sich durchs Laub rascheln.

In der Nähe schlug eine Autotür zu, dann noch eine. Kati blieb stehen. Sie hörte einen Motor starten und huschte zwei, drei Bäume weiter. Sie konnte den Lichtstrahl der Scheinwerfer mehr ahnen als sehen. Kati lächelte. Sie waren auf der richtigen Spur.

Sie schloss zu Mirco auf und spürte Jos Atem in ihrem Nacken. Mirco legte den Finger auf die Lippen. Wieder hörten sie Autotüren klappern. Dieses Mal hatte sich jemand bemüht, sie leise zu schließen.

Links vor ihnen vermutete Kati das Haus. Wenn sie sich nicht täuschte, schimmerte ein paar Meter vor ihnen ein schwacher Lichtschein auf den Weg. Ein gutes Stück weiter rechts hatte sie vorhin die Scheinwerfer gesehen. Auch das gedämpfte Schließen der Autotüren war aus dieser Richtung gekommen. Wenn sie Pech hatten, liefen sie dem Kommissar in die Arme. Oder den Drogenhändlern, was bestimmt nicht besser war.

Sie hörte jemanden rufen: »Keine Bewegung! Polizei!«

Der Zugriff war also in vollem Gange.

Leise pirschte sich Mirco vor und winkte ihnen, ihm zu folgen. Schritt für Schritt arbeiteten sie sich näher an das Haus heran.

Ein Schuss zerriss die Nacht. Kati zitterte. Kamen sie zu spät? Sie huschte hinter Mirco her und hoffte, dass Jo und Natalie nachkamen.

Der zweite Schuss fiel, als sie gerade das Tor erreicht hatten. Kati hörte Rommerskirchen fluchen. Lauschte dem Wortgefecht zwischen ihm und seinem Kollegen. Hörte, dass Rommerskirchen sich um Kopf und Kragen redete.

»Halt die Hände über dem Kopf, Rommerskirchen. Ja, genau so«, schallte es vom Hof.

Wenn sie doch nur helfen könnten. Einen Moment später spürte sie eine Hand auf ihrem Arm.

Natalie bedeutete ihr und den anderen, zurückzugehen, weg vom Tor, weiter weg, noch weiter weg und sich zu ducken, zu hocken, runter, ganz runter. Dann sah Kati die Waffe in Natalies Hand. Sie sah, wie sie mit der Linken die Hand mit der Waffe abstützte. Sie hielt die Luft an, als sie den Polizisten mit gezückter Waffe am Tor auftauchen sah. Er ging rückwärts und hatte sie womöglich noch nicht entdeckt. Sie hörte das Klicken, als Natalie ihre Waffe spannte und sah, wie der Polizist langsam die Hände über den Kopf hob.

Sie hatten es wirklich geschafft! Sie hatten Rommerskirchen gerettet. Kati atmete auf. Doch im nächsten Moment drehte sich der Polizist zu Natalie um. Kati sah die Feuerfunken aus beiden Pistolen. Sie spürte die Donnerschläge im Magen, hörte das Klingeln in den Ohren. Natalie fiel gegen das Tor und rutschte zu Boden.

»Nein«, schrie Kati. »Nein!«

Kapitel 25

Rommerskirchen hatte das leise Klicken in der Dunkelheit gehört und gesehen, wie Müller ganz langsam die Arme hob.

So leise und unauffällig wie möglich schob er Tietke hinter den Transporter in Deckung. Jeden Moment würde Müller die Waffe fallen lassen und sich ergeben. Doch als Rommerskirchen gerade aufatmen wollte, drehte sich Müller plötzlich blitzschnell zu seinem Angreifer um. Schüsse krachten. Schreie hallten über den Hof. Rommerskirchen riss seine Waffe aus dem Halfter.

Müller lag in der Einfahrt und hielt sich mit der einen Hand das Bein. Mit der anderen tastete er nach seiner Pistole. Sie lag ein gutes Stück von ihm entfernt, zu weit für Rommerskirchen, um sie an sich zu nehmen. Wahrscheinlich erreichte Müller sie schneller als er. Und im Gegensatz zu ihm hatte das Arschloch keinen Skrupel, seine Waffe gegen einen Kollegen zu richten. Das wusste er jetzt.

Er sah, wie sich ein Schatten aus dem Dunkel vor dem Tor löste und auf Müller zulief. Jetzt rutschte er über den Boden in den Lichtschein der Hoflaterne. Mirco! Gleich hatte er Müller erreicht. Und genauso schnell würde Müller seine Waffe erreichen. Rommerskirchen stürmte los. Müller hatte bereits die Finger nach der Pistole ausgestreckt. Noch ein winziges Stück, dann war sie für ihn greifbar, während Rommerskirchen noch zwei Schritte entfernt war. Müller bäumte den Oberkörper auf, griff nach der Waffe und schrie auf.

Gerade rechtzeitig hatte Mirco ihn am verwundeten Bein erwischt und Rommerskirchen somit die Zeit verschafft, die er brauchte, um Müller zu überwältigen. Er kniete auf seinem Arm und entwendete ihm die Pistole.

»Einen Arzt, wir brauchen einen Arzt«, brüllte er und erwartete, dass Mirco das Handy zückte. Doch der rappelte sich hoch und rannte vom Hof.

Verwundert schaute ihm der Kommissar nach, griff nach den Handschellen und drehte Müller unsanft die Arme auf den Rücken. Müller stöhnte auf.

»Halt die Klappe, während Tietke dich über deine Rechte belehrt.«

Endlich kamen zwei der Kollegen, die die Rückseite des Hauses gesichert hatten, in den Hof gerannt.

»Besser spät als nie«, knurrte Rommerskirchen. Er hatte keine Lust auf eine Auseinandersetzung und verwies sie an seinen Partner. Er wollte endlich wissen, wo Mirco die Waffe herhatte. Und was da draußen vor dem Eingang vor sich ging. Mit wenigen Schritten war er am Tor. Dort hatten sich mehr Menschen versammelt, als er erwartet hatte. Seine Augen brauchten einen Augenblick der Gewöhnung, dann erkannte er in der hintersten Reihe Kati und Jo Küppers, die ihm den Rücken zudrehten.

»Kann mir mal jemand erklären, was hier los ist? Sie sollten eine Kerze für mich anzünden, Frau Küppers, wenn Sie nicht schlafen können. Keine Waldspaziergänge unternehmen.«

Dass ihm die Küppers ohne ein Wort zu sagen bereitwillig Platz machten, jagte Rommerskirchen mehr Angst ein als die Auseinandersetzung mit Müller.

Er sah, wie sich Mirco mit zwei Polizeibeamten über jemanden beugte, der am Boden lag.

Mirco drehte sich zu Rommerskirchen um. »Er hat sie erwischt. Aber wir wissen nicht genau, wo. Sie ist ohnmächtig.«

»Sie?«, fragte der Kommissar. »Wer denn?«

Mirco erhob sich und Rommerskirchen hatte freie Sicht auf den blonden Pferdeschwanz und die drei überdimensionalen Ameisen, die ihr den Hals hinaufkrabbelten.

»Natalie Hamacher«, sagte einer der Kollegen. »Die Rechtsmedizinerin.«

Rommerskirchen spürte eine Welle der Wut in sich aufsteigen, die er nicht mehr lange unter Kontrolle halten konnte, wenn er nicht tätig wurde. Er hockte sich zwischen die Kollegen, sprach Natalie an und strich ihr eine Haarsträhne aus dem Gesicht.

»Packt mit an. Mein Auto steht hier. Ich bringe sie ins Krankenhaus. Wer weiß, wie lange wir noch auf den Rettungswagen warten müssen.«

»Bist du sicher?«, fragte der Kollege zu seiner Rechten. Rommerskirchen warf ihm einen Blick zu, der ihn sofort auf die Beine brachte. Auch der andere packte mit an. Kurz darauf hing Natalie angeschnallt auf dem Beifahrersitz von Rommerskirchens Audi.

»Mirco, steig ein. Du hast bis zum Krankenhaus Zeit, mir alles zu erklären. Halt dich also ran. Auf unserem Weg wird heute Nacht nicht geblitzt.«

Kapitel 26

Natalie schaute den Wattewolken hinterher, die träge über den Himmel zogen. Die untere Hälfte des Fensters war mit einer undurchsichtigen Folie beklebt, die daran hindern sollte, ins Krankenzimmer schauen zu können. Leider hinderte sie Natalie auch wirkungsvoll daran, vom Bett aus mehr als den Himmel zu sehen. Mit dem linken Arm zog sie sich am Galgen hoch, um besser sitzen zu können. Ihr rechter Arm war verbunden und steckte in einer Schlinge. Sie hatte gehofft, heute schon wieder nach Hause zu dürfen, aber der charmante Oberarzt wollte davon nichts wissen.

»Wenn ich hier vor Langeweile sterbe«, hatte Natalie ihm gedroht, »sind Sie schuld.«

»Damit kann ich besser leben, als Sie alleine zu Hause zu wissen«, hatte er erwidert, ohne mit der Wimper zu zucken. Warum hatte sie ihm auch erzählt, dass sie ihre Eltern ins Oberbergische geschickt hatte?

Es klopfte an der Tür. Kommissar Rommerskirchen steckte den Kopf durch den Spalt.

»Da kommt mein Retter«, sagte Natalie und winkte ihn zu sich ans Bett.

»Wer hat hier wen gerettet?« Rommerskirchen schloss leise die Tür hinter sich und kam zu ihr herüber.

»Ich wollte noch einmal nach dir sehen, bevor ich mich für die nächsten Tage bei Manni einquartiere. Wie geht's dir?«, fragte er.

»Was glaubst du, wie es mir geht?«, erwiderte sie. »Ich liege hier und denke viel zu viel nach. Mit anderen Worten, es geht mir zu gut, um hier zu liegen. Aber man will mich nach dem Streifschuss unter Beobachtung behalten.« Sie klopfte auf die Bettkante. »Komm, setz dich.«

»Das kann ich verstehen. Ich würde dich auch gut beobachten«, sagte er und setzte sich zu ihr aufs Bett.

Sie verdrehte die Augen. »Es geht mir scheiße, weil ich das Parkett im Gartenhaus nicht schrubben kann. Stattdessen liege ich hier und grübel. Ich muss immer wieder daran denken, dass Eric noch am Leben sein könnte. Wenn ich nicht zu stolz gewesen wäre und den Rat meiner Mutter befolgt hätte. Sie wollte, dass ich sofort zu ihm rübergehe und Hallo sage. Aber ich habe es hinausgezögert. So lange, bis es zu spät war.«

»Hey, hey. Was denkst du für einen Quatsch!« Rommerskirchen griff nach ihrer Hand und drückte sie. »Ich bin heilfroh, dass du nicht früher ins Gartenhaus rübergegangen bist. Sonst hätte ich dich womöglich mit einem Loch im Bauch neben ihm auf der Couch gefunden. Und wer hätte mich dann vor Müller gerettet?«

Natalie lachte und legte ihre Hand auf sein Knie. Dann runzelte sie die Stirn.

»Wieso ziehst du für die nächsten Tage bei Manni ein? Läuft noch jemand von der Saubande da draußen frei herum, vor dem du ihn beschützen musst?«

»Nein, nein. Es ist kaum zu glauben, aber wir haben sie alle erwischt. In Holland wie in Deutschland.«

Natalie nickte. »Ich habe es in den Nachrichten gehört.« Sie zeichnete mit der Hand die Schlagzeile in die Luft. »Polizei zerschlägt internationales Drogen-Kartell. Ihr werdet auf allen Kanälen gefeiert.«

Rommerskirchen lachte. »Wir! Wir werden gefeiert! Das

schließt dich mit ein. Es war zwar purer Leichtsinn, aber dein Eingreifen hat entscheidend zum Erfolg beigetragen.«

»Selber schuld«, grinste sie. »Hättest du mich nicht mit auf den Schießstand genommen …« Dann hätte sie sich nie für den Schießsport begeistert und den kleinen Waffenschein gemacht. Auf einen Menschen zu zielen war natürlich noch mal ein ganz anderes Kaliber. Eine Weile hing sie ihren Gedanken nach.

»Aber warum ziehst du sonst zu Manni? Arbeitest du jetzt nebenher als Krankenpfleger?« Den könnte sie auch gebrauchen. Dann dürfte sie das Krankenhaus endlich verlassen.

Rommerskirchen verzog das Gesicht. »Ein schlecht bezahlter Job reicht mir voll und ganz. Nein, die Wahrheit ist, dass Manni mir ein paar Tage Asyl gewährt.«

»Asyl?«

»Rike hat mich vor die Tür gesetzt.«

»Wie jetzt? Einfach so?«

»Sie hat deine Haare im Audi auf dem Beifahrersitz gefunden und mir eine Riesenszene gemacht.«

»Nicht dein Ernst! Hast du ihr gesagt, was passiert ist?«

»Sie glaubt mir kein Wort.«

»Sie braucht nur Nachrichten schauen …«

»Alles Fake News, sagt sie.«

»Wir haben unbestechliche Berichterstatter. Die Küppers haben es gesehen und Mirco war dabei. Sie können bezeugen, dass ich ohnmächtig war und die Situation nicht schamlos ausgenutzt habe. Wie ich das sonst immer tue.«

»Wie du das sonst immer tust?«

»Ach, komm. Wie lange wirft sie dir schon vor, dass ich mich ständig an dich ranschmeiße?«

Rommerskirchen grinste. »Seitdem sie dich kennt.«

Natalie grinste ebenfalls. »Genau.«

»Und ich mach mir Vorwürfe, dass ich dich mit auf den Schießstand genommen habe.«

»Hättest du das nicht getan, hättest du jetzt andere Probleme. Oder gar keine mehr.«

Rommerskirchen seufzte und starrte aus dem Fenster, aus dem man nicht hinausschauen konnte. »Weißt du, was das Verrückteste ist? Sie hat mir so oft in den Ohren gelegen, dass wir eine Familie gründen sollten und ganz viele Kinder kriegen, mindestens vier. Und jetzt, wo ich mir das allmählich vorstellen kann, schmeißt sie mich raus.«

Natalie musterte den Kommissar. »Was kannst du dir allmählich vorstellen? Eine hypothetische Familie zu haben oder mit Rike vier Kinder zu kriegen?«

Rommerskirchen schaute ihr lange in die Augen und schüttelte dann den Kopf. »Du kannst manchmal ein richtiges Biest sein. Echt. Immer den Finger in die Wunde bohren.«

Natalie hob die Augenbrauen. »Sorry, das ist mein Beruf. Immer wenn ich den Finger in die Wunde lege und der Patient nicht mehr schreit, muss ich ihn obduzieren.«

»Und wenn er schreit?«

Natalie zögerte mit der Antwort. »Dann ist vielleicht noch was zu retten. Dann spürst du wenigstens noch was. Nur was? Ist es der Schmerz, an die frische Luft gesetzt worden zu sein? Oder Rike zu verlieren und damit die Vision eurer gemeinsamen Zukunft?«

Rommerskirchen erhob sich. »Wenn ich nicht einschlafen kann, denk ich mal drüber nach.« Er wirkte verstimmt, aber Natalie wollte das nicht ihrer Bemerkung zuschreiben.

Er hatte die Türklinke bereits in der Hand, als er fragte: »Kann ich sonst noch etwas für dich tun?«

»Och, da fiele mir so einiges ein.« Natalie lächelte verschmitzt. »Du könntest das Parkett im Gartenhaus schrubben.«

»Hey, weißt du, dass ich der beste Treppenhausputzer von ganz Niederbroich bin? Gib mir den Schlüssel und ich nehme es auch mit dem Parkett auf.«

Natalie zog die Schublade ihres Nachttischs auf, holte ihren Schlüsselbund heraus und warf ihn Rommerskirchen zu.

Er fing ihn auf. »Sonst noch was?«

»Der Drache heißt Pim.«

Rommerskirchen runzelte die Stirn. »Pim?«

Natalie zuckte mit den Schultern. »Ach komm, du kennst doch die Geschichte vom Ritter, der die Prinzessin haben will und erst den Drachen besiegen muss. Dein Drache heißt Pim.«

»Etwa Pim van Vlanderen?«

»Wie viele Pims kennst du noch?« Natalie fiel es schwer, Geduld mit Rommerskirchen zu haben. Er konnte manchmal echt begriffsstutzig sein. »Sag mir jetzt nicht, dass du nicht bemerkt hast, wie es von Anfang an zwischen den beiden geknistert hat.«

Rommerskirchen starrte sie mit offenem Mund an.

»Okay«, sagte Natalie. Offensichtlich hatte er das Offensichtliche nicht gesehen. »Statt dich bei Manni aufs Sofa zu setzen und einen Quentin-Tarantino-Film nach dem anderen zu gucken, bis euch das Bier ausgeht, solltest du einen dicken Strauß roter Rosen kaufen und Rike fragen, ob sie dich heiraten will.« Gott, war sie heute kitschig drauf. Ob das an den Medikamenten lag, die sie ihr verabreicht hatten?

»Die Blumen würde sie sofort als Schuldeingeständnis werten. Und ich habe nichts zu gestehen.« Rommerskirchen verschränkte die Arme vor der Brust.

»Blumen alleine reißen es nicht raus. Du musst sie schon fragen, ob sie deine Frau werden will.« Natalie seufzte. »Wenn du das überhaupt noch willst.«

Rommerskirchen gab ein Knurren von sich, das sowohl ja als auch nein heißen konnte.

»Macht man das nicht mit Ring? Bis ich den besorgt habe …«

Natalie schüttelte den Kopf. »In welcher Hollywood-Soap steckst du denn gerade?«

»Wahrscheinlich ist sie längst weg«, sagte er mehr zu sich selbst. »Sie hat mir achtundvierzig Stunden Zeit gegeben, um meine Klamotten aus der Wohnung zu räumen. Und dann ist sie selbst mit einer gepackten Tasche verschwunden.«

»Tja, jetzt weißt du, wohin.«

»Du meinst, sie ist auf dem Weg nach Gescher?«

Natalie presste die Lippen aufeinander und nickte. »Gib mir meinen Schlüssel zurück«, sagte sie. »Du hast gerade Wichtigeres zu tun, als das Parkett zu schrubben.«

Rommerskirchen kam zurück an ihr Bett, drückte Natalie den Schlüsselbund in die Hand und gab ihr einen Kuss auf die Wange.

»Übrigens«, sagte er und deutete auf ihren Hals, »cooles Tattoo. Dein nächster Freund muss entweder Ameisenliebhaber sein oder die Augen beim Küssen schließen.« Er schüttelte sich. »Drück mir die Daumen«, sagte er und stürmte aus dem Zimmer.

Natalie schaute ihm hinterher. »Sorry, Roki«, murmelte sie, »aber da verlangst du zu viel von mir.«

Wenn er ohne Rike zurückkäme, würde sie ihn fragen, ob er nicht wenigstens zeitweise als ihr persönlicher Krankenpfleger im Gartenhaus wohnen wollte. Dann hätte der Oberarzt keinen Grund mehr, sie hier länger festzuhalten.

Kapitel 27

Kati schloss die Tür der Sakristei und schaute zum Himmel. Das Wetter war der Traum einer jeden Hochzeitsgesellschaft. Ein bisschen verwegen fand Kati jetzt doch, sich für das rote Kleid zur kirchlichen Trauung entschieden zu haben. Doch dieses Gefühl kam zu spät. Immerhin hatte sich die Braut gewünscht, dass keine Frau in Schwarz kam, und da Kati wusste, was sie schon alles durchgestanden hatte, hatte sie ihr den Wunsch erfüllt.

Kati eilte um die Kirche herum und schlüpfte durch den Haupteingang wieder hinein. Einen Augenblick blieb sie im Mittelgang stehen und ließ die Atmosphäre auf sich wirken. Sie war zufrieden mit ihrem Werk. An den beiden hinteren und neben den vordersten Sitzbänken standen links und rechts des roten Teppichs Margeritenbäumchen, deren Stämme mit weißen Schleifen geschmückt waren. Vor den Stufen zum Altar stand eine Kniebank mit zwei Stühlen, die Kati unter weißen Hussen versteckt hatte.

Die beiden einzelnen Rosen, die sie links und rechts der kleinen Kniebank mit zartem Schleifenband angebracht hatte, waren von hinten nicht zu erkennen. Aber die Brautleute würden sie sicher entdecken. In der Schale auf dem Altar drängten sich dicke weiße Rosen aneinander, umschlungen von Efeuranken, die sich über die Kante wanden. So hatte es sich die Braut gewünscht. Der Silberdraht war Katis eigene Idee gewesen. Er war mit weißen Perlen verziert, kringelte sich um das Grün des Efeus und verlieh dem Blumenarrangement zusätzlich etwas Edles.

Vor dem Ambo, von dem aus Pater Remigius gleich zu den Brautleuten und der Gemeinde sprechen würde, hatte Kati eine weitere Schale mit Rosen und Efeu auf einem Metallständer platziert.

Allerdings hatte sie nicht damit gerechnet, dass die Kirche so voll werden würde. Hoffentlich reichten die Liedzettel, die Bene so schön gestaltet hatte. Vorhin hatte er sie mit Lilli in den Bänken verteilt.

Natürlich war jede Hochzeit in Niederbroich auch immer ein gesellschaftliches Ereignis und wer beim Bäcker mitreden wollte, musste schon wissen, wie das Brautkleid ausgesehen hatte und wie viele Stockwerke hoch die Hochzeitstorte gewesen war. Vor allem wenn der Geselle des Bäckers heiratete.

Die letzten vier Reihen waren unbesetzt. In der Reihe davor drehte sich Jo um und winkte Kati. Sie setzte sich zu ihm in die Bank und schaute sich um. Von der Braut war noch nichts zu sehen.

Auf den Stufen neben dem Altar saß Mirco und spielte leise Gitarre. Auf den Bräutigam hatte es keine beruhigende Wirkung.

Stefan trug eine silbergraue Weste unter einem blauen Gehrock und kunstvoll um den Hals drapiert einen Mix aus Krawatte und Fliege, dessen Namen Kati nicht einmal kannte. Ein Bräutigam, der der Braut die Show stahl? Bisher hatte ihn Kati nur in Jeans und T-Shirt gesehen. Er lief vor der ersten Bankreihe hin und her und wartete. Ab und zu stellte er sich auf die Zehenspitzen und reckte den Hals. Dann ging er wieder ein paar Schritte zurück. Dabei schwenkte er den Brautstrauß so schwungvoll hin und her wie der Obermessdiener das Weihrauchfass an Weihnachten. Kati hoffte, dass sie die roten Rosen fest genug gebunden hatte, damit sie die Tortur überstanden.

Neben Stefan stand Bäcker Bongarz, der in seinem feinen Anzug kaum wiederzuerkennen war. Im Gegensatz zu seinem Gesellen bewegte er sich keinen Millimeter und hielt die Schachtel mit den Eheringen so, als würden sie jeden Moment gebraucht.

Doch nicht nur der Bräutigam und sein Trauzeuge waren nervös, bemerkte Kati. Zwei Reihen vor ihr saß Kommissar Rommerskirchen und ließ Mirco nicht aus den Augen. Hoffentlich hatte er nicht die Order, ihn sofort nach der Feier in Gewahrsam zu nehmen.

Neben Rommerskirchen saß Rike und lächelte ihn an, wenn sie sich nicht gerade an seine Schulter schmiegte.

Kati atmete auf.

Lange hatte sie mit Rike gesprochen, aber nicht das Gefühl gehabt, zu der jungen Frau durchgedrungen zu sein. Wenn ihr Freund bei jedem Mann, der ihr bewundernde Blicke hinterherwarf, genauso eifersüchtig reagieren würde wie sie, hatte Kati ihr vorgehalten, kämen sie aus den Streitereien gar nicht mehr heraus.

Doch Rike hatte nur mit den Schultern gezuckt. »Je heftiger der Streit, desto wunderbarer die Versöhnung, finden Sie nicht auch?«, hatte sie gesagt und ein bisschen verschämt gelächelt.

Trotzdem war sie nach Gescher gefahren, um Pim van Vlanderen zu besuchen und ihm, wie Kati sie gebeten hatte, das Handy zurückzugeben.

Rike und Rommerskirchen so vertraut hier nebeneinander zu sehen, ließ Katis Herz höher schlagen. Vielleicht läuteten schon bald erneut die Hochzeitsglocken in Niederbroich.

Christiane eilte den Mittelgang hinunter, drückte Kati kurz den Arm zur Begrüßung und flitzte weiter zum Bräutigam. Wenn ihre Tochter Stefan nicht endlich von dem Hin- und Herlaufen abhielt, müsste der Teppich wegen abgewetzter Laufspuren erneuert werden, dachte Kati.

Dass Christiane da war, bedeutete, dass die Braut nicht mehr weit sein konnte. Christiane hatte bestimmt noch einmal das Brautkleid geradegezupft, den Schleier geordnet und ihr versichert, dass sie nicht nur Taschentücher und Aspirin in ihrer Handtasche parat hatte, sondern auch Blasenpflaster, Hustenbonbons und Sabines Lippenstift. Wofür Trauzeuginnen halt so gebraucht wurden.

Während sie Christiane hinterherschaute, entdeckte Kati auf der anderen Seite des Mittelganges Natalie Hamacher. Sie trug den rechten Arm immer noch in der Schlinge, hatte sich dennoch zur Feier des Tages in ein Kleid gezwängt und schaute jetzt verstohlen zu Rommerskirchen und Rike herüber. Vielleicht war Rikes Eifersucht doch nicht so unbegründet, wie Kati bisher gedacht hatte.

Am Parkett im Gartenhaus der Hamachers hatten sie sich jedenfalls reihenweise abgemüht. Natalie, Kati, Rommerskirchen und schließlich Manni mit seinem Spezialmittel gegen die Ölflecken in seiner Scheune. Doch selbst nach dem Abschleifen und der neuen Versiegelung kamen die Blutspuren wieder zum Vorschein. Genau wie die schrecklichen Erinnerungen, die mit ihnen verknüpft waren. Vielleicht hatte Natalie auch nur an Eric Parcer denken müssen. Kati schickte ein Gebet zum Himmel.

Endlich setzte die Orgel ein, die Gäste erhoben sich und wandten sich dem Eingang zu. In der Tür stand Sabine Kirschbaum in einem langen Kleid aus weißem Tüll. Zarte Röschen säumten die weiße Corsage am Dekolleté. Neben Pater Remigius schritt sie den Mittelgang hinunter. Niemand stahl dieser Prinzessin die Show.

Als sie an ihnen vorbeigegangen war, konnte Kati unter dem Schleier den kunstvoll geflochtenen blonden Zopf sehen, von dem Christiane ihr erzählt hatte, wie oft sie ihn verändert hatten, weil es mittlerweile so viele tolle Flechtungen gab.

Kati sah der Braut fasziniert hinterher und entdeckte ein paar Reihen vor ihr auf der anderen Seite des Mittelganges Bene mit Lilli, Patrick und Moritz. Alle vier machten Gesichter, als ob ihnen die ganze Feierlichkeit unheimlich wäre. Kati lächelte und wünschte sich, Benes Hochzeit noch erleben zu dürfen. Das wäre ein Punkt auf ihrer Hunderter-Liste, wenn sie denn ernsthaft eine aufstellen würde.

Jo legte ihr den Arm um die Schultern und küsste sie auf den Scheitel. Es war fast ein halbes Jahrhundert her, dass sie selbst dort vorne gestanden und sich das Eheversprechen gegeben hatten. Sie erinnerte sich nicht mehr, wie die Kirche geschmückt gewesen war und ob der Chor gesungen hatte. Sie erinnerte sich nur daran, dass sie eiskalte Hände gehabt hatte. So kalt, dass Jo gezuckt hatte, als er ihre Hände nahm, um ihr den Ring anzustecken.

Kati schlang den Arm um seine Taille und wusste, dass sie keine Hunderter-Liste brauchte zum Glücklichsein.

Zum Schluss

Sie drückt mich auf den Stuhl. Ihre kalten Hände liegen erbarmungslos auf meinen Schultern.

»Los. Schreib. Die paar Zeilen. Das kann doch nicht so schwer sein.«

Ich greife nach dem Stift und knete meine Unterlippe. Nichts ist schlimmer, als unter Druck wunderbare Sätze zaubern zu wollen.

»Jammer nicht über Druck.«

Hilfesuchend schaue ich mich nach meinem Mann und den Kindern um. Sie unterstützen mich bestimmt. Doch leider haben sie längst das Zimmer verlassen, um mich nicht beim Küssen mit der Muse zu stören. Wenn die wüssten …

»Weißt du, wie viele Autoren gerne deinen Druck hätten?«

Du verwechselst da was, Muse. Du meinst, wie viele Autoren gerne ihr Werk gedruckt sähen, oder? Ich lächle und weiß das Vertrauen der edition oberkassel und die Arbeit meines Verlegers Detlef Knut zu schätzen.

»Pah! Ich meine das, was du harte Arbeit nennst. Dabei hockst du den ganzen Tag auf der Terrasse in der Sonne, stierst Löcher in die Luft und wartest darauf, dass ich dich küsse.«

Das stimmt so nicht ganz. Aber dass ich der Muse mein Manuskript dieses Mal nicht vor die Füße geworfen, sondern dieses Buch zu Ende geschrieben habe, verdanke ich vor allem zwei wunderbaren Coachs: Rainer Wekwerth und Linda Hösle. Sie haben mich spontan und effektiv dabei unterstützt, mich wieder auf meine Stärken zu besinnen.

»Welche Stärken? Kaffeetrinken etwa?«

Die Muse kann richtig fies sein. Sie küsst übrigens selten. Und nicht besonders gut.

Jetzt setzt sie mir die Pistole an die Schläfe.

»Schreib endlich diese dämliche Danksagung.«

Danksagungen liest eh keiner. Und dämliche erst recht nicht.

»Wenn sie keiner liest, kannst du doch einfach Mist schreiben. Wäre nicht das erste Mal.«

Das geht jetzt gegen meine Autorinnenehre. Okay, manchmal schreibe ich wirklich Mist. Darum bin ich sehr froh, dass Rainer Wekwerth und Dr. Mechthilde Vahsen den größten Mist rechtzeitig aus dem Manuskript gestrichen haben.

Die Muse verdreht die Augen.

»Reiß dich mal zusammen.«

Das tue ich schon seit zweihundert Seiten, denke ich. Und dem Urteil meiner Testleser*innen Eleonore Hillebrand, Monika Steuten, Marco Feikert und Marc Ruseler zufolge ist auch etwas Spannendes dabei herausgekommen.

Die Muse hat den Finger an den Abzug gelegt. Mir tropft der Schweiß in den Nacken.

Es sind unglaublich viele Menschen, die dazu beigetragen haben, dass Sie dieses Buch in den Händen halten.

»Lass die Leser aus dem Spiel!«

Blödsinn! Die Leserinnen und Leser sind mir das Wichtigste. Für wen soll ich denn sonst Geschichten schreiben? Sie kaufen mein Buch, schenken mir ihre Zeit, ihr Vertrauen, dass ich sie gut unterhalte …

»Dann tu es auch, und bring dieses Buch endlich zu Ende, indem du die Danksagung schreibst.«

Bei wem fange ich nur an? Wo höre ich auf? Erwähne ich

meine Mutter, die dafür gesorgt hat, dass statt Spaghetti und Milchreis auch mal etwas Vernünftiges auf unserem Tisch gelandet ist? Oder Brigitte Wittpoth, die mir nach einer Lesung in Siegburg so viel von ihrer Heimatstadt Gescher vorgeschwärmt hat, dass ich Kati Küppers sofort zur Erholung dorthin geschickt habe? Was ist mit den Mörderischen Schwestern, die wissend nicken, wenn ich von meinen Höhen und Tiefen erzähle, die trösten und unterstützen? Was mit meinen »himmlischen« Aglow-Schwestern, die für mich beten, wenn es mal nicht vorwärts geht?

Ich lege den Stift zur Seite. Ich habe mich entschieden.

Dieses Mal schreibe ich keine Danksagung.

Dank an die LeserInnen

Liebe Leserinnen,
liebe Leser,

diese Geschichte ist hier zu Ende. Wir hoffen, sie hat Ihnen gefallen und Sie sind ein paar Stunden in die Welt dieser Geschichte eingetaucht, haben geschmunzelt, gelacht, mitgefühlt und mitgelitten. Das freut uns. Wenn Sie weiterhin Bücher dieser Autorin, dieses Autors oder unseres Verlages lesen möchten, dann reden Sie über dieses Buch. Oder twittern Sie, schreiben Sie einen kurzen Blogbeitrag oder eine Leserbewertung in Ihrem bevorzugten E-Book- oder Online-Shop.

Mund-zu-Mund-Werbung ist für AutorInnen und Verlage wie Sauerstoff für jedes Lebewesen – sie ist lebenswichtig. Lesermeinungen sind Motivation und Ansporn, so dass Sie schon bald ein weiteres Buch Ihrer Lieblingsautorin oder Ihres Lieblingsautors lesen können.

Wenn Sie mehr über unsere Bücher erfahren wollen, melden Sie sich für unseren Newsletter an.

Herzliche Grüße

Ihre
edition oberkassel

Spannendes Terrain

bei

EDITION OBERKASSEL

macht abhängig!

Pure spannende Unterhaltung.

ISBN: 9783958131521

ISBN: 9783958131085

ISBN: 9783958130869

ISBN: 9783958131675

EDITION OBERKASSEL